A Fita Vermelha

A Fita Vermelha

LUCY ADLINGTON

Tradução:
Flávia Souto Maior

Planeta

Copyright © Lucy Adlington, 2017
Copyright © Editora Planeta do Brasil, 2024
Copyright da tradução © Flávia Souto Maior, 2024
Todos os direitos reservados.
Título original: *The Red Ribbon*

Preparação: Audrya Oliveira
Revisão: Ricardo Liberal e Mariana Rimoli
Coordenação editorial: Algo Novo Editorial
Projeto gráfico e diagramação: Negrito Produção Editorial
Capa: Candlewick Press
Imagem de capa: CSA Images/Getty Images
Adaptação de capa: Isabella Teixeira

CIP-BRASIL. CATALOGAÇÃO NA PUBLICAÇÃO
ANGÉLICA ILACQUA CRB-8/7057

Adlington, Lucy
   A fita vermelha / Lucy Adlington ; tradução de Flávia Souto Maior. - São Paulo : Planeta do Brasil, 2024.
   256 p. : il.

   ISBN 978-85-422-2795-6
   Título original: The Red Ribbon

   1. Ficção inglesa 2. Ficção histórica I. Título II. Maior, Flávia Souto

   24-3293   CDD 823

Índice para catálogo sistemático:
1. Ficção inglesa

MISTO
Papel | Apoiando o manejo florestal responsável
FSC® C005648

Ao escolher este livro, você está apoiando o manejo responsável das florestas do mundo

2024
Todos os direitos desta edição reservados à
Editora Planeta do Brasil Ltda.
Rua Bela Cintra, 986, 4º andar – Consolação
São Paulo – SP – 01415-002
www.planetadelivros.com.br
faleconosco@editoraplaneta.com.br

*Em memória de minha avó, nascida E. R. Wild,
e em homenagem à Betty original*

— A vida é nosso grito. Mantivemos a fé! — dissemos;
— Cairemos com passo firme. Coroados com rosas na escuridão!

The Hill, Rupert Brooke

SUMÁRIO

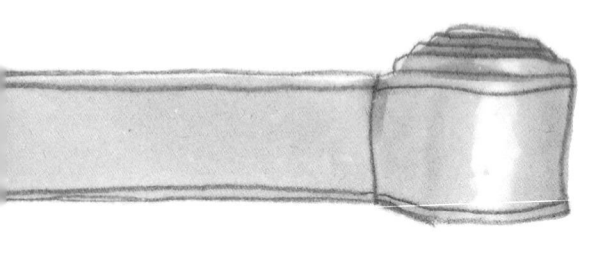

verde 11

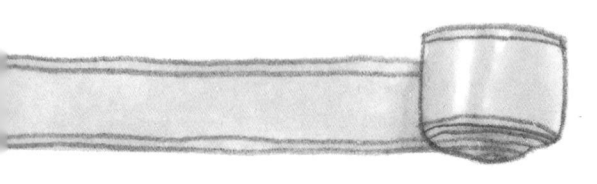

amarelo 55

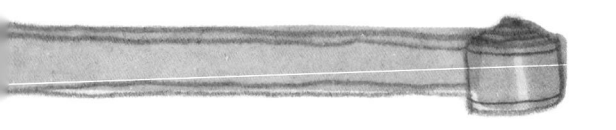

vermelho 121

cinza 137

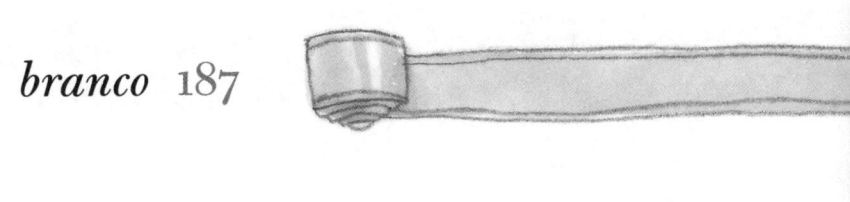

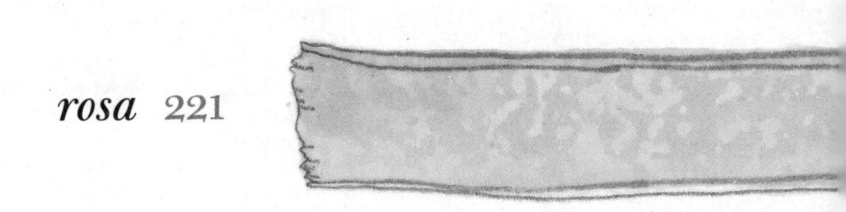

branco 187

rosa 221

Posfácio 247

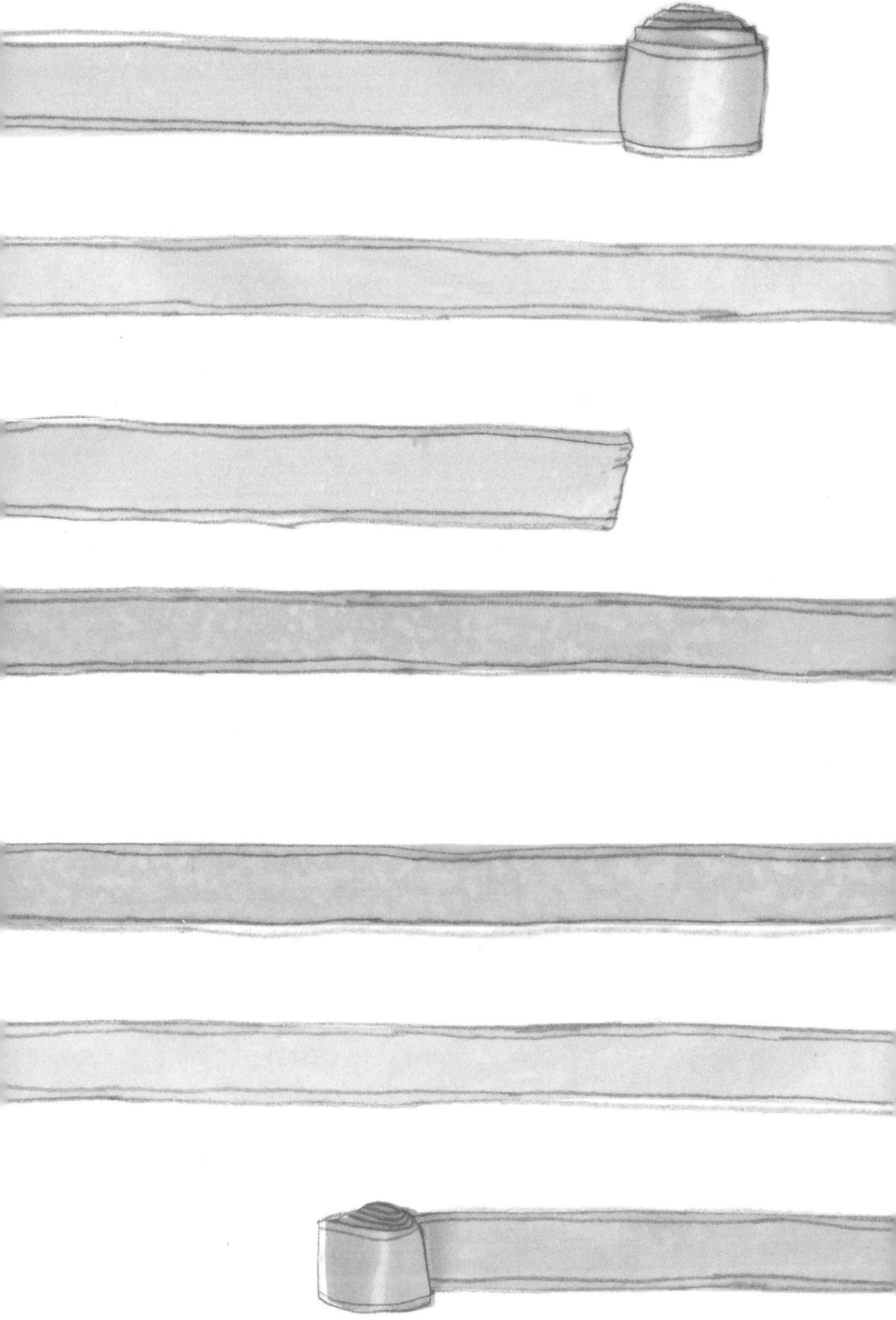

verde

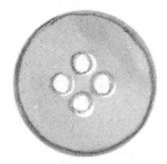

Éramos quatro: Rose, Ella, Mina e Carla.
Em outra vida, poderíamos ter sido amigas.
Mas estávamos em Birchwood.

Era muito difícil correr com aqueles sapatos idiotas. A lama era densa como melado. A mulher atrás de mim estava com o mesmo problema. Um de seus sapatos ficou preso. Aquilo a atrasou. Ótimo. Eu queria chegar primeiro.
   Que prédio era? Não havia possibilidade de pedir mais informações. Todo mundo estava correndo para lá também, como o estouro de um rebanho. Ali? Não – aqui. Este. Parei de repente. A mulher que vinha atrás quase trombou violentamente comigo. Ambas olhamos para o prédio. Tinha de ser o lugar certo. Será que devíamos simplesmente bater? Será que tínhamos chegado tarde demais?
   Por favor, que eu não esteja atrasada.
   Fiquei na ponta dos pés e espiei por uma janela pequena e alta na lateral da porta. Não dava para ver muita coisa, eu praticamente só via meu próprio reflexo. Belisquei as bochechas para ficar um pouco mais corada e desejei ser adulta o suficiente para poder usar um pouco de batom. Pelo menos o inchaço ao redor de meus olhos tinha diminuído, embora o hematoma amarelo-esverdeado ainda estivesse visível. Eu estava

conseguindo enxergar bem; isso era o principal. Cabelos ondulados e grossos teriam escondido o resto. Mas... era preciso fazer o melhor com os recursos disponíveis.

— Estamos muito atrasadas? — a outra mulher perguntou. — Perdi um pé de sapato na lama.

Quando bati na porta, ela se abriu quase imediatamente, fazendo nós duas saltarmos para trás.

— Vocês estão atrasadas — afirmou a jovem à porta. Ela nos mediu de cima a baixo com olhos severos. Olhei para trás. Três semanas longe de casa e eu ainda não sabia me humilhar corretamente, independentemente do quanto apanhasse. Aquela garota autoritária – não muito mais velha do que eu – era toda angulosa, com um nariz tão pontudo que poderia servir para cortar queijo. Sempre gostei de queijo. Daquele tipo esfarelento que se coloca em saladas, ou o queijo cremoso que fica ótimo com pão fresco, ou aquele tipo forte com bolor verde que os velhos comem com bolachas...

— Não fiquem aí paradas! — A cara de navalha fez uma careta. — Entrem! Limpem os sapatos! Não toquem em nada!

Entramos. Eu tinha conseguido. Estava ali... no imponentemente intitulado Estúdio Superior de Costura, também conhecido como oficina de costura. Minha ideia de paraíso. No instante em que soube que havia trabalho naquele lugar, sabia que tinha de consegui-lo.

Dentro da oficina, contei cerca de vinte cabeças curvadas sobre máquinas barulhentas, como personagens de um conto de fadas dominados por um feitiço. Estavam todas limpas; notei logo de cara. Usavam jalecos marrons simples – melhores do que o trapo que ficava escorregando dos meus ombros, isso era certo. Mesas de madeira branquíssimas estavam cobertas com moldes e linhas. Em um canto havia prateleiras cheias de tecidos de tantas cores inesperadas que tive de piscar. Em outro canto, um grupo de manequins sem cabeça e sem membros. Ouvi o chiado e as batidas metálicas de um ferro pesado e vi pedacinhos de fios flutuando no ar como insetos preguiçosos.

Ninguém tirava os olhos do trabalho. Todas costuravam como se sua vida dependesse disso.

— Tesoura! — alguém gritou ali perto. A operária que ocupava a máquina mais próxima nem sequer parou. Seu pé continuou trabalhando no pedal e ela passou o tecido sob a agulha ao mesmo tempo que pegava a tesoura. Vi o objeto seguir pela mesa, de mão em mão, até cortar um pedaço de *tweed* verde-floresta.

A garota impetuosa que tinha aberto a porta estalou os dedos na frente do meu rosto.

— Preste atenção! Meu nome é Mina. Estou no comando aqui. Sou *A Chefe*, entenderam?

Fiz que sim com a cabeça. A mulher que tinha entrado comigo apenas piscou e arrastou os pés com um sapato só. Ela era bem velha – uns vinte e cinco anos – e assustada como um coelho. Coelhos dão boas luvas. Já tive chinelos forrados com pele de coelho. Eram muito confortáveis. Eu não sabia o que tinha acontecido com o coelho. Acho que foi parar em um cozido...

Estalo! Escapei da lembrança. Precisava me concentrar.

— Ouçam com atenção — Mina ordenou. — Não vou repetir depois, e... — *Bam!* A porta se abriu mais uma vez. A brisa da primavera soprou mais uma garota para dentro, os ombros arqueados e as bochechas arredondadas como um esquilo que acabou de encontrar um monte de nozes.

— Me desculpe...

A recém-chegada abriu um sorriso tímido e olhou para os sapatos. Olhei para eles também. Ela tinha percebido que os pés não pertenciam ao mesmo par, certo? Um era uma sapatilha verde-clara de cetim com fivela de metal, o outro era um sapato social marrom com cadarços quebrados. A todas nós, foram jogados sapatos aleatórios quando chegamos... Aquele esquilinho não tinha nem conseguido barganhar um par compatível? Dava para ver logo de cara que ela seria inútil. Seu sotaque era extremamente, extremamente... *você sabe*. Requintado.

— Estou atrasada — ela disse.

— Sério? — Mina respondeu. — Parece que há uma *dama* entre nós. Que gentileza se juntar a nós hoje, *madame*. Como posso servi-la?

— Disseram que abriu uma vaga repentina no Estúdio de Costura — respondeu a Esquila. — Que vocês precisavam de boas operárias.

— E preciso mesmo! Costureiras de verdade, não damas petulantes. Você me parece aquele tipo de mimadinha que ficava sentada em uma almofada bordando saquinhos de lavanda e outras frivolidades inúteis. Estou certa?

A Esquila não parecia se ofender, por mais que Mina a ridicularizasse.

— Eu sei bordar — ela disse.

— Você vai fazer o que eu mandar! — respondeu Mina. — Número?

A Esquila juntou bem os pés. Como conseguia ficar tão aprumada com calçados diferentes? Ela *não* era o tipo de garota com quem eu costumava me misturar. Apesar de estar tão malvestida, provavelmente achava que eu era simplória demais. Inferior a ela.

Ela recitou seu número com uma enunciação perfeita. Aqui, usavam-se apenas números, nada de nomes. Coelha e eu dissemos nossos números também. A Coelha gaguejou um pouco.

Mina torceu o nariz.

— Você! — Ela apontou para a Coelha. — O que você sabe fazer?

A Coelha tremeu.

— Eu... eu costuro.

— Idiota! É claro que você costura, ou não estaria aqui. Não convoquei costureiras que não sabem costurar, não é? Isso aqui não é uma desculpa para evitar trabalhos mais pesados! Você pelo menos costura bem?

— Eu... eu costurava em casa. As roupas dos meus filhos. — Ela franziu o rosto como um lenço usado.

— Ai, meu deus. Você não vai chorar, vai? Não suporto gente chorona. E *você*? — Mina se virou e olhou feio para mim. Eu me encolhi como *chiffon* sob um ferro quente demais. — Você tem idade suficiente para estar aqui? — ela perguntou em tom de zombaria.

— *Dezesseis* — respondeu a Esquila repentinamente. — Ela tem dezesseis anos. Ela disse isso antes.

— Não perguntei para você. Perguntei para *ela*.

Engoli em seco. Dezesseis era o número mágico. Se eu fosse mais nova, seria inútil.

— Ela... hum... tem razão. Tenho dezesseis anos. — Bem, eu teria. Algum dia.

Mina riu.

— E, me deixe adivinhar, você costura vestidos para bonecas e deve saber pregar um botão, mas só depois de terminar o dever de casa. Sinceramente! Por que eles desperdiçam meu tempo com essas cretinas? Não preciso de colegiais. *Saia!*

— Não, espere, eu posso ser útil. Eu sou, hum...

— Você é o quê? Filhinha da mamãe? Queridinha da professora? Um desperdício de espaço? — Mina começou a se afastar, fazendo um gesto de desdém com os dedos.

Era isso? Minha primeira entrevista de emprego tinha sido um fracasso. Um desastre! Aquilo significava voltar para... o quê? Na melhor das hipóteses para um trabalho limpando cozinha ou lavando roupa. Na pior das hipóteses, trabalho na pedreira ou... trabalho nenhum, que era a pior coisa que poderia acontecer. Não pense nisso. *Concentre-se*, Ella!

Minha avó, que tem um lema para cada ocasião, sempre diz: *Quando estiver em dúvida, levante a cabeça, endireite os ombros e seja rebelde.* Então me aprumei até ficar com o corpo todo reto – e eu era bem alta – respirei fundo e declarei:

— Sou cortadora!

Mina olhou para mim.

— Você? Cortadora?

A cortadora era uma costureira extremamente habilidosa, responsável por criar as formas que se transformariam nas peças de roupa. Não existia boa costura no mundo capaz de salvar um item de vestuário cujos moldes tivessem sido feitos por uma cortadora ruim. Uma *boa* cortadora valia seu peso em ouro. Ou pelo menos era o que eu esperava. Eu não precisava de ouro. Só precisava daquele trabalho, custasse o que custasse. Era o trabalho dos sonhos, afinal – se fosse possível sonhar em um lugar como este.

Até aquela altura, as outras operárias haviam nos ignorado. Agora, eu tinha a impressão de que estavam ouvindo o tempo todo. Sem perder um ponto, estavam esperando para ver o que aconteceria em seguida.

— Sim — continuei. — Com certeza. Sou modelista, cortadora e costureira profissional. Eu... faço meus próprios modelos. Um dia vou ter minha própria loja de roupas.

— Um dia você vai... Rá! Que piada — Mina zombou.

A mulher que operava a máquina mais próxima falou sem nem tirar os alfinetes da boca:

— Precisamos de uma boa cortadora, já que Rhoda adoeceu e saiu — ela murmurou.

Mina acenou lentamente com a cabeça.

— É verdade. Certo. Eis o que vai acontecer. Você, princesa, pode passar as roupas e fazer a limpeza. Essas suas mãos macias precisam ficar mais firmes.

— Não sou princesa — respondeu a Esquila.

— Ande!

Mina olhou para mim e para a Coelha de cima a baixo.

— Quanto a vocês, suas costureiras medíocres, podem fazer um teste. Vou ser franca: só tem vaga para uma das duas. *Só uma*, entenderam? E eu mando as duas embora se não corresponderem aos meus altos padrões. *Eu* me qualifiquei nos melhores lugares.

— Não vou decepcionar você — eu disse.

Mina pegou algo em uma pilha de roupas ao lado e jogou para a Coelha. Era uma blusa de linho, tingida em um tom de verde-menta tão fresco que praticamente dava para sentir o sabor na língua.

Mina deu a ordem:

— Descosture isso e solte um pouco. É para uma cliente, a esposa de um oficial, que se enche de creme, então é mais redonda do que pensa que é.

Creme... ah, creme! Da jarra verde florida de minha avó, derramado sobre morangos...

Dei uma olhada na etiqueta na parte interna da gola da blusa. Meu coração quase parou de bater. Era o nome elegantemente grafado de uma das casas de alta-costura mais veneradas do mundo. O tipo de lugar cujas vitrines eu nem ousaria olhar.

— E *você...* — Mina colocou um pedaço de papel na palma da minha mão — outra cliente, Carla, pediu um vestido. Semiformal, para um concerto de música ou algo assim no fim de semana. Aqui estão as medidas dela. Memorize-as, pois quero o papel de volta. Pode usar o manequim número quatro. Pegue o tecido ali.

— O quê...?

— Escolha algo que combine com uma loira. Limpe-se primeiro naquela pia e coloque um jaleco. Nesta oficina, limpeza é essencial. Nada de marcas de dedos encardidos no tecido, nada de manchas de sangue ou poeira. Entendido?

Fiz que sim com a cabeça, tentando desesperadamente não chorar. Mina curvou para cima os lábios finos.

— Acha que *eu* sou severa? — Ela me encarou com os olhos semicerrados e apontou com a cabeça para a outra ponta da sala. — Apenas se lembre de quem está naquele canto.

Nos fundos da oficina havia uma figura obscura encostada na parede, cutucando as cutículas. Olhei uma vez e desviei os olhos.

— E então? — disse Mina. — O que está esperando? A primeira prova é às quatro horas.

— Quer que eu faça um vestido do zero antes das quatro horas? É...

— Difícil demais? Cedo demais? — ela perguntou em tom de zombaria.

— É possível. Tudo bem.

— Então ande logo, estudante. E, lembre-se, estou esperando que você faça um belo de um estrago.

— Meu nome é Ella — informei.

Não me importa, disse sua expressão indiferente.

A pia da sala de trabalho era uma daquelas peças enormes de cerâmica com marcas esverdeadas sob as torneiras, onde os canos vazavam. O sabão quase não fazia espuma, mas era melhor do que nada – que era o que eu tivera nas últimas três semanas. Havia até uma toalha – uma *toalha!* – para secar as mãos. Ver água limpa saindo de uma torneira era fascinante.

A Esquila, bem atrás de mim aguardando sua vez, disse:

— Parece prata líquida, não parece?

— Shh! — Franzi a testa, com medo da sombra da figura obscura do outro lado da sala.

Lavei as mãos sem pressa. A Esquila podia esperar. Mesmo eu não sendo requintada como ela, sabia como era fundamental estar limpa e apresentável. A aparência era importante. Quando eu era criança, minha avó sempre fazia um barulho de reprovação com a boca se eu chegasse com mãos encardidas e unhas sujas, ou com uma sujeira suspeita em cantos escondidos. *Dá para plantar batatas atrás das suas orelhas!*, ela dizia se eu não me esfregasse bem com a flanela.

Mãos limpas são sinônimo de trabalho limpo, era outro de seus lemas.

Ela também gostava de murmurar: *Quem guarda sempre tem*. E, se alguém acabava falando o que não devia, ela dava de ombros e dizia: *O peixe morre pela boca!*

Nunca gostei muito de peixe, a casa ficava com cheiro ruim por dias após o preparo de certas receitas, e eles sempre tinham espinhas, mesmo quando minha avó dizia: *Não se preocupe, não tem espinhas*. Então eu começava a comer pela parte carnuda e logo engasgava com uma espinha fininha presa no fundo da garganta. Era preciso levantar o guardanapo para retirá-la sem revoltar todos que estavam sentados à mesa. Eu a colocava no canto do prato e tentava não olhar para ela pelo restante da refeição. Mas sabia que estava lá.

Desde que eu chegara a Birchwood, já tinha decidido que só veria as coisas que queria ver. Todos os segundos de minhas primeiras três semanas ali tinham sido horríveis – muito piores que espinhas de peixe. Era como se eu fosse um *golem* – uma garota sem alma – jogado de um lado para o outro, esperando, levantando, agachando. Eu não tinha palavras para fazer perguntas sobre o que era esse lugar, ou o que acontecia aqui. E não queria mesmo saber as respostas. Agora, na oficina de costura, eu finalmente me sentia humana de novo. Respirava ar fresco. Esquecia o resto da realidade. Se eu estreitasse bem minha mente, poderia acreditar que não existia mais nada no mundo além de fazer esse vestido para minha cliente Carla. Por onde começar?

Uma prova às quatro horas. Simplesmente não era possível. Não dava para desenhar, cortar, alfinetar, alinhavar, costurar, passar e finalizar. Eu estragaria tudo, exatamente como Mina tinha previsto. Eu fracassaria.

Não pense em fracasso, minha avó diria. *Você é capaz de fazer tudo que bota na cabeça. Tudo. Menos bolos. Seus bolos são horríveis.*

Enquanto estava lá parada, prestes a entrar em pânico, senti olhos sobre mim. Era a Esquila, perto da tábua de passar. Devia estar rindo de mim. Por que não estaria?

Virei as costas para ela e segui, com meus sapatos grandes demais que faziam barulho quando eu andava, até as prateleiras de tecidos... e logo esqueci de Mina e suas ameaças. Era tão maravilhoso ver cores que não eram *marrom*: três semanas apenas vendo marrom-madeira, marrom-lama e outros tons de marrom horríveis demais para mencionar.

Agora havia rios de material para meus dedos tocarem. Mina tinha dito que Carla era loira. Longe do marrom de Birchwood, o verde ganhou em espaço em minha cabeça: uma boa cor para loiras. Puxei rolos e fardos de tecido, procurando o tom perfeito. Havia veludo verde-musgo. Tule com paetês prateados no tom da grama sob o luar. Algodão com estampa de folhas. Fitas de cetim repletas de brilho... E o meu preferido – uma seda esmeralda que ondulava como a água tocada pela luz que atravessa as folhas das árvores.

Eu já podia visualizar o vestido que faria. Minhas mãos começaram a esboçar formas no ar, a ponta dos dedos tocava ombros invisíveis, costuras e as dobras da saia. Olhei à minha volta. Precisava de coisas. Uma mesa e papel. Um lápis, alfinetes, tesoura, agulha, linha, máquina de costura, café da manhã – *minha nossa, como eu estava com fome...*

— Com licença. — Puxei a manga de uma garota magra como um graveto. — Pode me dizer onde eu consigo...

— Shh — a garota disse. Ela colocou dois dedos diante dos lábios e imitou um zíper os fechando. Tinha mãos extremamente elegantes, como as de um anúncio de esmalte, mas sem o esmalte.

Abri a boca para perguntar por que era proibido falar, mas logo pensei melhor. A figura obscura no canto não parecia estar olhando, nem ouvindo, mas era difícil ter certeza...

A garota magra – eu a apelidei de Girafa – fez sinal para eu a acompanhar ao longo de fileiras de operárias até a outra ponta de uma mesa.

Ela apontou para um banquinho vazio. Já havia três mulheres sentadas ali. Elas se apertaram para abrir espaço para mim. Uma delas era a Coelha. Estava nervosa, virando a blusa verde-menta do avesso e observando as costuras.

    Sentei-me com minha seda. Agora precisava fazer um molde. Uma garota mais adiante na mesa tinha uma bobina de papel para molde e um toco de lápis. Respirei fundo. Levantei. Fiz sinal de que queria o papel. A garota se arrepiou tal qual um ouriço. Arrastou o papel para mais perto dela. Coloquei a mão sobre o rolo e o arrastei com força. A Ouriço o puxou. Eu puxei para o meu lado. Venci. Peguei o lápis também.

    Mina estava olhando. Será que imaginei ter visto um sorriso? Ela deu um pequeno aceno com a cabeça, como se dissesse: *Isso, é assim que as coisas funcionam por aqui.*

    Desenrolei o papel. Era pardo, com brilho de um lado e levemente listrado do outro. O tipo de papel que se usava para embrulhar linguiças. Belas linguiças gordinhas com pedaços de cebola picada, ou às vezes com tomate, bem vermelhas na frigideira. Ou linguiças com ervas, salpicadas com manjericão e tomilho...

    Meu estômago roncava.

    Minha avó sempre usava jornal para os moldes. Ela era capaz de esboçar um vestido completo ou um terno em segundos, direto sobre as páginas da gazeta local. Depois cortava as manchetes, os anúncios de tônicos medicinais e as cotações diárias do mercado de bovinos. Nunca era preciso fazer mais que uma prova com os moldes de minha avó. Já eu tinha que forçar um pouco a vista e fazer alguns testes primeiro. Normalmente, minha avó espiava por cima do meu ombro enquanto eu cortava. Agora eu estava sozinha. Dava para ouvir um relógio tiquetaqueando em minha cabeça. Primeira prova às quatro horas...

    Certo. O molde estava pronto.

    — Ei — sussurrou uma das mulheres curvadas sobre a mesa à minha frente. Ela era larga e atarracada, tinha a pele manchada, então, em minha cabeça, eu a chamei de Rã. — Pode guardar as aparas de papel para mim? — ela perguntou.

Vi que a Rã estava ocupada fazendo casas de botões em um casaco de lã cor de maçã verde. Era o tipo de casaco perfeito para a primavera, quando não dá para saber se o tempo vai estar bom ou um pouco frio. Nós tínhamos uma macieira no jardim da frente de casa. Sempre parecia demorar uma *eternidade* até as flores darem lugar aos frutos. Um ano, os galhos estavam carregados de frutas gordas e se curvavam como minhas costas enquanto eu costurava. Fizemos *crumble* de maçã coberto com açúcar caramelizado, folhados de maçã e até sidra de maçã, que me provocou soluços devido ao gás. Quando a Guerra começou, um de nossos vizinhos cortou a árvore para fazer lenha. Disse que Nossa Laia não precisava de árvores.

— O papel? — a Rã interrompeu meus pensamentos.

Olhei ao redor. Será que era permitido guardar aparas de papel? Antes que eu soubesse como responder, a Rã fez cara feia para mim e se virou.

Engoli em seco e pedi com a voz rouca:

— Tesoura! — Então disse mais alto: — Tesoura!

Como eu tinha visto antes, uma tesoura afiada para tecido foi passada - lentamente - pelas mesas. Era uma boa tesoura de aço com anéis duplos. Minha avó teria aprovado.

Engoli em seco novamente.

— Alfinetes?

Eu já tinha visto a lata de alfinetes de Mina no bolso de seu jaleco. Ela se aproximou. Tirou vinte. Eu lhe disse que precisava de mais.

— Minha avó diz que é melhor colocar alfinetes de cima a baixo para a seda não sair do lugar.

— Você vai fazer o vestido em *seda*? — Mina perguntou como se eu tivesse assinado minha própria sentença de morte. — Não estrague tudo!

Ela torceu o nariz e saiu. Eu a invejava. Ela tinha uma sala cheia de gente se contorcendo para seguir suas ordens. Além de sapatos decentes, um vestido relativamente bom sob o jaleco e *batom*. Aqui, ela era conhecida como Proeminente. Proeminentes tinham privilégios e poder - poder suficiente para comandar o restante de nós. Alguns Proeminentes tentavam ser justos. A maioria adorava abusar do poder, exatamente como aqueles valentões da escola que achavam que acabar com os outros os tornava maiores e melhores. Na natureza, se Mina fosse um animal, seria um tubarão, e nós seríamos todos os peixes pequenos de seu oceano. Peixes pequenos são devorados. Tubarões sobrevivem. Era melhor ser predador que presa, certo?

Os alfinetes não eram do tipo certo. Não eram os alfinetes miudinhos que minha avó me ensinou a usar na seda, então preferi não arriscar usar muitos, por medo de deixarem buracos. A tesoura também me aterrorizou. Normalmente, eu amava o som da tesoura cortando e a ansiedade animada que o acompanhava. Dessa vez, senti apenas medo. Depois que o tecido fosse cortado, não haveria como voltar atrás. Era preciso ter certeza antes de passar as lâminas brilhantes pelo pano.

Apoiei as mãos espalmadas sobre a mesa até pararem de tremer. Estava em pé para fazer o corte, mas minhas pernas pareciam fracas. Minha avó gostava de fazer o corte no chão, onde havia mais espaço. Eu não achava que o assoalho da oficina de costura estava limpo o bastante para isso. Preferi estender a seda sobre a mesa, prendi o molde, marquei pences e pregas... e me preparei para o feito...

Quando começar a cortar, use o meio das lâminas da tesoura e corte com movimentos longos e regulares. Se ao menos fosse fácil assim. O tecido deslizava como cobra no mato, serpeando entre as folhas, procurando um rato para comer. Não havia ratos na sala de trabalho – nenhuma migalha os atraía. Não havia comida para nós também. Apenas ar, fiapos e um toque de poeira.

A Coelha olhava para a tesoura. Sorrateiramente, suas mãos atravessaram a bancada na direção dela. Eu a segurei e comecei a cortar fios soltos imaginários. A Coelha engoliu em seco e sussurrou:

— Por favor, eu posso...?

Fingi não ouvir. Não sei por quê. Quando não dava mais para protelar, passei a tesoura a ela.

— Obrigada — ela balbuciou, como se eu fosse o espírito do altruísmo.

Fiquei aflita ao vê-la cortando a blusa de alta-costura grosseiramente. A peça tinha uma gola de renda branca sobre o verde, como flores de cerefólio em uma cerca viva.

Quando terminei de cortar e montar o vestido, imaginei que já fosse de tarde. Não havia almoço em Birchwood, então nada marcava o meio do dia. Quando eu trabalhava ao ar livre, só sabia que era meio-dia quando o sol ficava mais alto e mais quente. Era a metade do tempo entre o desjejum e o jantar. Na sala de costura sem relógio, o tempo era marcado pelo retinir das tesouras batendo na madeira, pelo suspiro da linha puxada pela agulha e pelo incansável ruído das máquinas. De vez em quando ouvia-se o tilintar de metal caindo no chão e Mina gritava "Alfinete!". A suas costas, as outras operárias reviravam os olhos e zombavam dela em silêncio, murmurando em eco *"Alfinete! Alfinete! Alfinete!"*.

A figura obscura do outro lado da sala mal se mexia. Acho que ela devia ter adormecido.

De repente, Mina estava atrás de mim.

— Já terminou, estudante?

— Está tudo alinhavado, pronto para costurar — respondi.

Mina apontou para uma máquina de costura. Minhas mãos tremiam enquanto eu preparava o carretel e passava a linha pela agulha.

Primeira prova às quatro horas... Apertei o pedal com o pé, pronta para dar andamento ao serviço. A agulha subiu e desceu – rápido demais! A linha enroscou. Meu rosto ficou corado. Mas nenhum estrago havia sido feito ainda.

Tentei de novo. Melhor. Verifiquei a tensão da linha, fiz alguns ajustes, respirei fundo e comecei.

Era um som familiar – a batida das partes de metal se movimentando juntas. Uma parte de mim sentia-se transportada para casa, para a sala de costura de minha avó. Ah, se fosse assim tão fácil chegar lá. Eu costumava brincar no chão enquanto minha avó costurava, pegando alfinetes e pedacinhos de linha. Minha avó chamava sua máquina de costura de Betty. Betty era velha. Praticamente uma obra de arte. Era pintada com tinta esmaltada preta e padrões dourados, e tinha o nome de minha avó gravado nela. Minha avó pisava no pedal com seus chinelos preferidos, forrados com pelos e com uma abertura na frente para não apertar seus pés inchados. Quando ela costurava, o tecido parecia conduzir a si mesmo em linha reta até a agulha. Eu ainda não tinha esse toque mágico. Nem minha avó por perto para ajudar.

Uma lágrima caiu. Ela transformou a seda em um verde escuro, venenoso. Funguei. Não havia nenhum lencinho. Não era uma boa hora para lembranças. Melhor apenas costurar, uma emenda, uma pence por vez. Primeiro as peças do corpete, depois as da saia, das mangas e das ombreiras.

Depois de toda a costura, saí da máquina e fui até a Esquila na tábua de passar. Passar com frequência é o segredo para uma peça de roupa bem-feita – qualquer iniciante sabe disso. O ferro de passar da oficina tinha um cabo longo que pendia do teto. Torci para o ferro não queimar ou enrugar a seda, principalmente porque a Esquila parecia não saber direito o que estava fazendo com ele. Provavelmente nunca havia feito nenhum serviço doméstico na vida.

Você nunca passou roupa?, balbuciei da primeira vez que fui até lá.

A Esquila abriu um sorriso triste e fez que não com a cabeça. Ela movimentou a boca, querendo dizer: *O ferro é pesado. E quente.*

Fingi surpresa: *Quem poderia imaginar?!*

A Esquila estendeu as mãos para pegar minha seda. Cuspiu no ferro para estimar a temperatura em que estava. A saliva chiou. Ela diminuiu o termostato. Quando de fato começou a passar as peças para mim, seu manuseio foi notavelmente leve e eficiente.

Balbuciei: *Obrigada.*

Ela estendeu a mão, esperando o pagamento. Depois riu da minha cara.

— Estou brincando. Meu nome é Rose — ela sussurrou.

Ouvir um nome em vez de um número era como puxar um laço de fita para desembrulhar um presente precioso.

— Ella.

— Eu não sou nenhuma princesa.

— Nem eu.

— Apenas condessa. — Rose sorriu.

Mina tossiu. De volta ao trabalho.

A cada poucos minutos, eu dava uma espiada na Coelha. Ela estava costurando com o corpo todo inclinado, focada. Minha nossa – ela não tinha notado? Tinha soltado as costuras corretamente, mas pregado as mangas *do lado contrário*. Estavam dobradas como se os braços estivessem quebrados.

— Ei! — Eu não sabia o nome dela (e ela provavelmente não responderia se eu a chamasse de Coelha). — Ei, você? — Ela levantou os olhos.

Então lembrei do alerta de Mina: *Só tem vaga para uma das duas*.

Tinha que ser eu. Eu *não* ficaria rolando na lama como os outros, apenas mais uma anônima. Eu tinha habilidades. Talento. Ambição. Será que não *merecia* ter um bom trabalho e uma chance de crescer? Minha avó não ia querer que eu fracassasse. Ela estava esperando eu voltar para casa. Eu precisava sobreviver e prosperar. A Coelha teria de se virar sozinha. Então tirei os olhos da blusa arruinada e balancei a cabeça – *Não é nada*.

A Coelha continuou destruindo seu trabalho. Com os plissados de meu vestido passados, coloquei um zíper lateral e comecei a costurar à mão o decote mais elegante de todos. Minha cabeça começou a baixar cada vez mais. Seria tão fácil simplesmente fechar os olhos e tirar uma soneca. Quando foi a última vez que dormi direito? Havia mais de três semanas. Talvez uma sonequinha não fizesse mal... *Ah!* Alguém me empurrou para me acordar. Quanto tempo eu havia dormido? Um minuto? Cem anos? Olhei ao redor. Rose, a esquila, estava passando por mim. Ela balbuciou: *Quase quatro horas*.

Quase quatro horas! Apressei-me com a costura. Ainda estava tirando os fios do alinhavo quando Mina se aproximou.

— E então, moças, como foi seu primeiro, e provavelmente último, dia de trabalho aqui? Mostre o vestido, estudante.

Sacudi a peça e a entreguei a ela. Estava uma bagunça. Um trapo. Parecia um pano de prato, e não um vestido. A *pior* coisa já produzida na história do corte e costura. Eu sabia que as outras operárias estavam observando. Não conseguia respirar.

Em silêncio, Mina analisou cada centímetro da seda esmeralda. Em silêncio, ela levantou o vestido, sacudiu-o e observou-o contra a luz.

— Quem diria? — ela finalmente disse. — Você *sabe* costurar. E até que bem. Eu já deveria saber. Eu me qualifiquei nos melhores lugares.

Ela estalou os dedos para ver a blusa em seguida.

A Coelha estava com tanto medo que suas mãos mal soltaram o tecido. Ela notou seu terrível erro com as mangas exatamente no mesmo instante que Mina.

— Desculpe, desculpe — a Coelha disse, em pânico. — Eu sei... as mangas... ao contrário... posso consertar. Não vou fazer de novo, prometo. Por favor, me deixe ficar.

A voz de Mina era grave e perigosa.

— Eu disse como seria... só tem vaga para uma das duas. Não é verdade, estudante?

Meu coração estava acelerado. Eu queria explicar que tinha sido apenas um acidente – a mulher estava cansada, nervosa, não estava em sua melhor forma. As palavras estavam presas em minha garganta, como acontece em um sonho, quando é preciso pedir ajuda. Mesmo tomada pela vergonha, eu não disse nada.

— Foi um acidente — disse uma voz tímida. — Ela disse que não vai fazer de novo.

A Esquila estava bem atrás de Mina, pequena, atenta, pronta para sair correndo.

Mina ignorou Rose, como se ela realmente fosse uma roedora guinchando.

— Saia daqui, sua idiota! — ela gritou para a Coelha. — Ou vou ter que te botar para fora? — Ela levantou a mão e deu um passo para a frente. A figura obscura no outro lado da sala se movimentou e se esticou.

Pálida de medo, a Coelha correu para a porta e desapareceu. Todas nós só observamos, quase seguras em nosso santuário.

Quando a porta que levava para fora voltou a se fechar, Mina soltou um suspiro que dizia: *Vocês não percebem como minha vida é difícil?*

Em seguida, ela pegou meu vestido verde e foi até outra porta na extremidade oposta da sala de costura. Só podia ser o provador. Minha cliente, Carla, experimentaria o vestido e então eu saberia se tinha conseguido o emprego ou não.

Sussurrei para a Rã:

— O que... o que vai acontecer com ela? Com aquela mulher que acabou de sair?

A Rã nem tirou os olhos da lã cor de maçã verde.

— E quem sabe? Talvez o mesmo que aconteceu com Rhoda, a mulher cujo lugar você espera ocupar.

Esperei. A Rã não disse mais nada. Ela continuou costurando, um ponto atrás do outro. Mina saiu do provador. Meus olhos a acompanhavam enquanto ela se movimentava como um tubarão entre as mesas, em minha direção. Levantei tão rápido que minha banqueta caiu.

— *Alfinetes!* — ela exigiu.

Tateei sobre a mesa. Mina abriu a caixa de alfinetes e eu contei vinte e os coloquei de volta lá dentro. Em seguida, ela recolheu toda sobra de tecido e papel. A Rã fez cara feia – sem chance de ficar com minhas aparas de papel agora. Fiquei me perguntando para que ela queria aquilo.

Mina me olhou de cima a baixo. Ser analisada por ela era como ter a alma esfregada com palha de aço. Finalmente, com relutância, ela acabou com meu sofrimento.

— A cliente disse que o vestido é encantador.

Suspirei aliviada.

— Como recompensa, ela me deu isso. Uma das vantagens desse trabalho, comida extra. — Mina desdobrou um pacote de papel. O embrulho continha uma fatia de pão preto com uma mísera camada de margarina. O dobro do tamanho de minha porção usual no jantar.

— Errr, obrigada, não estou com fome. — Por incrível que pareça, achei que meu estômago estava agitado demais para comer.

— Mentirosa! Você tomou... o quê? Uma caneca de café aguado e marrom no desjejum e vai tomar uma caneca de sopa aguada e marrom no jantar. Está faminta o suficiente para superar ataques de consciência estúpidos sobre aquela idiota incapaz que eu botei para fora. Faminta o suficiente para fazer o que for preciso para sobreviver por aqui. Acredite em mim, é o único jeito.

Ela sabia que eu tinha notado o erro da Coelha. Sabia por que eu não dissera nada. Ela aprovava.

Bem na minha frente, Mina comeu a fatia de pão inteira e lambeu os dedos. Ela disse:

— Observe a aprenda, *Ella*. Observe e aprenda.

Se é que dormi aquela noite, foi sonhando com vestidos verdes passando por mim em um desfile encantado.

As pessoas riem da moda. *São apenas roupas*, dizem.

Certo. Apenas roupas. Só que nenhuma das pessoas que eu vi zombando da moda estava nua naquele momento. Todas se vestiam pela manhã, escolhendo roupas que diziam: *Ei, sou um banqueiro de sucesso.* Ou, *Sou uma mãe ocupada.* Ou, *Sou um professor cansado... Um soldado condecorado... Um juiz pomposo... Uma garçonete atrevida... Um motorista de caminhão... Uma enfermeira...* A lista não tem fim. Roupas mostram quem você é, ou quem quer ser.

Então as pessoas podem dizer: *Por que você leva roupas tão a sério quando há coisas mais importantes para se preocupar, como a Guerra?*

Ah, eu estava preocupada com a Guerra, sem dúvida. A Guerra atrapalhou tudo. No mundo real, fora daqui, eu perdia horas na fila de mercados com prateleiras vazias. Mais horas escondida no porão quando os bombardeiros sobrevoavam. Aguentava inúmeras atualizações das notícias, e meu avô traçando linhas de batalha em um mapa preso à parede da cozinha. Eu sabia que a Guerra chegaria – as pessoas só falavam sobre isso havia meses. Aprendemos sobre a Guerra nas aulas de história da escola. A Guerra era algo que aconteceu com outras pessoas muito tempo antes.

Então ela chegou ao meu país. À minha cidade.

Foi a Guerra que me levou a Birchwood – conhecido, em um idioma mais severo, como Auschwitz Birkenau. O lugar a que todos chegam e do qual ninguém sai.

Aqui, as pessoas descobrem que roupas não são tão triviais, afinal. Principalmente quando não se tem nenhuma. A primeira coisa que Eles fizeram quando chegamos foi nos mandar tirar as roupas. Minutos após sair do trem, fomos divididos entre homens e mulheres. Eles nos jogaram em uma sala e nos disseram para tirar a roupa. Bem ali. Com todos olhando. Não era permitido manter nem as roupas íntimas.

Nossas roupas foram dobradas em pilhas. Sem elas, não éramos mais banqueiros, professores, enfermeiras, garçonetes ou motoristas de caminhão. Éramos pessoas assustadas e humilhadas.

Apenas roupas.

Fiquei olhando para minha pilha de roupas dobradas. Memorizei a lã macia de meu suéter. Era meu suéter preferido, com bordado de cerejas, um presente de aniversário que ganhara da minha avó. Memorizei as dobras bem-feitas de minhas calças e meias, enroladas em par. Meu sutiã também – meu primeiro sutiã! – que eu tinha escondido junto com a calcinha para não ficarem à vista.

Depois, Eles tiraram nosso cabelo. Todo nosso cabelo. Rasparam os fios com navalhas cegas. Deram-nos triângulos de tecido fino como lenços para a cabeça. Obrigaram-nos a pegar sapatos em uma pilha alta como uma casa. Encontrei um par. Rose obviamente não havia tido essa sorte, ficando com uma sapatilha de cetim e um sapato social de couro.

Disseram que teríamos nossas roupas de volta depois de um banho. Mentiram. Recebemos vestidos retos com listras. Listrados, circulávamos como zebras em pânico. Não éramos mais pessoas, éramos números. Eles poderiam fazer o que quisessem conosco. Então não venha me dizer que roupas não importam.

— O que *você* pensa não importa! — exclamou Mina quando apareci na oficina no dia seguinte, com os olhos turvos por ter acordado antes do amanhecer. Estava prontíssima para costurar... mas descobri que me mandaram lustrar o chão do provador.

— Pensei que eu estava aqui para costurar, não para trabalhar como empregada — foi minha resposta.

O tapa veio tão rápido que nem deu para evitar. Uma palmada dura do lado de meu rosto que ainda não estava machucado. Fiquei tão surpresa que quase levantei a mão para revidar.

Os olhos de Mina brilhavam como se ela soubesse o que eu estava pensando. Aquilo era para mostrar quem era a Chefe. Certo. Era ela.

Lavei as mãos, vesti um jaleco marrom e fui pegar os produtos para lustrar o chão. Notei que Rose não estava na tábua de passar. Fiquei imaginando o que teria acontecido com ela. Era fraca demais para continuar na sala de costura, obviamente. Pessoas como ela eram muito legais, mas não tinham determinação. Não que eu me importasse, é claro. Não estava aqui para fazer amigas.

Quando abri a porta do provador, fiquei boquiaberta. Birchwood era tão vazio, tão inóspito, que quase esqueci que poderia haver coisas *agradáveis* em uma sala.

Para começar, havia uma adorável barra com pequenos pompons nos abajures... e luminárias de verdade, não apenas lâmpadas protegidas por uma gaiola de arame. Havia uma poltrona em um dos cantos. Uma poltrona *de verdade*, com frisos trançados e uma almofada verde-grama. Era uma almofada tão alta! Se eu fosse um gato, me deitaria sobre ela e só levantaria se alguém me oferecesse um pires de leite.

Belas cortinas de algodão ocultavam a vista das janelas. Papel de parede com estampa de peônias cobria o concreto. Ao redor da plataforma de prova, no centro da sala, tapetes de verdade e uma série de manequins de costura.

E o item mais luxuoso de todos, um espelho.

Era um espelho fantástico, de corpo inteiro, com a moldura pintada de branco com detalhes dourados. O tipo de espelho que se encontraria no provador da melhor casa de alta-costura da cidade. Eu conseguia me imaginar em um lugar assim, caminhando sobre tapetes macios para ver como meus vestidos ficavam em clientes ridiculamente ricas. Haveria uma lista de espera por minhas criações, é claro. Subordinados correndo para fazer o que eu mandasse. E bandejas de prata com bules de chá e pratos com bolos cor-de-rosa – aqueles bolinhos bem pequenos com açúcar de confeiteiro...

— Olá, Ella...

Uma voz interrompeu meu devaneio. Virando-me, vi meu reflexo no espelho. Que espantalho! Roupas feias, sapatos idiotas, rosto machucado. Nenhum acessório glamoroso, apenas as flanelas de limpeza, um espanador amarelo e uma lata de cera de polimento. Ao meu lado no reflexo estava a Esquila, Rose, segurando um balde de água fervente. Suas luvas estavam enroladas e suas mãos delicadas estavam em carne viva.

— Hoje me mandaram limpar as janelas! — ela disse alegremente, como se fosse um presente. — Só que não alcanço a parte de cima.

Ela era meio baixinha. Eu era alta para minha idade, e foi por isso que passei por dezesseis anos. Alta, mas nem um pouco curvilínea. Mesmo antes das porções para ratos que serviam aqui, eu lutava para encher um sutiã. As saias do uniforme escolar sempre ameaçavam escorregar de meus quadris estreitos, mesmo eu comendo e comendo e comendo.

Minha avó garantiu que eu ganharia forma.

Espere até fazer quarenta anos, ela dizia. *Foi quando eu engordei.*

Não havia muitas mulheres de quarenta anos ou mais em Birchwood. As que tinham essa idade pareciam ter oitenta. As jovens eram mais fortes – duravam mais. Contanto que não fosse jovem demais: dezesseis anos, no mínimo, como Rose havia me indicado no dia anterior. Senão... senão...

Então esqueci tudo sobre Rose e Coisas Impensáveis. Havia avistado uma pilha de revistas de moda espalhadas sobre uma mesa. *Mundo da Moda* e *Tendências da Moda*. Eram exatamente as mesmas que eram vendidas na banca de jornal perto da minha casa. A dona – uma mulher que parecia um hamster ansioso com brincos de ouro barulhentos – sempre guardava nos fundos uma cópia de cada título para mim e para a minha avó.

Em casa, minha avó e eu passávamos horas lendo essas revistas, esquecendo a Guerra enquanto virávamos as páginas juntas.

"A costura está muito próxima na parte de trás disso", minha avó dizia, apontando para uma imagem, ou "coloque *esses* bolsos *naquele* vestido e vai ficar divino". Ou, ao mesmo tempo, dizíamos em coro: "Que cor horrível!", ou "Que roupa linda!". Então ela fazia café em pequenas xícaras de porcelana – não tão forte quanto meu avô gostava – e acrescentava ao dela o líquido de uma garrafa verde que ficava na última prateleira da estante. "É para dar um pouco de vigor", ela confessou.

Gotas de água caíram sobre a capa das revistas. Rose estava se balançando com o balde na beirada da poltrona.

— Desculpe! — ela disse em voz alta.

Pedir desculpas não adianta, diz minha avó.

— Eu posso...

— Você faria isso? Obrigada! — Rose desceu e me passou o balde.

Eu ia dizer: *posso segurar a cadeira*, mas Rose presumiu que eu estivesse sendo generosa e me oferecendo para limpar o vidro da janela para ela. Até parece! A última coisa que eu queria era ver o lado de fora desse porto seguro. Já sabia que não havia nada verde, nada florescendo. A única vista da janela seriam torres de vigilância posicionadas como cegonhas empoleiradas sobre cercas de arame. E chaminés. Chaminés soltando fumaça.

Quando terminei, Rose sorriu e agradeceu. Dei de ombros e comecei a levantar os tapetes, ainda pensando nas lindas fotos da *Tendências da Moda*. Elas me davam tantas ideias para novos vestidos. Se eu limpasse bem, será que Mina me deixaria costurar de novo? Costurar era o grande amor da minha vida. Além disso, se eu costurasse, poderia haver mais recompensas. Eu tinha sido tão *idiota* de não pegar aquele pão no dia anterior. Limpar poderia significar costurar *e* ganhar comida. Perfeito.

Ajoelhei para começar a lustrar. Rapidamente, estabeleci uma boa técnica – flanela nas mãos, círculo com a mão direita, círculo com a mão esquerda.

— Não é assim que se faz — disse Rose, colocando o balde no chão.

Sua voz culta abalou minha confiança. Ela só podia estar fingindo aquele sotaque requintado - certo? - para fazer com que nos sentíssemos ignorantes.

Fiz cara feia para ela.

— Desde quando você sabe tudo sobre limpeza? Achei que tivesse dito que era *condessa*. Se for verdade, você tinha um exército de criados para limpar para você.

— Um exército não, mas vários.

— Então você é rica?

— Eu era.

— Sorte sua.

Ela abriu as mãos, como se dissesse: *Está vendo como tenho sorte.*

— Mesmo assim sei lustrar um chão melhor que você. Veja isso...

Foram-se os estúpidos sapatos desemparelhados. Entrou um par extra de flanelas. Em seus *pés*.

Bem ali, no meio do provador, Rose começou a fazer uma dancinha. Rebolando para a direita, rebolando para a esquerda. Balança os quadris aqui, balança o traseiro ali. Ela estalou os dedos e começou a cantarolar bem baixinho. Eu conhecia a música! Minha avó costumava cantar na sala de costura, batendo os chinelos no mesmo ritmo.

—*Rose!* — alertei. — E se alguém te ouvir?

Ela riu. Inacreditavelmente, ri também. De repente, ela disparou como uma patinadora no gelo, dando a volta na plataforma de provas que ficava no centro da sala, passando pelo espelho e indo até onde eu estava ajoelhada.

— Pode me conceder esta dança? — ela perguntou com uma reverência principesca.

— Está maluca? — sussurrei.

Ela ergueu os pequenos ombros de esquilo.

— Devo ser a pessoa mais sã deste recinto, querida. Gostaria de valsar?

Valsar? Aqui?

Rose parecia tão ousada e divertida que não resisti. Fingi um sorriso tímido pelo convite, depois me levantei com graça e me juntei a ela. Bem, talvez não com *tanta graça*. Ainda estava com as flanelas nas mãos. Imitando Rose, coloquei-as nos pés. Esquecendo-nos de todo o resto, dançamos pelo provador, cantarolando e rindo ao mesmo tempo. Éramos princesas em um conto de fadas! Erámos deusas glamorosas em uma boate chique!

Éramos beldades em um concurso de beleza!

Éramos garotas, apenas garotas, agindo como garotas.

Fomos pegas.

Dava para ouvir o barulho de passos no caminho de cascalho que levava à entrada. Havia alguém na porta com o rosto tão imóvel que parecia ter sido pintado. Rose e eu paralisamos, como se alguém tivesse lançado um feitiço sobre nós. Não havia tempo para pedir perdão. Não havia tempo para apagar nossa existência da sala. Uma cliente havia chegado.

Ela era alta, tinha cabelos bem amarelos e lábios que pareciam almofadas amuadas. E uma pisada forte. Suas botas deixaram marcas no chão recém-lustrado. Os pompons da cúpula do abajur tremeram. E eu também.

Ela nos encarou com um olhar que nos prendeu à parede como borboletas no estojo de um colecionador, e então entrou na sala. Colocou as luvas sobre as revistas e o chapéu na poltrona. O chicote ficou em um canto perto da porta.

Aqui estávamos, em um campo de prisioneiros para inocentes, comandado por criminosos.

E aqui estava uma das Guardas.

A vida toda eu havia sonhado em ter uma loja de roupas. Quando deveria estar na rua brincando com outras crianças, ou pelo menos fazendo deveres da escola, eu estava sentada de pernas cruzadas no quarto de trabalho de minha avó fazendo miniaturas dos vestidos grandes que passavam pela agulha de sua máquina de costura. Minhas bonecas até mesmo discutiam sobre a decoração de provadores de fantasia (eu fazia todas as vozes) e depois posavam com sua moda precoce.

Agora que eu estava em um provador de verdade, com uma *cliente de verdade*, virei um coelho, exatamente como a mulher do dia anterior. Mas coelhos são presas fáceis para cachorros, raposas e lobos, principalmente se estão com flanelas de limpeza nos pés. Rapidamente, tirei as flanelas e calcei meus sapatos de madeira idiotas.

— Olá, eu sou a Carla! — informou a cliente. Seu sotaque era pesado, do jeito que uma batata soaria se pudesse falar. Ela não era nada parecida com a pessoa entediada que vigiava a sala de costura – a figura obscura que nos observava. Carla era jovem e cheia de energia, como as garotas barulhentas que eu costumava ver em grupos nas ruas perto de casa, recém-saídas da escola para começar no primeiro emprego.

— Sim, cheguei mais cedo! — ela exclamou. — É que eu *precisava* provar meu vestido novo mais uma vez. Vocês viram? O de seda verde. Eu *amei*. Tão estiloso. Tão chique. — Ela pronunciava *chic*. — Simplesmente *encantador*. As pessoas não vão ficar com inveja quando virem o que estou vestindo?

Ela desabotoou a jaqueta e a entregou a mim. Sem dizer nada, peguei. Onde deveria colocá-la?

A porta se abriu e Mina entrou, como se tivesse rodinhas nos pés. Ela parou e vociferou:

— Com licença, madame. Sinto muito, não a esperávamos tão cedo. — Ela estalou os dedos para Rose. — Você! Vá pegar o vestido.

Para mim, ela sussurrou em tom de ameaça:

— Ajeite os tapetes!

Carla continuou falando enquanto se despia.

— Mais um adorável dia de primavera. As manhãs estão mais claras, não estão? Detesto levantar quando ainda está escuro, você não detesta? Aqui... — Ela me deu a saia para segurar também.

De anágua e meias de seda, Carla subiu na plataforma de prova no centro da sala. Admirou-se naquele espelho incrível. E havia muito o que admirar. Ela era arredondada nos lugares certos, ao contrário de mim. Meus quadris eram tão estreitos que praticamente cabiam em uma torradeira, como uma fatia de pão.

Rose voltou com o vestido. *Meu vestido*. Quase suspirei quando ele deslizou sobre os braços erguidos de Carla e correu como água sobre sua barriga e suas nádegas. Tocou exatamente os pontos que devia e movimentou-se lindamente quando ela se virou de um lado para o outro diante do espelho. Minha avó ficaria orgulhosa de minha criação.

Carla ficou radiante ao ver seu reflexo e bateu palmas como uma criança em uma loja de doces.

— Ah, você é tão engenhosa. Uma costura tão bem-feita. Um modelo que me favoreceu tanto. Como conseguiu?

— Eu...

Não passei disso. Mina olhou feio para mim – *silêncio*.

— Anos de prática — Mina murmurou. — E ajuda ter uma cliente com um corpo tão bonito. Eu sabia que esse estilo combinaria com você, e escolhi esse tom especialmente para a primavera. A seda *é* um tecido difícil, mas o efeito vale a pena, tenho certeza de que concorda. Eu me qualifiquei nos melhores lugares.

Mina deu a volta na barra do vestido, verificando sua altura, na frente e atrás. Algo caiu. Ela estalou os dedos para mim: *alfinete!* Eu me abaixei e vasculhei o chão – com o dorso da mão, como minha avó havia me ensinado – até sentir o alfinete. Minha avó costumava dizer: *Veja um alfinete, pegue-o do chão e tenha sorte o dia inteiro.* Depois de ouvir Mina receber o crédito pelo *meu* trabalho, eu poderia espetar seu braço com aquele alfinete alegremente. Em vez disso, eu o devolvi a ela.

— O vestido vai ser *maravilhoso* para o concerto no fim de semana — disse Carla. — Todos aqueles violinos não são muito a minha praia, mas quero estar bonita, é claro. E, graças a você, estarei.

— A barra fica pronta em uma hora — Mina disse, aprumando-se e admirando "seu" trabalho.

— Si-sim... — Carla parou de posar e encarou o espelho.

Mina franziu a testa.

— Algum problema?

Tive vontade de me manifestar e dizer: *Sim, há um problema! Você está recebendo crédito pelo meu vestido!* Além disso, se eu tivesse coragem, teria acrescentado que não havia absolutamente nenhum problema com o vestido.

Carla bateu palmas mais uma vez.

— Já sei! Ombreiras maiores. Isso realmente vai dar um charme a mais. E um cinto. Um belo cinto de poá. Vi uma foto em uma daquelas revistas ali, você pode copiar. E uma *lavallière* no pescoço, talvez? Ou vai ficar exagerado?

Com frequência, minha avó voltava para casa depois de uma prova com uma de suas clientes reclamando que elas tinham menos senso de estilo que uma escova de limpar vaso sanitário. Mas o que se podia fazer? Contanto que pagassem no dia certo, era preciso fazer o que pediam, ela dizia. Depois ela tremia um pouco o corpo e acrescentava: *mas não precisa gostar.*

Birchwood, ao que parecia, não era muito diferente. Mina aprovou com um aceno de cabeça todas aquelas sugestões horríveis.

Carla deve ter visto minha cara. Ela semicerrou os olhos, que passavam de mim a Mina. Havia uma espécie de astúcia em seu olhar, mesmo que agisse como uma caipira idiota que conquistou fama e fortuna. Dava para ver que Carla havia se dado conta de que Mina estava mentindo sobre quem havia feito o vestido.

— Espere! — ela gritou. — Esqueça tudo isso. Faça... um casaquinho combinado... — Ela olhou para mim, buscando aprovação. Independentemente do que tenha visto, aquilo lhe deu confiança para prosseguir. — Sim, um casaquinho. Mangas três quartos, estilo bolero, forrado, e talvez bordado. Com seu talento, vai ser moleza. Ótimo, está decidido, então. Rápido, tire isso. Tenho de voltar ao trabalho. O dever chama!

Ela vestiu o uniforme e saiu, batendo o cabo do chicote na bota e cantarolando uma música dançante.

— Não diga uma palavra! — Mina enfiou o dedo magro em meu peito no instante em que a porta se fechou e ficamos sozinhas.
— Mas...
— Nem uma palavra!
— Você...
— Ah, *está bem.* Você está zangada porque aquela porca enorme acha que *eu* fiz o vestido, e não você?
— Bem, sim...
— É duro. É preciso fazer o que for necessário para sobreviver, entendeu?

Acenei lentamente com a cabeça. Estava aprendendo rápido. Se eu sobrevivesse, um dia poderia voltar para casa.

Sem pensar, perguntei:

— Quando posso mandar uma mensagem para que minha avó saiba que estou bem? Ela ficou doente esta primavera, e meu avô não sabe cuidar dela direito. Eu estava voltando da escola quando fui presa e trazida para cá. Ela deve estar morrendo de preocupação.

Mina suspirou.

— Você ainda é bem verde, não é? Há quantas semanas está aqui?

— Três.

— É por isso que não tem a mínima noção. O início é um choque, devo admitir. Ela colocou a mão no bolso do jaleco e tirou uma caixa de papelão. Quando a chacoalhou, saíram dois cigarros finos.

— Aqui está. Pegue. E faça um bolero para Carla.

— Obrigada, eu não fumo.

— Como eu disse – *não tem a mínima noção*! Não se *fumam* cigarros em Birchwood, eles são *dinheiro*. Compre comida ou amigos, não me importa.

— E para mandar uma mensagem...?

— Sem chance. Nem com um caminhão de cigarros. Acha que Eles querem que o resto do mundo saiba que este lugar existe? Ouça meu conselho, estudante, esqueça sua família. Esqueça tudo que existe fora daqui. Aqui, só tem uma pessoa no mundo com quem você tem de se preocupar: *eu, eu mesma e euzinha*. Sempre que ficar imaginando como agir, pergunte a si mesma: *O que Mina faria*?, e você vai se dar bem.

Fiquei olhando para os rolinhos de papel apertados com pedacinhos de tabaco marrom nas pontas. Meu avô enrolava os próprios cigarros. Ele tinha dedos ágeis como os meus, mas os dele eram manchados de tabaco. Quando ele tossia, o que fazia muito, principalmente à noite, eu pegava a bolsa onde ele guardava os cigarros e jogava o tabaco no vaso sanitário. Pela manhã, ele ria de mim, bagunçava meu cabelo e me mandava comprar mais. Eu detestava cigarros. A fumaça deixava um cheiro horrível no tecido.

— E então? — Mina olhou diretamente para mim, medindo-me de cima a baixo.

Peguei os cigarros.

Não foi só isso que peguei no provador aquela manhã.

— Ella... Ei, Ella!

Alguém sussurrou em meu ouvido. Eu estava a quilômetros de distância, pensando em como cortar a lapela do bolero de Carla para ficar com um bom caimento. Minha avó poderia me mostrar facilmente como não a deixar torta. Torta de carne, torta de cereja, torta de pêssego, torta de maçã... Comecei a ficar com água na boca.

Minha avó não estava aqui. Felizmente.

Era Rose.

— O que foi? — sussurrei em resposta.

— Você precisa parar agora. Está quase na hora do jantar.

Ela disse aquilo como se houvesse uma grande mesa com uma toalha de linho branca engomada, velas e guardanapos com argolas de prata e enormes pratos com pilhas de comida fumegante esperando que nos empanturrássemos. Talvez fosse assim em seu palácio de princesa fina.

— Só um minuto — resmunguei. — Preciso resolver isto.

Irritantemente, Rose não se mexeu. Ela pegou o casaquinho e virou a gola de um lado e de outro.

— Você poderia fazer uns pequenos picotes *aqui* para liberar a tensão; assim a lapela vai ficar com um caimento melhor.

Pisquei os olhos. *É claro*. Fui idiota de não ter pensado naquilo. Pedi:

— Tesoura!

Fiz os picotes. A lapela finalmente parou de brigar comigo.

Em todas as mesas, garotas e mulheres dobravam seus trabalhos e devolviam sua cota de alfinetes. Elas se movimentavam devagar, massageando ombros e pescoços doloridos, esticando-se com as mãos na lombar. O dia tinha sido longo. Exaustivo. Ainda assim, ninguém queria sair e quebrar o feitiço da segurança. Do lado fora, cães latiam.

— Cai fora, *princesa* — disse Mina, aparecendo de repente. Rose fez uma mesura e obedeceu.

Mina cutucou meu trabalho com seus dedos longos.

— Nada mal. A cliente pediu algum adorno. Você sabe bordar?

Se sei bordar? Boa pergunta. Mina bateu o pé, aguardando a resposta. *O que Mina faria?*

Mentiria.

— Sou ótima bordadeira — respondi.
— Maravilhoso. Faça uma borboleta ou flores. Alguma coisa bonita e fácil.

Ela saiu. Eu suspirei. Odiava bordar. Achava o ponto cheio estúpido e os nós complicados.

Fiquei procurando Rose durante o jantar, mas ela estava perdida no meio de milhares e milhares de mulheres que vestiam roupas listradas e sorviam sopa aguada de tigelas de alumínio. Foi por mero acaso que a encontrei aquela noite, não muito antes de as luzes se apagarem. As luzes se apagavam às nove da noite (o dia começava às quatro e meia da manhã). Eu estava em meu bloco, na cama. Os alojamentos eram construções compridas, baixas e deprimentes. Cerca de quinhentas de nós eram espremidas dentro de cada bloco. Ficávamos enfiadas em prateleiras de madeira úmidas, três camadas delas, do chão ao teto. Cada prateleira era dividida em leitos com fileiras de colchões de palha sujos. Pelo menos seis em cada conjunto de leitos, pelos menos duas em cada colchão. Não havia outros móveis, a menos que contássemos os baldes usados como vasos sanitários. Naquela noite, minha companheira de cama de sempre não havia aparecido. Não perguntei o motivo. Era melhor não fazer certas perguntas.

Ouvi um barulho no chão e espiei sobre a beirada da cama. A Chefe do alojamento e suas cupinchas haviam encurralado Rose. Eu nem tinha percebido que ela estava em meu bloco. Era uma pena ela ter chamado a atenção da Chefe. As Chefes dos alojamentos ainda eram prisioneiras, mas agiam como Guardas. Eram consideradas Proeminentes, como Mina no ateliê. Usavam sua posição para conseguir a melhor comida, os melhores leitos e os melhores trabalhos. A Chefe de nosso alojamento era uma mulher chamada Gerda. Ela era tão robusta que logo a apelidaram de *Viga*, como as grandes vigas de aço usadas para construir pontes ou para sustentar tetos. Seus braços musculosos podiam muito bem ser feitos de metal fundido. Ela pendurava aqueles braços enormes em volta de uma namorada diferente a cada dia da semana. Eu ficava fora de seu caminho. Seu número era bem baixo, o que significava que devia estar em Birchwood há vários anos, não apenas semanas. Uma pessoa fraca não teria sobrevivido tanto tempo.

Rose era fraca. Viga e companhia a haviam encurralado perto do aquecedor que ficava no meio do barracão. Elas não estavam sendo brutas – ainda. Estavam apenas provocando. Testando até onde poderiam ir.

— Não tem onde dormir, pequena? — Viga perguntou em tom de zombaria. — Ah, não chore. Não vai querer estragar essa carinha linda...

Rose não estava chorando. Estava apenas ali parada, parecendo indefesa, deixando-se empurrar. Será que não tinha aprendido *nada* desde que chegara a Birchwood? Não se deve deixar ninguém maltratar você. Aposto que Mina nunca foi maltratada em *seu* alojamento.

Ela devia ser Chefe ali também.

O que Mina faria?

Ignoraria Rose. Entraria na provocação. Ficaria do lado de Viga.

Viga soprou uma nuvem de fumaça de cigarro no rosto de Rose. Dava para adivinhar o que aconteceria em seguida – uma queimadura de cigarro em sua pele macia. Seria melhor não intervir. Não queria ser malvista por Viga. Como Chefe, ela supervisionava o corte e a divisão da porção diária de pão. Ela também distribuía tarefas, como arrastar o caldeirão de sopa... ou os baldes utilizados como banheiro.

Por outro lado, não seria melhor ter Rose como colega de cama em vez de dormir com outra completa estranha...?

— Ei. Rose! Aqui em cima! — Bati no fino colchão de palha de minha cama.

Rose abriu um sorriso mais iluminado do que a única lâmpada pendurada entre as camas. Ela acenou e fez um pequeno gesto para Viga e companhia abrirem espaço. Elas ficaram tão surpresas que a deixaram mesmo passar.

— Obrigada — ela disse, como se elas fossem convidadas socializando em uma festinha. Apesar de ter braços finos como macarrão, ela conseguiu subir até a terceira camada de leitos. Viga levantou a saia de Rose algumas vezes enquanto ela subia só para deixar claro quem mandava ali.

Eu me perdi em um rápido devaneio sobre macarrão com manjericão fresco e um delicioso molho de tomate... o tipo de refeição em que é necessário sorver o molho, que depois acaba sujando toda a boca...

— Ufa! Você não fica nauseada com essa altura? — Rose perguntou, jogando-se no colchão.

— Cuidado com a cabeça...

Tarde demais. Rose bateu o crânio. O teto era muito baixo... baixo demais até para sentar com a coluna reta.

Eu me mexi para abrir espaço para ela.

— O ar é mais fresco aqui em cima. — *Fresco* significava congelante quando o vento entrava pelas rachaduras e frestas. — E as pessoas não ficam passando em cima de você o tempo todo se quiserem usar o balde. A desvantagem é que, se você precisar fazer xixi, é uma longa descida no escuro.

— Obrigada por dividir a cama comigo — Rose disse, massageando a cabeça. — Umas mulheres tomaram a minha. Não tinha tanta classe como esta.

— *Classe*?

Ela sorriu.

— Bem, *nós* estamos aqui, não estamos?

Agora que eu tinha companhia, estava com um certo dilema. Tinha trocado um dos cigarros de Mina por uma fatia extra de pão com margarina. Como eu ia comer com Rose olhando? Imaginei que poderia escondê-la até a hora do café da manhã, presumindo que ninguém a roubaria enquanto eu estivesse dormindo e que os ratos não a pegariam. Os ratos que corriam pelas vigas do telhado eram mais gordos que os humanos deitados nas camas abaixo.

A fome me venceu. Tirei o pão de dentro do vestido e comecei a mordiscar a casca. Rose engoliu em seco... depois se virou educadamente. Tentei fazer o mínimo barulho ao mastigar. Não adiantou.

— Aqui está. Pegue um pouco — eu disse.

— Eu? Ah, estou cheia — ela mentiu. — Não aguentaria nem uma mordida.

— Não seja idiota...
— Bem, se você insiste.

Mastigamos juntas. A diferença foi que catei e comi as migalhas que caíram no vestido. Rose agiu com educação e as empurrou com a mão.

Em seguida, eu me contorci para tirar meus sapatos idiotas. Além do fato de me darem bolhas horríveis, eram a coisa mais próxima que eu tinha de um travesseiro.

Rose inclinou a cabeça, como faz um esquilo testando uma noz para ver se está boa ou ruim.

— Está ouvindo um barulho?
— São ratos.

Ela balançou a cabeça.

— Não são ratos nem percevejos.

Quando me mexi para ficar menos desconfortável, ela disse:

— É você! *Você* está farfalhando.
— Não estou.
— Está sim. Você está estalando.
— É a sua imaginação.
— Se você está dizendo.

Fiz cara feia.

— E quem disse que farfalhar é crime? Posso farfalhar o quanto eu quiser.

— Com certeza. Mas se *eu* descobri que você pegou uma das revistas de moda do provador, alguém também deve ter descoberto.

Vermelha de constrangimento, tirei a cópia de *Tendências da Moda* da manga, onde tinha passado o dia enrolada.

Rose ergueu uma sobrancelha.

— Sabe o que Eles vão fazer se a pegarem com isso?

Eu não sabia *exatamente* qual seria a punição; apenas que seria ruim.

— Ah, o que é isso... é só uma revista — afirmei.
— Ainda assim é roubo.
— Aqui isso se chama *arrumar*.
— Ainda assim é roubo.
— E daí?

45

— Não lhe ensinaram que roubar é *errado*?

Quase gargalhei ao ouvir aquilo. *É claro* que eu sabia que roubar era errado. Nunca peguei um centavo do dinheiro que meu avô me dava para comprar tabaco. Nunca surrupiei nem um carretel de linha da caixa de costura da minha avó. Uma vez ela me pegou com sua bolsa e me deu um sermão imenso sobre respeitar a propriedade das pessoas, mesmo quando tentei dizer que só queria brincar com ela. Era verdade. Era uma bolsa grande de couro de crocodilo com botões de pressão do lado de fora, forro vermelho e um zíper enferrujado no bolsinho interno. Crocodilos eram rápidos, valentes e capazes de comer qualquer coisa.

Eu disse:

— Eles roubaram tudo que era meu quando cheguei aqui. Isso também foi errado. Bem, e você vai me dedurar?

— É claro que não! — Rose respondeu com desdém. Houve uma pausa, e depois ela perguntou com seu sotaque de alta classe: — Você não vai olhar a revista antes de devolver?

— *Se* eu devolver.

Passei a revista a Rose. Ela acariciou a capa.

— Minha mãe costumava enlouquecer quando eu lia essa *porcaria*, como ela chamava. Dizia que era melhor ler bons livros, ou escrever meus próprios textos.

— Sua mãe chamava a *Tendências da Moda* de *porcaria*? Tem avaliação de modelos, editoriais, a página de cartas e desenhos e fotos...

— Eu sei! — Rose riu. — E é cheia de cores! Não é *marrom* demais aqui?

— Luzes apagadas! — gritou Viga.

Do marrom ao preto: escuridão. Nem deu tempo de uma dose de moda. Eu agora estava morrendo de medo de ser descoberta como ladra, arrancada de minha cama e... e o que os Guardas fariam em seguida não seria tão bom. Até então, Carla era a única Guarda de Birchwood que parecia um pouco humana.

Rápido, pense em outra coisa.

Costura.

Em voz baixa:

— Ei, Rose... obrigada pela dica da lapela hoje.
— De nada.
— Onde você aprendeu a costurar?
— Eu? Ah, uma moça ia até o palácio e eu tinha aulas com ela. Quando eu era pequena, sonhava em ter uma loja de roupas. Ou uma livraria. Ou um zoológico. Eu era meio inconstante.

Movimentei-me sobre a palha. Rose não podia ter uma loja de roupas! Esse era o *meu* plano! E como ela era boba, fingindo que morava em um palácio.

— Ella? — Rose sussurrou alguns minutos depois.
— O quê?
— Boa noite.
— Para você também.
— Durma bem...
Sem chance alguma.
Uma pausa.
— Ella, devo contar uma história de ninar para você?
— Não.
Outra pausa.
— Ella...?
Eu me virei sobreo o colchão de palha encaroçado.
— O que foi agora?
— Estou feliz por você estar aqui — disse Rose na escuridão. — Pão é bom, mas ter amigos é melhor.

Não consegui dormir. Não foi só o fantasma de uma consciência pesada por ter roubado – ou melhor, *arrumado* – a revista. Também não foi por fome. Não, eu não consegui dormir porque Rose roncava. Não eram roncos resfolegantes como os do meu avô, que dormia no quarto ao lado do meu lá em casa. Rose tinha um ronco curto e anasalado que seria até simpático se ela não estivesse deitada ao meu lado.

O que Mina faria?
Cutucaria as costelas dela.
— Humm, cócegas — Rose murmurou sem acordar.

Eu fiquei acordada, recusando-me a pensar em qualquer coisa além do que eu costuraria pela manhã.

O apito soou às quatro e meia, como sempre. Todas descemos das camas para correr para a Chamada. Havia uma Chamada de manhã e uma à noite. Todos os Listrados tinham de ser contados para garantir que não havíamos desaparecido do nada durante a noite, ou outras coisas igualmente improváveis, como fugir. As Guardas tinham Listas. Não havia nomes nas Listas. Isso implicaria sermos humanos. As Listas tinham números. Os Listrados tinham números.

Os Listrados tinham insígnias também, feitas de tecido colorido costurado a suas roupas. A insígnia que cada um tinha dizia exatamente por que Eles haviam decidido que aquela pessoa não servia mais para viver no mundo real.

A maioria dos Chefes tinha triângulos verdes. Significava que tinham sido criminosos antes de chegarem a Birchwood. A insígnia de Rose era um triângulo vermelho, o que dizia a todos que era inimiga política. Aquilo me parecia maluquice. Como uma tola sonhadora daquelas podia ser considerada uma ameaça política? Obviamente Eles não gostavam de pessoas que liam livros. Não gostavam de pessoas de minha religião também. Adorar o deus errado significava ganhar uma estrela. Era como as estrelas douradas que os bons alunos ganhavam na escola, só que essa estrela significava o pior dos piores. A maior parte dos Listrados tinha a estrela. Prisioneiros com estrelas eram tratados da pior maneira possível. Éramos apenas meio humanos. Menos que humanos. Descartáveis.

Eu detestava a estrela. Detestava todas as insígnias, e todas as Listas também. Simplesmente odiava como as pessoas tinham que enfiar os outros em uma caixa com um rotulo e dizer: *você é diferente*. Depois que você é rotulado como "diferente", as pessoas podem tratá-lo como se você não importasse. O que é idiota. Eu não era uma insígnia ou um número. Eu era Ella!

A princípio, não eram expressivos no mundo real os sinais de que pessoas estavam sendo colocadas em Listas, ou que ser colocado em uma Lista significava problema. Começou com pequenas coisas. Última a ser escolhida para times na escola (porque a *Sua Laia não é boa em esportes)*. Notas mais baixas nas provas (*Você e Sua Laia devem ter copiado uns dos outros para acertarem tantas respostas*). Ignorada no fundo da sala quando levantava a mão (*Alguém sabe a resposta? Alguém? Alguém? Alguém?*).

Pequenas coisas se tornaram coisas grandes. Um dia, na aula de ciências, o professor fez um menino ficar parado diante de toda a turma enquanto sua cabeça era medida.

— Vejam a cor dele! — o professor zombou. — E as medidas do crânio são bem claras, ele é da raça *errada*. Profundamente inferior.

Eu me contorci em minha carteira, mas não ousei dizer nada, para que *eu* não fosse chamada.

Certa manhã, na assembleia escolar, o diretor anunciou que a política de admissão de alunos tinha mudado. *Os seguintes alunos devem se levantar e deixar o recinto...* Ele tinha uma Lista. Meu nome estava nela. Nunca me senti tão constrangida como quando caminhei pelo corredor da escola com centenas de olhos me observando. Quando cheguei em casa, meu avô ameaçou enfiar a cabeça do diretor no vaso sanitário. Minha avó o convenceu a mudar de ideia. Em vez disso, fui para outra escola. Uma escola apenas para pessoas que estavam nas Listas.

Piorou. Locais de reunião vandalizados. Livros religiosos queimados. Vizinhos levados embora à noite em caminhões com grades no lugar das janelas.

Ignore toda essa bobagem, minha avó me dizia. *É só provocação, e você não pode ceder aos provocadores. Não há nada errado em ser quem somos.*

Se nenhum de nós tinha feito nada errado, como tínhamos acabado em uma prisão como esta?

Ter seu número em uma Lista poderia significar vida ou morte, dependendo da Lista. Aqui em Birchwood, o principal era estar na Lista para *trabalhar*. Quem não trabalhava, não vivia. Simples assim.

Mesmo se você amasse seu trabalho, ainda era um custo levantar e ir trabalhar, independentemente do lado da cerca de arame farpado que estivesse. Ficar na fila da Chamada era a pior coisa de todas, principalmente na escuridão que precedia o amanhecer. O campo de exercícios parecia ser o lugar mais sombrio da terra àquela hora. As Listradas enfileiravam-se de cinco em cinco para serem contadas pelas Chefes. Na Chamada, se alguém se atrasavam, a contagem começava de novo. Se faltava alguém – de novo. Se alguém sucumbisse de fome, cansaço ou frio (ou os três) – a contagem começava de novo. Bocejando, as Guardas se agrupavam, enroladas em mantos pretos. Naquela manhã, a primeira manhã que participei da Chamada com Rose, pensei ter visto Carla, mas não tive certeza. Ela estava ao longe, fumando, com um grande cachorro preto arfando ao seu lado.

Rose estava ao meu lado. Quando não havia nenhuma Chefe por perto, ela sussurrou de repente:

— Eu sei bordar. Se você quiser, posso fazer ramos de hera na lapela do casaquinho verde que você está costurando.

Olhei para ela.

— Sério? Você é boa?

Rose mostrou a língua para mim. Foi tão inesperado que quase ri alto, e *isso* teria sido letal. Não era permitido rir durante a Chamada. (Tecnicamente, também não era permitido falar, mas era conversa sobre roupa, portanto era irresistível.)

— Desculpe, eu quis dizer *obrigada* — sussurrei. — Hera está ótimo. Minha avó uma vez teve de bordar folhas de hera brancas em um vestido de casamento. Supostamente, representa o casamento, porque se entrelaça e se prende.

— E é venenosa — Rose disse com um brilho nos olhos.

Eu pretendia devolver a cópia roubada de *Tendências da Moda*, pretendia mesmo. O problema é que o provador passou o dia todo ocupado, com clientes fazendo os últimos ajustes nos trajes para o concerto. Houve um momento em que a porta do provador se abriu e eu pude ver lá dentro. A uma mulher baixa e de meia-idade estavam sendo mostradas roupas modeladas pela girafa que eu tinha conhecido em meu primeiro dia. O nome verdadeiro da Girafa era Shona. A mulher mais velha não era uma de nós. Usava um vestido de crepe de lã verde, então certamente também não era Guarda. Mina parecia estar tratando a mulher como uma espécie de deusa.

— Quem é aquela? — perguntei à mulher feia que eu tinha chamado de Rã e cujo nome verdadeiro era Francine. A rã Francine sabia costurar bem tecidos volumosos e ponto corrido.

— Você não sabe quem é *aquela*? — Francine perguntou baixinho.

— Querida, ela é a razão de todas nós estarmos aqui. É a Madame H.

— Quem?

— Apenas a *esposa* do comandante! Uma verdadeira amante da moda! Começou com algumas costureiras trabalhando em seu sótão – a casa dela fica ao lado de Birchwood –, depois ela montou esta oficina para que as esposas de todos os oficiais e as Guardas pudessem ter roupas sofisticadas. Elas ficaram com inveja, sabe, por ela estar sempre usando roupas elegantes. Aquele rapaz é um dos filhos dela.

Olhei de novo e vi um garotinho. Aquilo bastou para me deixar pasma. Nunca se via crianças aqui. *Nunca*. Ele vestia uma bermuda engomada e camisa. O cabelo estava penteado e dividido ao meio. Os sapatos estavam brilhando.

O garoto olhou para nós pela porta aberta. Francine fingiu estar colocando uma corda de estrangulamento no pescoço. O garoto recuou e se escondeu nas saias da mãe.

— Um dia, todos eles serão enforcados pelo que fizeram com a gente — Francine murmurou. — Pai, mãe, toda a família podre.

Ela deve ter visto a expressão em meu rosto.

— Ele é só uma criança! — afirmei.

— Você também é, querida. Assim como todas as crianças que sobem pelas chaminés. *Puf!*

No início, quando eu ouvia falar de pessoas subindo pelas chaminés, achei que significasse que estavam sendo obrigadas a limpá-las. Por mais que eu quisesse continuar acreditando nisso, havia muita fumaça; muitas cinzas. Muitas pessoas que chegavam e desapareciam.

Não pense nisso. Pense em vestidos.

Ative-me rapidamente à imagem da elegante Madame H., a cliente mais importante neste universo. Memorizei seu rosto, sua coloração e seu corpo. Naquele instante, decidi que um dia faria roupas para ela. Costureiras precisavam de uma lista de clientes de prestígio. Senão acabavam fazendo roupas para quem entrasse pela porta.

A porta do provador fechou-se completamente. Era arriscado demais tentar devolver a revista agora. Imaginei que, se ninguém tivesse sentido falta dela, eu poderia mantê-la. Por que não? Não era da conta de Rose o que eu fazia. Não mesmo. E eu também não me importava com o que ela pensava.

Lembrei que Francine tinha pedido aparas de papel para molde em meu primeiro dia. Quando a Guarda que ficava na extremidade da sala não estava olhando, rasguei com cuidado uma página de anúncios da revista. Eram propagandas de coisas que eu tinha quase esquecido que existiam. Perfume. Sabonete. Sapatos de salto alto. Aquilo me fez pensar em minha avó me levando para fazer compras pouco antes do início das aulas. Ela estava usando sapatos de salto quadrado, um pouco gastos nas laterais. Eu usava meus sapatos escolares sem graça. Aquilo não me impediu de cobiçar os sapatos de noite brilhantes, cobertos de lantejoulas e *strass*.

— *O que enche os olhos não enche barriga* — ela murmurou. Independentemente do que aquilo significasse.

Eu tinha ouvido rumores de uma espécie de loja em Birchwood. Chamavam de Loja de Departamentos. Diziam que era uma *terra de abundância*. Não tendo visto nada além de barracões e arame farpado, era difícil acreditar naquilo, até que um dia Shona, a girafa, entrou na sala de costura praticamente enterrada sob pacotes, com sacolas penduradas nos dois ombros.

— Aquele lugar tem de *tudo* — ela declarou depois de verificar que Mina não estava por perto para estapeá-la por falar alto. — Tudo que existe mundo!

Bem, enquanto Mina estava ocupada perturbando outras costureiras, passei a página de anúncios da revista para Francine por baixo da mesa.

— Ainda quer papel? — balbuciei.

Francine olhou para o teto e moveu a boca formando um enorme *obrigada!* Esperei que ela não se importasse de serem anúncios.

Na verdade, aquela ingrata nem olhou o que estava impresso na folha. Rasgou-a em quatro partes, levantou-se da banqueta e foi para o banheiro, balançando o papel como se fosse algum tipo de prêmio. Quando voltou, já não estava mais com o papel.

É isso que dá ser generosa.

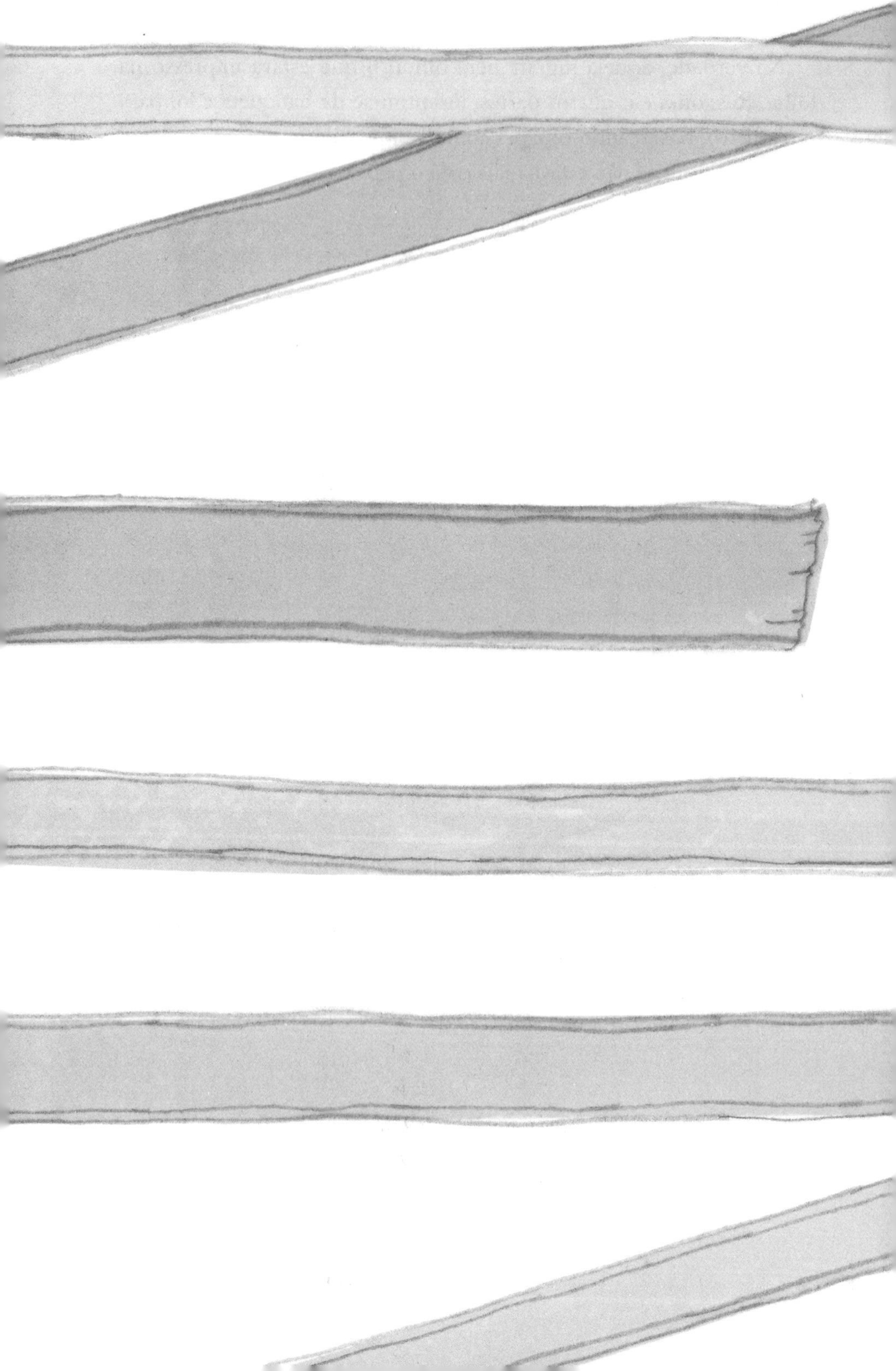

amarelo

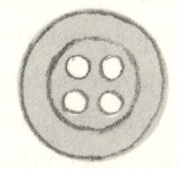

Uma lembrança: Rose descendo de nossa cama, gritando:
— Vida, vida, vida! — Ela levantou os braços e ficou girando até todas ficarmos tontas só de ver. — Eu amo poder me mexer! Eu amo respirar! Eu amo pão! Eu poderia beijar tudo e me casar com todo mundo!

Viga mastigava a ração da noite, pensativa:
— Bem, ela está louca. Com certeza.

A lama da primavera se transformou na poeira do verão.
Assamos.

Sempre detestei os últimos dias do período de verão na escola. Ficávamos curvados sobre as carteiras, mangas arregaçadas, roupas coladas nas costas devido ao suor enquanto os raios de sol nos insultavam do lado de fora. Então chegava a libertação – tocava o último sinal da aula! Saltitávamos pela rua em uma mistura de livros, bicicletas e felicidade... semanas e semanas de liberdade pela frente!

Não havia libertação em Birchwood. Todas as manhãs, acordadas por apitos, nós nos enfileirávamos de cinco em cinco para a chamada. No verão, era quente mesmo ao amanhecer. Derretíamos com nossos vestidos finos, com nada além de um triangulo de algodão sobre a cabeça raspada. Guardas moviam-se lentamente entre nós. Eram como corvos pousando em um campo para pegar insetos. Elas verificavam se nossos números batiam, se nossas insígnias estavam costuradas direito e se parecíamos aptas para trabalhar. Assim como corvos, ficavam de olho em recompensas... Listradas que precisassem de punição. As Guardas iam para cima de qualquer uma que se destacasse na multidão. Vi uma mulher apanhar até ficar inconsciente porque ousou domar os cabelos com cuspe para que ficasse um pouco mais arrumado.

Uma vez, Carla se aproximou com sua cadela chamada Pippa. Ela estava arfando, quase se enforcando para avançar. Um puxão na guia e Pippa obedeceu.

Carla me ignorou. Eu não passava de mais uma Listrada para ela. No dia anterior, havia estado no provador, vangloriando-se de seu bronzeado. Eu tinha feito para ela um vestido de verão amarelo-limão... pelo qual Mina havia recebido o crédito mais uma vez. Carla sabia que Mina estava mentindo, eu tinha certeza disso. Na ocasião, ela perguntou:

— Você acha que *Mina* poderia fazer um traje de banho para mim?

— Tenho certeza de que *Mina* poderia — respondi com modéstia.

Àquela altura, eu já podia ficar sozinha com clientes no provador – nada mais de lavar o chão ou fazer a limpeza! Eu costurava até ficar com câimbra nas mãos e com os olhos embaçados. Era mais difícil do que qualquer coisa que já tivesse feito antes. Meu plano de carreira original era aprender com minha avó em casa, depois dar um jeito de poupar para estudar em uma escola profissionalizante para me aperfeiçoar. Depois disso, eu começaria por baixo, em uma oficina de costura, e subiria aos poucos até ter Minha Própria Loja.

Estar aqui tinha acabado com meus planos. Mas não queria dizer que eu não podia aprender. Mina era surpreendentemente prestativa quando se tratava de truques de costura.

— Eu me qualifiquei nos melhores lugares —, ela repetia várias vezes.

Ainda assim, Carla queria que *eu* fizesse suas roupas novas, não Mina.

Um dia, no provador, apenas de anáguas devido ao calor, Carla folheava as páginas da *Mundo da Moda* do último mês.

— Preciso de um conjunto com shorts para ficar mais bronzeada. Não vi nada que chamou minha atenção na Loja de Departamentos — ela se queixou. — Aqui, olhe. Veja o que acha...

Ela fez sinal para eu me aproximar, como se eu fosse um ser humano normal, não uma Listrada. Inclinei-me sobre seu ombro macio, cheirando a sabonete. Juntas, olhamos para garotas felizes, posando em trajes de banho e saídas de praia.

— Algo como aquele de bolinhas à direita...? — Carla sugeriu.

— Mas mais bonito — respondi.

— Eu vou ser a sensação da piscina.

— Tem uma *piscina* em Birchwood? — As palavras escaparam antes que eu pudesse contê-las.

— Não para a Sua Laia — Carla respondeu, irritada. — Só para pessoas direitas.

Ela tirou uma cigarreira prateada do bolso da jaqueta e a abriu como se fosse uma aspirante a estrela em um cassino. Havia cinco cigarros no estojo. Fiquei olhando fixamente para eles, ainda aturdida com suas palavras casuais. *Não para a Sua Laia.*

Como ousava? COMO OUSAVA? Eu estava bem ao lado dela, respirando o mesmo ar, suando no mesmo calor, e ela não achava que eu era uma *pessoa direita*? E daí se ela tinha roupas bonitas e eu estava vivendo em um saco listrado com buracos para os braços? Se trocássemos de roupa, o que seríamos?

Minha indignação se esvaiu. Mesmo com outras roupas, nunca seríamos iguais. Carla era um ser humano. Eu não era mais.

Bem antes da Guerra, as pessoas cheias de ódio que estavam no poder tinham feito Listas de todos que queriam literalmente apagar da existência. Primeiro, foram Listas de pessoas que pensavam diferente. Depois, pessoas com cérebros ou corpos instáveis. Depois, pessoas de fés diferentes. Pessoas de raças diferentes.

Quem entrava na Lista não era mais um ser humano. Seu número poderia entrar em um Lista apenas por você estar vivo. Normalmente, acabaria morto não muito tempo depois, ou aqui em Birchwood, que era mais ou menos a mesma coisa.

Carla balançou a cigarreira em minha direção. O gesto era óbvio – *pegue um*.

O que Rose faria?
Ignoraria a generosidade inconsciente de Carla.

O que Mina faria?
Permaneceria viva.

Peguei os cinco cigarros.

No campo de exercícios, Carla passou por nós. Minha fileira de cinco respirou mais facilmente. A maioria das Guardas ficava na sombra durante as Chamadas mais abafadas, deixando as Chefes andarem de um lado para o outro fazendo a contagem. Horas podiam se passar se a conta não batesse. Enquanto isso, fritávamos sob o sol escaldante como ovos em uma frigideira.

Todos os dias, Rose ficava ao meu lado. Seus olhos se fixavam em algum ponto invisível bem distante. Eu sonhava acordada que estava tomando potes de sorvete de limão... baldes de sorvete de limão... que estava em uma *banheira* de sorvete de limão. Tudo para evitar notar o que acontecia ao meu redor: para não ver, para não ouvir, para não sentir o cheiro. Era assim que eu suportava tudo isso.

Uma manhã, enquanto corríamos da Chamada para a oficina, não pude deixar de notar que Rose estava com a cabeça descoberta. Já era ruim o bastante ela ter que usar aqueles sapatos de palhaço, um diferente do outro; ficar com a cabeça descoberta era loucura.

Peguei no braço dela e parei de correr.

— Seu lenço de cabeça! Você perdeu! Rose, não pode ficar perdendo as coisas!

Sinceramente, ela própria era *um caso perdido*. Já tinha perdido a colher. Recebíamos apenas uma tigela e uma colher cada uma. Sem elas, não dava para comer. Rose agora tinha que beber a sopa direto da tigela. Ela dizia que não se importava.

— É uma coisa a menos para lavar — brincou, como se houvesse onde lavar qualquer coisa nos alojamentos.

— Imagino que você só tinha colheres de prata em seu palácio? — provoquei.

— Dava um trabalho *imenso* para os empregados polirem — Rose concordou. — Nós tínhamos um utensílio específico só para comer abacaxi. Era o máximo. Eu amo abacaxi, você não? Tão duro e espinhoso por fora, mas por dentro... ah, a polpa amarela macia, e o suco... Era como beber felicidade.

Passei a língua sobre os lábios rachados. Eu nunca tinha tomado suco de abacaxi na vida.

— Mas onde está o seu lenço de cabeça? Deixou alguém roubá-lo?

— Não! Tinha uma mulher na Chamada, você não viu? Parada na nossa frente?

— Não vi ninguém... Ah, aquela que desmaiou? — Lembrei vagamente de uma certa comoção quando os ossos da mulher se dobraram e ela agachou no chão como um caranguejo, até que a colocaram em pé novamente. — Aquela senhora?

— Eu dei para ela.

— Você está *louca*? Teve insolação ou algo assim? Porque, se não teve, logo vai ter. Era o *seu* lenço. Por que você daria para alguém?

— Ela precisava dele.

— E você também! Mina vai matar você por não estar vestida adequadamente. E quem era a velha, afinal?

Rose deu de ombros – um esquilinho corcunda.

— Sei lá. Alguém. Ninguém. Ela parecia tão triste e tão sozinha. Os olhos perdidos, sabe? Estava tremendo quando amarrei o lenço na cabeça dela. Nem conseguiu me agradecer.

— Que ingrata!

Rose balançou a cabeça.

— Parecia mais que ela tinha esquecido que existiam coisas pelas quais agradecer. E ela não era tão velha. Poderia ser minha mãe, ou sua. Ella, você não gostaria de pensar que alguém, em algum lugar, está cuidando delas?

Aquilo me calou.

Nunca mais vimos a mulher caranguejo.

Eu gostava de me esconder na oficina. Dentro da sala de costura, o mundo resumia-se a uma série de pontos. Eu me debruçava sobre meu trabalho, de modo que só os ossinhos de minha coluna ficavam à vista – eu estava tão magra que praticamente podia senti-los roçando no tecido áspero de meu vestido listrado. Entra agulha, sai agulha, puxa a linha. Era como eu sobreviveria até o fim da Guerra. Então teria minha loja de roupas e jamais veria coisas feias novamente.

Havíamos aberto as janelas da oficina uma vez, só uma vez, no início do verão, na esperança de que um pouco de ar entrasse. Nossas mãos estavam úmidas, os tecidos estavam sem estrutura e as máquinas de costura quase queimavam nossos dedos quando o sol estava a pino. A Guarda que ficava na extremidade da sala tinha manchas de suor no uniforme.

A Rã Francine foi até as janelas. Eram altas, então ninguém conseguia ver o lado de dentro ou de fora. As esquadrias estavam empenadas devido ao calor. Francine bateu em uma delas com a base da mão. Ela se abriu. As outras foram ainda mais difíceis. Finalmente, havia quadrados de céu aberto.

Como se estivessem enfeitiçadas, todas as garotas da sala de costura viraram a cabeça, fecharam os olhos e abriram a boca.

— Me dá vontade de correr entre as mesas e apertar botões — Rose murmurou.

Com as janelas abertas, todas esperamos por um frescor que nunca veio. No lugar dele, havia poeira. Depois de vários dias sem chuva, a lama de Birchwood havia ressecado e esfarelado, transformando-se um pó fino marrom-amarelado que a mais leve brisa espalhava em pequenos redemoinhos. Agora ele estava entrando pelo parapeito da janela.

— É melhor você fechar isso — eu disse a Francine. — Não podemos sujar as roupas de terra. Você sabe disso.

— Estou pouco me lixando para as roupas — Francine murmurou. — Preciso *respirar*. — Ela se aprumou. Ainda assim, continuava baixa. Olhou feio para mim. Correspondi ao olhar. Cerrei os punhos.

Não sei como as coisas teriam acabado se não fosse um estouro repentino de latidos de cães e estrondos de balas. Francine encolheu-se... e rapidamente fechou as janelas.

Eu detestava o momento em que tínhamos de devolver as ferramentas. — *Alfinetes!* —, gritava Mina. Dobrar o trabalho e sair para nos juntarmos ao bando de zebras no nada belo Birchwood.

O campo era todo linhas retas. Fileiras e fileiras de blocos de alojamentos que se estendiam até onde a vista alcançava. Onde eles terminavam, começavam as cercas de arame farpado. Entre os prédios, Listradas tropeçavam, sentavam... alongavam-se, exaustas. Algumas eram como mulheres-fantasma. Seus corpos eram brasas de uma fogueira que estava se apagando.

Depois do trabalho, arrastei Rose pelo meio da multidão para arrumar o melhor lugar na fila da sopa. Muito perto do início e nos serviam apenas água salgada. Muito perto do fim, só os restos do fundo da panela ou, pior, nada. Mais para o meio era melhor. Assim era possível até conseguir um pedaço de casca de batata.

A sopa da minha avó era tão grossa que praticamente dava para equilibrar uma colher em pé dentro dela. Uma vez, meu avô pegou garfo e faca e fingiu cortar a sopa.

Eu esperava que meu avô estivesse fazendo as compras e garantindo que minha avó se alimentasse bem. Ela não estava com a saúde muito boa na primavera. Mas já devia estar melhor. Nada a mantinha parada por muito tempo. Depois de um tempo, meu avô se cansaria de preparar as próprias refeições e pressionaria minha avó a sair da cama e ir para a cozinha. Ela bateria nele algumas vezes com uma espátula, diria que ele era um velho tolo, e depois retomaria seus afazeres.

A vida é curta demais para perder tempo ficando doente, ela sempre dizia.

Um dia daquele verão não teve jantar nenhum. Recebíamos porções tão pequenas em cada refeição que se poderia pensar que pular uma delas não importaria. Na verdade, foi agonizante. Eu quase considerei mastigar um pedaço de seda, só para ter alguma coisa na boca.

Naquele dia sem jantar, eu estava com uma dor de cabeça lancinante por forçar muito a vista. Fiquei ocupada costurando pequenas pregas em um conjunto de lingerie para a esposa de um dos oficiais. Rose tinha queimado a mão no ferro e não havia pomada para passar, então ela estava quieta também. Eu teria preferido que ela chorasse ou reclamasse. Em se tratando de Rose, ela apenas suportava, fingindo que estava bem.

Pelo menos ela tinha um novo lenço de cabeça – dois cigarros de Carla haviam sido trocados por ele. Os cigarros saíram de meu estoque, um pagamento justo pelo bordado de hera que Rose havia feito. Eu mantinha meus tesouros a salvo em uma pequena bolsa de tecido pendurada por dentro do vestido. Contanto que eu não fosse revistada, eles estariam seguros.

Bem, estávamos todas prontas para sair da oficina quando uma Guarda entrou de repente e gritou:

— Sentem! Ninguém sai.

— Vamos perder o jantar! — ousei exclamar. Houve um burburinho de apoio por parte das outras.

— Então que fiquem sem comer! — Mina interrompeu, fazendo cara feia. — Mandaram vocês *sentarem*. Você, Princesa, saia de perto da janela!

Rose estava na ponta dos pés, tentando espiar. Seu rosto estava pálido.

— Estão... Estão movimentando pessoas da plataforma do trem — ela disse. — Mais do que de costume.

Estremeci. Não queria ser lembrada da estação que era o ponto final dos trens vindos de todo o continente... que era o ponto final da adorável vida real. *Plataforma* para mim agora significava um lugar com cachorros e gritos e Guardas e malas. Homens separados das mulheres, mulheres separadas de bebês, eu sendo empurrada sem poder fazer nada, como uma folha boiando em um rio sujo.

Na plataforma do trem, éramos separados para a direita ou para a esquerda. Trabalho ou chaminés. Vida ou morte.

— Exatamente — disse Mina. — Está um caos lá fora. Não quero nenhuma das minhas operárias pegas acidentalmente... indo parar no lugar errado...

A Guarda assentiu e saiu da oficina, fechando e trancando a porta.
Então ouvimos. O *bam, bam, bam* abafado das pessoas caminhando. Centenas, milhares de pés arrastando-se na poeira.

Pelos rumores que ouvi, chegavam dez mil pessoas por dia, em uma viagem apenas de ida, naquele verão. *Dez mil por dia*. Eu não conseguia imaginar tanta gente. Certamente era mais gente do que havia em toda a minha cidadezinha. Aquele número, chegando todos os dias, frequentemente bem tarde da noite.

Alguns ficavam no campo. O resto... Eu não queria pensar no que acontecia com o resto, contanto que não fosse eu. *Por favor, que não seja eu!* Eu costurava cada vez mais rápido, como se cada ponto me prendesse mais firmemente à vida.

O problema era que Birchwood estava prestes a explodir. Eram três, até quatro de nós por colchão agora. Um cobertor só para duas. Não havia trabalho suficiente. Dia e noite, os trens continuavam chegando. Os apitos da locomotiva continuavam gritando. Eles me lembravam de minha própria jornada por paisagens não vistas para chegar a Birchwood. Dias e noites sacudindo nos trilhos. Esperando. Imaginando.

À noite, novas Listradas assustadas amontavam-se nos blocos dos alojamentos, com os olhos incrédulos e chorando. Vinham de todos os cantos do continente, balbuciando palavras em todas as línguas, mostrando o quanto o combate havia se espalhado desde a pátria de ferro, onde ficava o centro da Guerra. De algum modo, todas nos fazíamos entender.

A única coisa que tínhamos em comum era que Eles haviam declarado guerra contra nós. Ainda havia alguns países livres para reagir. Nossos libertadores, esperávamos. Estávamos vencendo a Guerra? Dependia a quem se perguntasse. Os Guardas estavam sempre se gabando de novas conquistas, novas vitórias. Nós nos alimentávamos de rumores de que os libertadores estavam lutando.

Enquanto isso, cada nova Listrada recebia seu número e sua insígnia – triângulos vermelhos, triângulos verdes e estrelas amarelas como a minha suficientes para formar uma galáxia de constelações.

Ouvindo-as falar, eu me dei conta de quão pouco conhecia o mundo. Minha cidadezinha ficava a centenas e centenas de quilômetros a nordeste. As prisioneiras falavam de cidades que cheiravam a ensopados apimentados, ou ilhas ao sul que ficavam azuis e brancas sob o sol do verão. Havia Listradas do mais extremo oeste que se pode ir antes de cair no oceano – compatriotas de Shona. Eram maravilhosamente altivas, tão elegantes. Eu podia me imaginar fazendo vestidos para elas depois da Guerra. Listradas de terras do leste eram mais robustas, como Francine. Boas trabalhadoras.

Independentemente de raça ou procedência, todas as novatas eram cercadas para fornecerem notícias do mundo real: *De onde você é? Como está indo a Guerra? Quando os libertadores virão?*

Aquilo era ótimo, mas eu preferia perguntar quais eram as tendências da moda. As saias estavam mais longas ou mais curtas? As mangas bufantes ou baixas? Cortes plissados ou retos? Uma noite, passei horas criando vestidos em minha cabeça enquanto Rose se afastou com uma mulher inchada de sua própria região do mundo – um lugar cheio de campos, florestas, músicas e beleza, até onde eu sabia pelas descrições de Rose. Com Rose, nunca dava para saber o que era real e o que era história.

O lugar estava lotado como um formigueiro, mas as pessoas não paravam de chegar. Pode me chamar de covarde, dizer que amarelei, mas não suportei ouvir aquele *bam, bam, bam* de pés em frente à sala de costura naquela noite quente de verão.

Estávamos todas tensas enquanto esperávamos as multidões passarem. Algumas começaram a tamborilar com os dedos. Balançar as pernas. Fervilhando de nervoso...

Bam, bam, bam. O barulho continuava. Um burburinho de vozes. Bebês chorando.

Shona se levantou de repente quando ouviu as crianças. A bela e graciosa Shona, toda pernas e cílios – a girafa. Ela estava casada havia apenas um ano quando Eles foram prendê-la porque seu nome estava na Lista. Seu marido e seu bebê também estavam na Lista. Às vezes a ouvíamos cantar canções de ninar em voz baixa para a máquina de costura. A Guarda que ficava nos fundos da sala de vez em quando ouvia e cantarolava as canções de ninar também... Então ela se aproximava e dava um tapa na cabeça de Shona para ela se calar. Agora, os cílios de Shona estavam úmidos devido às lágrimas.

— Meu bebê — ela disse, chorando. — Meu bebezinho precioso!

Mina se virou.

— Quem disse isso?

Shona abafou as lágrimas. Rose de repente perguntou:

— Já ouviram a história da rainha e das tortas de limão...?

Foi uma coisa ridícula, engraçada e perfeita para se dizer! Foi como se alguém tivesse borrifado água fresca sobre nós. Todas se viraram para Rose, apoiada na beirada da mesa com brilho nos olhos de esquilo.

Rose aguardou.

Mina concordou.

— Pode contar...

Eu já sabia isso sobre Rose – que, quando alguém ficava com vontade de rosnar para o mundo todo, ela começava a contar uma história sobre uma garota que franziu o cenho e o vento mudou e seu rosto ficou daquele jeito. Ou sobre um ogro que gritou tão alto que derrubou a lua do céu.

Isso havia começado uma noite no alojamento. Outra Listrada havia se apertado na cama conosco, então Rose e eu nos juntamos ainda mais.

— Sinto *tanta* falta de livros — Rose dissera, suspirando. — Às vezes minha mãe lia para mim, se não estivesse ocupada escrevendo. Eu lia sob as cobertas também, com um lanterna. As histórias são muito mais empolgantes assim. E você? Qual é seu livro preferido de todos?

Aquilo me deixou sem palavras.

— Nós nunca tivemos muitos livros. Meu avô lê o jornal, principalmente pelas palavras cruzadas e pelas tirinhas. Minha avó lê a *Tendências da Moda*, obviamente.

— Você não tem livros?! — Rose quase se sentou e bateu a cabeça nas vigas do teto. Aquilo assustou os ratos. — Como pode *viver* sem ler?

— Vivi bem até agora. — Eu ri. — Histórias são só coisas inventadas mesmo.

— Quem disse? Acho que são formas diferentes de dizer a verdade. — Depois continuou: — Sério? Nada de livros? Ah, Ella, você não tem ideia do que está perdendo! Histórias são alimento, bebida e vida... Você nunca ouviu a história da garota que fez um vestido com a luz das estrelas?

— Um vestido com a luz das estrelas? Como isso é possível...?

— Bem — disse Rose. — Era uma vez...

E foi assim. Não dormi até que Rose concluiu com um triunfante *Fim*.

Rose nunca ficava sem histórias para contar. Ela tecia histórias do nada, como um bicho da seda tecendo um casulo, ou uma donzela de conto de fadas transformando palha em ouro.

Eu já te contei daquela vez...? Era sua frase de abertura. O que vinha em seguida seriam incríveis cascatas de loucuras sem sentido. Coisas como sua vida como condessa em um palácio com porta-ovos folheados a ouro de verdade. Na história de Rose, as pessoas dançavam até o amanhecer sob a luz de centenas de lustres, depois dormiam em camas do tamanho de barcos, sob cobertas de seda recheadas com penas macias. O palácio tinha paredes forradas de livros e pináculos que tocavam a lua quando ela estava mais baixa no céu.

— ... e unicórnios caminhando pelo parque, e fontes de limonada gasosa, imagino? — Zombei depois daquela lorota em particular.

Rose parecia séria:

— Agora você está falando tolices — ela disse.

Naquela noite de verão na sala de costura, Rose contou sua história durante três horas enquanto estávamos presas. Do lado de fora, continuava o ruído de sapatos, botas e sandálias, *bam, bam, bam*. Lá dentro, estávamos perdidas em um mundo em que rainhas assavam tortas e limoeiros falavam. Nem consigo lembrar direito o que mais acontecia. Sei que chegaram ogros e levaram a rainha, mesmo ela estando com as mãos cobertas de farinha. Sei que as tortas de limão tinham sabor de raios de sol e lágrimas, e todos os anéis da rainha estavam escondidos dentro delas, onde os ogros não os encontrariam. Sei que havia uma princesa que se escondeu em uma árvore para os ogros não a encontrarem, até que sentiram o cheiro dela e a levaram para seu covil, que era um lugar sombrio sem árvores ou grama.

— Parece o lugar onde estamos — murmurou Francine.

A história não era toda triste. Em certo ponto, Francine riu tanto que estava tremendo e gritando:

— Pare, *pare*, ou vou fazer xixi na calça!

Em outro momento, Mina escondeu o sorriso com a mão. Era a primeira vez que eu via Mina sendo humana como nós. Até a Guarda do outro lado da sala ouviu e riu nas partes engraçadas.

Foi um choque quando Rose de repente terminou a história com um floreio:

— E foi *assim* que *isso* acabou.

— Não, não, não! — todas protestaram.

— Shh — disse Shona. — Ouçam.

Silêncio.

A Guarda foi até a porta da oficina e abriu uma fresta.

— Tudo liberado! — ela gritou. — Vamos, saiam, saiam!

Corremos para a Chamada. Tivemos de desviar dos escombros deixados pelos recém-chegados que marchavam. Ali, um lenço, com catarro amarelo. Ali, uma pena amarelo-canário que caiu de um chapéu. E ali, já cheio de poeira, um único sapatinho de bebê.

Naquela noite, paradas em fileiras de cinco para a contagem, não havia estrelas, não havia lua, não havia céu. Birchwood estava enterrada em fumaça. Senti o gosto das cinzas e pela primeira vez não senti fome.

— Rose...? — perguntei no escuro. O alojamento naquela noite estava abafado e ainda mais lotado do que o habitual. A palha sobre a qual dormíamos parecia extraquente e áspera. — Rose, você está acordada?

— Não — ela respondeu com um sussurro. — Você está?

— *Shh!* — resmungou o saco de ossos deitado do meu outro lado.

Rose e eu nos aproximamos mais de modo que as palavras não tivessem que percorrer muito espaço dos lábios ao ouvido.

— A história que contou hoje foi boa — murmurei. — Você deveria ser escritora.

— Minha mãe é — disse Rose. — Ela é muito boa. É famosa também. Por isso minha família foi presa. Ela não teve medo de publicar livros que contavam a verdade, em vez daquilo em que Eles querem que acreditemos.

Não tive de chance de perguntar sobre a prisão. Rose já estava partindo para a próxima frase.

— Eu adoraria ter ao menos a metade do talento dela para escrever. E quanto a você?

— Eu? Escrever! É uma piada. Eu costuro.

— Não, estou perguntando de sua mãe.

— A minha? Ah, não tenho muito a dizer sobre ela.

— Deve ter — Rose afirmou.

A verdade é que eu não lembrava muita coisa sobre minha mãe.

— Ela teve de voltar ao trabalho quando eu era bebê. Trabalhava em uma fábrica grande, costurando ternos. Ninguém fala sobre isso, mas acho que meu pai era um dos gerentes da fábrica, ou algo assim. Nunca o conheci. Eles não eram casados. Acredita que a fábrica tinha máquinas capazes de cortar vinte camadas duplas de lã para ternos de uma vez?

— Sua mãe, Ella...? — Rose insistiu gentilmente.

— Na verdade, foi minha avó que me criou. A fábrica de ternos se mudou para outra cidade e todos os funcionários tiveram de ir junto ou perderiam o emprego. Minha mãe nos visitava a cada duas ou três semanas. Depois a cada dois ou três meses. Depois só mandava dinheiro. E aí veio a Guerra, a fábrica fazia uniformes e ela não recebia salário. E depois... você sabe. — Dei de ombros no escuro.

Mães não eram um assunto sobre o qual eu sabia muito.

Dois braços finos me envolveram em um abraço.

— Para que isso? — resmunguei.

Rose me apertou.

— Só estou medindo para ver até onde vão meus braços.

Mais tarde naquela mesma noite uma mulher na fileira de camas de baixo começou a chorar, baixo, a princípio, e depois descontroladamente.

— Por que eu, por que eu, por que eu? — ela se lamentava. — O que fiz para estar sofrendo aqui?

— Cale a boca! — Viga berrou de seu cubículo privado no fim do bloco.

— Não vou me calar! — a mulher gritou. — Quero ir para casa! Quero meu marido e meus bebês! Por que Eles foram nos buscar? O que nós fizemos?

— Eu disse para *calar a boca*! — Viga urrou.

A mulher estava fora de si. Ela gritou e gritou e gritou até eu achar que meus ouvidos iam estourar. No escuro, Rose estendeu a mão até encontrar a minha.

Viga explodiu. Ela arrastou a mulher da cama e a sacudiu.

— Não é você! — ela gritou. — Não tem nada a ver com você. São Eles. Eles querem alguém para odiar. Para matar. Para Eles, somos todos criminosos.

— Eu não sou! — disse Rose abruptamente em tom de grande indignação.

— Nem eu! — disse uma garota bruta a duas camas de distância. Sua insígnia era um triângulo verde; sabia-se que ela tinha uma ficha criminal mais longa que um rolo de papel higiênico.

— Eu roubava maçãs — afirmou uma voz fraca perto do chão. — Eram azedas como vinagre e faziam o estômago revirar, mas todo outono a roubávamos da mesma maneira.

Viga cruzou os braços.

— Suas idiotas estúpidas. Não é disso que estou falando. Não estou me referindo a terem sido presas por furtar um batom, ou mesmo roubar o dinheiro da aposentadoria de uma velhinha... ou até bater na mãe até a morte. Independentemente do que fizemos, não estamos aqui por crimes *reais*.

O alojamento ficou totalmente silencioso. Não se ouvia o ruído de uma única palha.

Viga gostava de público.

— Vocês, seus pedaços de merda, não notaram que Eles não ligam para o que somos ou o que fizemos? Estamos aqui por sermos quem somos. Por *existirmos*. Não somos *pessoas* para eles. Você, Rosinha educadinha, com suas boas maneiras, etiqueta e toda essa porcaria, acha que Eles vão se sentar à mesa e tomar chá com você? Seria como pedir a um rato que mostre qual garfo se usa para comer a entrada!

— Que grosseria — disse Rose, embora eu não soubesse se ela estava se referindo à linguagem bruta de Viga ou à ideia de jantar com um rato.

— Grosseria? — Viga vociferou. — Isso vai significar nossa morte!

— Eles não querem todas nós mortas — retruquei.

— Não, não enquanto formos úteis, costureirinha. Mas e quando se cansarem de brincar com vestidos? Acha que vai continuar sendo: *Aah, estou amando essa seda*? Você vai virar uma pilha de ossos torrados subindo pelas chaminés, assim como todas nós.

— Cale a boca! — gritei imediatamente, cobrindo os ouvidos com as mãos. — *Cale a boca, não fale das chaminés.*

Quando percebi, Viga estava *me* arrastando para fora da cama, batendo todos os meus ossos contra a madeira. Mal consegui me equilibrar em pé e ela já me deu um soco na boca, gritando:

— *Eu* sou a Chefe. *Eu* sou a única que manda as outras calarem a boca aqui, entendeu?

Ela me soltou. Desabei no chão como um trapo descartado.

Viga olhou para mim e suspirou. A raiva parecia se esvair dela como a urina que vazava do balde no canto.

Eu estava tremendo quando ela me ajudou a levantar e me empurrou de volta para a cama no alto. Ela se virou para a mulher que tinha iniciado toda a confusão.

— Vocês precisam enfiar uma coisa na cabeça: os doentes que nos mandaram para este lugar estão tão cheios de ódio que precisam descontar em alguém, praticamente não importa em quem. Se não for em uma raça, rosto ou religião, será em outros. Neste momento, vomitam o ódio em nós. Na próxima guerra, será em outros pobres coitados, e depois em outros, e depois...

— Quero ir para casa! — a pobre mulher sussurrou entre tremidas e soluços.

— E eu quero matar todos os animais deste inferno com minhas próprias mãos — Viga vociferou. Ela tinha mãos do tamanho de pratos. — Mas o melhor que podemos fazer é *viver*. Estão ouvindo? A única maneira de vencê-los é não morrendo. Então cale a boca e sobreviva, sua vaca miserável. E deixe as outras *dormirem*.

Comecei a esquecer que havia outro mundo além de Birchwood. Um mundo onde pessoas podiam viajar de trem para destinos agradáveis, locais com lojas, ou perto da praia. Onde se podia usar roupas decentes e cada um dormia em sua própria cama e se sentava à mesa para jantar com a família. Enfim, vida real.

Rose dizia que histórias eram vida. Para mim, estava mais claro. Trabalho era vida.

Tudo o que Mina me pedia para fazer, eu dizia que podia fazer. Independentemente de quanto o prazo estivesse apertado ou de quanto a cliente fosse exigente, eu nunca a decepcionava. Em troca, ganhava os melhores trabalhos. O pão extra. Os cigarros e, de vez em quando, um elogio.

Estava aprendendo muito, às vezes só de olhar, às vezes quando alguém me ajudava com uma peça de roupa. As outras costureiras não eram tão antipáticas quanto eu havia achado no início. Elas não hesitavam em compartilhar habilidades e conhecimento. Pouco a pouco, fui descobrindo suas histórias também. Histórias da vida real, de antes de Birchwood.

Francine, por exemplo, havia trabalhado em uma grande oficina industrial antes de ir parar ali. Eu já imaginava, depois de ver sua habilidade para trabalhos pesados. Para Francine, era um presente estar em uma sala pequena, costurando uma coisa diferente a cada semana. No entanto, ela não sabia calcular muito bem os produtos de higiene. Não parava de me importunar para que conseguisse mais papel.

Shona havia sido a costureira-estrela de uma loja de vestidos de noiva. Ela nos contou todo tipo de história de noivas difíceis e suas mães monstruosas.

— Era impossível satisfazer as duas ao mesmo tempo — ela disse.

— Quando a noiva *finalmente* ficava feliz... *quase* valia a pena todo o aborrecimento.

Notei que Shona estava sempre tocando o dedo, onde devia estar uma aliança de casamento. Eles tiraram todas as nossas joias e objetos de valor quando chegamos. Eu só tinha um medalhão pequeno de ouro amarelo que meu avô tinha me dado em meu último aniversário. Dentro, havia meu nome e minha data de nascimento. Fiquei imaginando se um dia o veria de novo.

— Você fez seu próprio vestido de casamento? — perguntei a Shona.

Ela sorriu.

— Fiz. Era um vestido simples, feito de crepe cor de caramelo. Quando minha barriga cresceu, eu o cortei para fazer um macacão para o bebê. — Ela franziu o rosto.

Mais para o meio do verão, eu já tinha minha própria máquina de costura, em que mais ninguém podia mexer. Até me confiavam alfinetes – *alfinetes*! Quando Mina estava ocupada no provador, eu me tornava Chefe da oficina. As outras costureiras tinham de me obedecer. Eu conseguia colocar Rose para bordar em vez de ficar na tábua de passar ou na limpeza o tempo todo. Rose não parecia se sentir grata por esse privilégio.

— Vamos – eu disse. — Somos quase como Proeminentes agora. Você é a melhor bordadeira daqui. Merece uma promoção. Aqueles dentes-de-leão que fez naquele vestido de festa outro dia ficaram tão lindos.

— Gosto de dentes-de-leão — Rose disse. — Só que, quando cheguei aqui, meu trabalho era colher dentes-de-leão e urtiga para a sopa. Fiquei com mais bolhas do que pele nas mãos. Bem, tínhamos um campo de dentes-de-leão no terreno do palácio, e botões-de-ouro também. Conhece aquele truque de segurar botões-de-ouro embaixo do queixo para saber se você gosta ou não de manteiga?

— O quê? Não! Por que alguém precisaria fazer isso? Todo mundo gosta de manteiga. Minha avó fazia o melhor pudim de pão com manteiga do mundo, com leite bem cremoso, e... não importa! Pare de me distrair do trabalho. Carla está querendo uma nova blusa de verão com margaridas bordadas na gola, para começar. Ela vai te dar cigarros se ficar bom. Eu poderia arrumar um par de sapatos decente para você em vez desses ridículos que está usando.

Rose olhou para a sapatilha de cetim e o sapato de couro.

— Eu até já me acostumei com eles — ela disse. — Um faz eu me sentir uma moça fina, e o outro serve para percorrer quilômetros. Tem uma história nisso...

— Como você consegue transformar tudo em histórias?

— E como você consegue continuar aceitando presentes de uma *Guarda?*

— Ela é uma *cliente* — eu a corrigi, embora não houvesse como fugir do fato de que Carla normalmente comparecia às provas de roupa de uniforme e portando um chicote. Às vezes ela até levava Pippa, amarrando a guia na perna da cadeira. Pippa deitava e observava todos os meus movimentos, mostrando os dentes amarelos. Os cães aqui eram treinados para atacar Listrados.

— Vamos, Rose. Não me olhe assim! Carla tem sua própria maneira idiota de ser amigável. Como uma porca imensa que se vira e esmaga os próprios filhotes.

Rose sorriu e pegou no meu braço. Eu deixei. Estávamos do lado de fora, na fila para o café aguado da noite, e era mais seguro estarmos em duas do que sozinhas.

— Você sempre compara pessoas a animais? — ela perguntou. — Já tem um zoológico inteiro a essa altura: Carla, a Porca, Francine, a Rã e Mina, a Tubarão.

— Não vai contar que eu chamo elas assim!

— É claro que não. Mas e eu? Que animal eu sou, então?

— Deixe para lá.

— Que animal?

— Um esquilo.

— Um *esquilo*?! — ela gritou. — É isso que pensa de mim? Que sou arisca e assustada?

— Esquilos são fofos! Eles têm rabos felpudos e inclinam a cabecinha quando olham para você. Eu *gosto* de esquilos. Por quê? Que tipo de animal quer ser? Um cisne, imagino. Algo grandioso assim, digno de uma *condessa* que vivia em um palácio com porta-ovos de ouro?

— Cisnes têm uma bela *bicada* também — Rose riu, bicando-me com a mão.

Eu a afastei, contorcendo-me e rindo.

— Pare, sua idiota! — Era muito irritante como ela não parava de me divertir. Eu devia estar me concentrando em outras coisas, como seguir adiante e voltar para casa.

As pessoas na fila do café aguado olhavam para nós como se fôssemos loucas. Paramos de rir. De repente, pareceu algo não natural.

— Então me diga. que animal você é? — Rose me desafiou.

— Eu não sei! Nada. Ou algo estúpido. Não importa. — *Cobra, piranha, aranha, escorpião* me vieram logo à mente.

Rose inclinou a cabeça como os esquilos.

— Acho que sei que animal você é.

Nem ousei perguntar.

Dia após dia costurando. Noite após noite falando, depois dormindo e sonhando.

Sonhando com minha casa. Com a mesa posta para o café da manhã, com uma toalha limpa de algodão. Torrada fresca com bastante manteiga de verdade, bem amarela. Ovos com gemas de cores intensas. Chá de uma chaleira de bolinhas amarelas.

Eu sempre acordava antes de conseguir comer qualquer coisa.

Alguém entrou correndo no bloco dos alojamentos uma noite depois da Chamada. Era uma Listrada miúda como um passarinho. Um estorninho, talvez. Ela falou com Viga. Viga chamou meu número. Desci da cama de cima, tentando ocultar o medo. Não podia ser coisa boa.

— Vejo você em breve — Rose disse com animação, como se eu estivesse apenas me levantando para pegar um copo de leite.

E lá fui eu com a Estorninho, correndo, é claro. Descemos a via principal. Passamos por fileiras e fileiras de blocos de alojamentos. Chegamos a um pátio com revestimento de pedras e a um grande prédio com vidros nas janelas e tiras de tecido que estranhamente pareciam cortinas. E uma porta.

A Estorninho levou os dedos à frente dos lábios. *Você primeiro*, ela disse com gestos.

Nem pensar, respondi também com gestos.

A Estorninho suspirou e empurrou a porta. Parei antes de acompanhá-la, como se tivesse alguma escolha. Para ser sincera, eu estava quase me mijando de nervoso (o que seria um grande feito, pois durante todo o verão eu vinha suando mais do que bebia, então era bem difícil urinar).

Lá dentro, fileiras de portas fechadas. O cheiro de desinfetante de limão. O murmúrio de vozes mudas. Em uma das portas, um par de botas. A Estorninho avançou pelo corredor. Bateu em uma porta branca... depois desapareceu tão rapidamente que quase suspeitei que havia voado como um pássaro de verdade. Meu coração estava acelerado.

A porta abriu.

— Não fique aí parada. Rápido, entre, feche a porta. Limpe os pés. Sente-se. O que acha? Não é muito, mas é o meu lar.

Eu estava no alojamento das Guardas. Estava no quarto de Carla.

Carla parecia ótima e refrescada com o vestido amarelo que eu tinha feito para ela. Ela inclinou o pé como uma bailarina para me mostrar as sandálias.

— Não são uma graça? Uma das garotas viu na Loja de Departamentos e eu sabia que ficariam bem em mim. E eram bem do meu tamanho, felizmente.

Uma das garotas – outra Guarda.

Carla riu com nervosismo.

— Não se preocupe, está tudo bem: não vou me complicar por você estar aqui, contanto que a gente fale baixo e ninguém a veja. Sente-se na cadeira, se quiser; me deixe tirar essa almofada. Ou na minha cama. Esta cama, não aquela. Aquela é da Grazyna. Ela está trabalhando no momento. Você deve ter visto ela por aí. Tem cabelo bem crespo, está sempre feia. É de tanto nadar. Eu falo que vai ficar musculosa demais, mas ela não me ouve.

Eu já tinha visto Grazyna trabalhando. Ela andava com um cassetete de madeira bem desgastado. Aquele não era o melhor momento para dizer a Carla que nós, Listradas, a havíamos apelidado de Moedora de Ossos devido a um ogro que tinha aparecido em uma das histórias de Rose.

Carla se sentou na cama. As molas do colchão pularam. Sentei-me na cadeira. Ela apontou para a colcha de retalhos sobre a cama, em vários tons de marrom e bege.

— Achei que você gostaria disso. Veja, são pedaços de vestidos costurados, vários tipos.

Parecia uma mistura de todas as gravatas de que meu avô menos gostava. Minha avó tinha uma colcha muito mais bonita em casa, com estampas alegres de flores e listras. Era como um livro que contava a história de nossa vida. Minha avó perguntava: *Você se lembra de usar um vestido desse tecido quando fizemos um piquenique perto do rio e comemos torta de creme com noz-moscada? Você se lembra desse pedaço? Do colete antigo de seu avô, aquele que ele usava para trabalhar, e normalmente abotoava tudo errado? Você se lembra...? Você se lembra...?*

A mola da cama pulou novamente quando Carla se inclinou para a frente. Dava para ver fragmentos de pó facial em seu rosto.

— Qual é o problema? Você está bem?

Fiz que sim com a cabeça. Quase dei um salto quando Carla enfiou o pulso sob meu nariz.

— Cheire isso! É o perfume Noite Azul. Veja, aqui está o frasco. — Ela se levantou e foi até uma cômoda coberta de cartões e fotografias. Pegou um frasco azul de cristal lapidado e tampa de metal brilhante. — Li em algum lugar que as mulheres mais glamorosas do mundo borrifam uma névoa de perfume no ar e passam por ela. Experimente!

Estiquei o pulso com cuidado.

— Nossa, como você é magra! Eu queria conseguir fazer dieta. Mas acho que vou ter de me conformar com essas curvas — ela disse.

Gotas de Noite Azul cobriram minha pele. Tinha cheiro de muita sofisticação e estolas de pele macias. Bebidas geladas em taças frágeis. Salto alto e seda brilhante. Depois dessas primeiras notas extravagantes vinha um aroma mais sutil. Pétalas de flor, caindo lentamente. Pensei em um lugar dos livros de história que Rose chamava de Cidade Luz, cheio de brilhos e estilo. Depois da Guerra, ela e eu usaríamos perfume todos os dias para expulsar o fedor de Birchwood. Mas não aquela fragrância. O cheiro estava tão forte no pequeno quarto de Carla que tive vontade de vomitar, como um gato expelindo uma bola de pelos.

— Então... não conseguiu adivinhar? — Carla perguntou.
Adivinhar o quê?
Ela deu uma voltinha no meio do quarto.

— É meu *aniversário*! Até fiz um penteado especialmente para a ocasião. O salão de cabeleireiro aqui é *maravilhoso*. Faço dezenove anos hoje, já estou praticamente na meia-idade! Veja, os cartões são da minha mãe, do meu pai e do meu irmão mais novo, Paul, e do meu antigo professor de educação física, um dragão! E de Frank, um garoto do vilarejo, mas eu não gostava dele tanto quanto ele gostava de mim... E aquele é de minha tia Fern e do tio Os, que moram na fazenda ao lado da nossa. Foram eles que me mandaram bolo. Você não está morrendo de vontade de comer uma fatia? Eu sei que estou. Gosta de chocolate? É pão de ló de chocolate com recheio de creme de chocolate e cobertura de chocolate por cima. Tenho até velinhas.

Carla acendeu as velas, fez biquinho com os lábios (pintados de vermelho para a ocasião) e as apagou.

— Pronto! Fiz um pedido!
Bom para você, pensei. Eu também tinha alguns desejos guardados. *Poder ir para casa. Ser a costureira mais famosa do mundo.* E, o mais urgente, *ela cortar logo o bolo.*

O último desejo se realizou bem rapidamente. Carla me passou um pedaço grande e marrom de maravilhosidade, com creme por todos os lados.

— Não se importa de comer com a mão, não é? — ela perguntou. — Somos só nós, e nesse lugar ninguém usa talheres de sobremesa, não é? Rá, rá.

Experimentei um pedacinho. *Açúcar!* Minhas papilas gustativas ameaçaram explodir devido ao choque e ao prazer.

— Também ganhei presentes — Carla anunciou com a boca cheia. — Não se sinta culpada: eu não esperava que *você* me trouxesse nada. Bem, ganhei um conjunto novo de escova de cabelo e pente dos meus pais. Disse que não precisava, pois há *toneladas* de graça na Loja de Departamentos. Eles mandaram isso também – ah! Eu sabia que você ia gostar. *Mundo da Moda*, todas as edições dos últimos três meses, com moldes para trajes de banho e saída de praia, e todo tipo de...

Carla espalhou as revistas sobre a cama e começou a virar as páginas, uma por uma. Em seu sotaque de menina de fazenda querendo parecer sofisticado, ela começou a fazer comentários: *isso não é divino... Meu Deus, que horrível... AMEI este... Ninguém certo da cabeça usaria AQUILO em público!*

Senti um certo enjoo. Era o açúcar... o perfume... a *voz* dela, falando sem parar. Vomitar sobre a colcha de retalhos seria péssimo, eu sabia.

Carla apontou o dedo grudento para um dos modelos na revista.

— Você poderia fazer um desses para mim. O que acha? Muito chamativo? Com o outono se aproximando, achei que ficaria bem com um casaquinho de tricô da Loja de Departamentos. Sabe, nunca me dei conta de que a Sua Laia sabia costurar tão bem. Depois da Guerra, vou abrir uma loja de roupas. Posso desenhar e exibir as roupas e você pode fazê-las.

Quase engasguei só de pensar.

Carla iniciou mais um monólogo, dessa vez pegando uma fotografia de sua cômoda.

— Está vendo essa foto, sou eu e Rudi, um dos cachorros da fazenda da minha família. Ele não é adorável? Não pude trazê-lo comigo. Não faz mal, tenho a Pippa agora. O melhor amigo de uma garota é seu cachorro, não é? Esse campo onde eu e Rudi estamos fica cheio de botões-de-ouro e margaridas nessa época do ano. Amarelo de ponta a ponta. Já fez aquela coisa com as margaridas em que se puxa as pétalas para ver se alguém ama você...? Bem me quer, mal me quer...

Ela estava tão próxima de mim que dava para ver grumos de rímel em seus cílios. Pensei em Pippa, que parecia mais inclinada a arrancar a cabeça de pessoas do que pétalas. Larguei o prato.

— Não está indo embora, está? Tão cedo? Espere, vou embrulhar mais bolo em um guardanapo para você levar. *Eu* não consigo comer tudo isso, não se ainda quiser entrar neste vestido, rá, rá. As outras garotas não vão ganhar nada. Não são *amigas* de verdade, sabe. Nem mesmo Grazyna. Elas não têm olho para moda e coisas bonitas como eu. Você compreende. Sei que sim...

Fui até a porta.

— Sim, corra para ninguém ver você — disse Carla com uma ansiedade repentina. — Vá!

O tempo todo, eu não disse uma palavra.

De volta ao alojamento, Rose e eu nos encolhemos em um círculo secreto em nossa cama. O resto da fatia de bolo estava esmagado em um guardanapo entre nós. Era uma maravilha.

— Não parece possível que bolo e Birchwood possam existir juntos no mesmo lugar — Rose disse.

— Eu sei! É loucura. O que será que deu na Carla para ela me convidar para o *aniversário* dela? Algum tipo de piada de mau gosto? E depois me oferecer *bolo*!

— Ela estava tentando fazer amizade com você. Está errada em abusar de você dessa maneira, mas ela parece solitária.

— Solitária? Você não a ouviu tagarelar sobre todos os presentes que ganhou, e que podia pegar o que quisesse na Loja de Departamentos, e que as outras Guardas *não a compreendem.*

— Exatamente. Solitária.

— Bem, problema dela! O que importa é que ganhamos bolo. Coma, eu trouxe para dividir. Não com todo mundo do alojamento — acrescentei às pressas, conhecendo a generosidade exagerada de Rose.

Rose tocou no bolo, depois lambeu o dedo com a ponta da língua. Ela fechou os olhos.

— Ah, como estava com saudade de coisas doces!

Fiquei perplexa ao ver como Rose estava desfrutando da sensação. Ela sorriu e pegou um pedaço maior. Ficou com uma mancha de creme no lábio inferior. Tive vontade de lamber para limpá-lo.

Não estávamos acostumadas a tanto luxo. Não muito tempo depois, tivemos dor de estômago. Mas valeu a pena.

No dia seguinte, lavei o guardanapo do bolo na pia da sala de costura e Rose o passou e dobrou perfeitamente. Avistei Carla enquanto corria para a Chamada da noite e pensei em lhe devolver o guardanapo. Cheguei perto o suficiente para falar – perto o suficiente para fazer Pippa começar a latir –, mas Carla passou direto por mim, cabeça erguida, chicote na mão. Eu não passava de mais uma Listrada sem nome, ninguém importante o bastante para ser notada.

Alguns dias depois, quando Mina parou no centro da oficina e bateu palmas solicitando nossa total atenção, soubemos que se tratava de algo muito importante. Se não fosse, nunca nos deixariam parar de trabalhar.

Olhei para Rose. Ela estava diante da tábua, passando com muito cuidado um corte de musselina bordada e sorriu para mim. Respondi com outro sorriso. Ela fingiu que deixava o ferro sobre o tecido, queimando-o "acidentalmente". Arregalei os olhos, horrorizada. Ela revirou os olhos. *Estava apenas brincando.*

— Anúncio sério! — Mina declarou. — Acabei de me reunir com ninguém menos que a esposa do comandante. Em pessoa, em sua casa.

O burburinho encheu a sala. O comandante e sua família tinham um casarão ao lado do muro da prisão. Às vezes, Listradas iam trabalhar lá – um trabalho fácil, ouvi dizer.

Mina estava gostando de nossa curiosidade.

— Como vocês sabem, a madame gosta de selecionar os melhores vestidos que chegam a Birchwood. Nosso trabalho é alterá-los e aprimorá-los para seu guarda-roupa. Parece que alguém muito importante visitará Birchwood em breve, como parte de uma inspeção. A madame vai precisar de um vestido especial. Nada que lhe mostrei deu conta do recado, então ela me disse para mandar fazer alguma coisa aqui na oficina. Um vestido de festa, adequado a uma mulher de sua estirpe...

Não ouvi mais nada. Já estava esboçando aquele vestido na cabeça. Um vestido para uma noite de verão... nada espalhafatoso, nada frívolo. Afinal, Madame H. era uma mulher madura, uma mãe de família. Amarelo serviria. Um amarelo sóbrio. Um cetim esvoaçante em ouro antigo ou dourado-palha...

— Ella?

Pisquei.

— Desculpe. Pois não?

Mina franziu a testa.

— Não me ouviu? Quero que você assuma o trabalho de Francine naquele conjunto de pijamas amarelos, assim ela fica livre para fazer o vestido de festa.

— De jeito nenhum! — Explodi. — Eu vou fazer o vestido! O trabalho de Francine é *bom* se você quiser algo simples, para o dia a dia, sem querer ofender, Francine...

— Mas eu me ofendi — Francine retrucou com uma careta.

Continuei:

— Desculpe, é que já tenho tudo na cabeça. O vestido mais incrível de todos: mangas até os cotovelos, um leve volume no ombro, pences sob o busto, uma amarração nos quadris, depois o cetim caindo em cascata até o chão... — Não sei como ousei ficar falando sem parar daquele jeito. Talvez estivesse lembrando de um dos lemas de minha avó: *garotas tímidas não ganham nada.*

Francine e eu ficamos nos encarando como boxeadores em um ringue prestes a lutar por um troféu. Só que aquilo era muito mais sério. Os olhos de Mina brilhavam enquanto nos observava. De repente imaginei que ela havia feito aquilo como um teste para mim, para ver até onde eu estava preparada para ir.

Até o fim.

Eu falaria mal do trabalho de Francine? *Sim.* Monopolizaria a melhor máquina e as melhores ferramentas? *Sim.* Sabotaria sua costura...? *Talvez.* Se fosse preciso.

— Certo — Mina disse com um sorrisinho cruel. — Vamos ver o que as duas podem fazer.

— Não vai se arrepender de escolher o meu vestido — eu disse. — Posso começar agora mesmo. Preciso das medidas da madame, um manequim e cinco metros de cetim amarelo – não qualquer amarelo, um tom bem específico...

Rose deve ter rido a essa altura. Mais tarde, na fila da sopa, perguntei por que ela estava rindo.

— Só você sendo você mesma — Rose respondeu com um sorriso. — Mina pede que você faça um vestido, e na sua cabeça ele já está pronto. Você é mesmo uma modelista nata, sabia?

— Ah, Rose, você pode rir o quanto quiser, mas vai ficar *maravilhoso*. E, o melhor de tudo, eu já sei como quero decorá-lo. Quero um girassol, bordado em seda, bem no corpete, de modo que as pétalas alegres cheguem até o ombro e as costuras da manga. Queria a seda toda sombreada, como uma pintura a óleo sobre o vestido. Usaremos contas para o miolo – centenas delas, agrupadas...

— Uau... espere um minuto, Srta. Modelista! Não está falando sério, está?

— Acha que não consigo o tom certo de linha de seda? Não quer fazer o bordado com contas?

— Não tem nada a ver com as contas, estou falando do maldito *vestido*. Francine foi escolhida primeiro. Deixe ela fazer.

Aquilo me interrompeu. O vestido dos sonhos parou de flutuar em minha imaginação. Caiu no chão em uma pilha sem vida.

— Por que eu não posso fazer? Quem sabe o tipo de recompensa que vou ganhar? Posso trocar por camas melhores no alojamento, ou até por um cobertor para cada uma de nós... você não gostaria disso?

— O gato gosta de leite? Mas não é essa a questão, Ella. Pense para *quem* é o vestido.

— Eu sei! Para a *esposa* do comandante. Ela que montou a oficina. Tem um olho muito bom para qualidade (apenas o melhor dos melhores), e quando as esposas dos outros oficiais a virem usando *meu* vestido, *todas* vão aparecer para encomendar seus próprios trajes sofisticados.

Rose se afastou um pouco.

— Você realmente não entende o problema, não é? Sinceramente não enxerga o que está acontecendo?

— Sucesso. É *isso* que está acontecendo. Não tente me convencer do contrário, Rose. Eu *preciso* fazer esse vestido, e vou fazer. Fim da história.

— Histórias não têm fim — disse Rose, teimosa como um jumento. — Sempre tem mais um capítulo e *o que acontece em seguida*.

— O que acontece em seguida — retruquei — é que você para de meter o nariz nos meus assuntos! *Não me importa* se vou costurar para a esposa do comandante! A única coisa que importa é que vou fazer o vestido, goste você da ideia ou não.

— Eu *não* gosto da ideia.

— E já deixou isso bem claro.

— Ficou claro que você esqueceu onde está e o que acontece aqui; e quem é responsável por fazer isso acontecer!

— Como se *você* soubesse o que está acontecendo à sua volta, com a cabeça na terra do faz de conta!

— Sabe o que eu vejo, Ella? Vejo todas nós nos equilibrando sobre uma linha bem fina entre a sobrevivência e a colaboração.

Fiquei boquiaberta.

— Está me chamando de *colaboradora*? É uma coisa horrível de se dizer! Está só com inveja porque não consegue nem arrumar um par de sapatos decente para si mesma, muito menos fazer vestidos para outras pessoas! Você não seria *nada* sem mim e o pão extra que consigo para você!

Eu estava tão zangada que não consegui me controlar. Nós nunca tínhamos discutido daquele jeito antes. A culpa era dela, por me provocar.

Ela tentou uma tática diferente.

— Veja, Ella, se é mais pão que você quer, pegue um pouco do meu. Eu não me importo. Assim você não sente falta da comida extra da sala de costura.

Minha nossa, ela era tão *irritante*. Não entendia *nada*. Eu teria ido embora dali com raiva se não significasse perder meu precioso lugar na fila.

Birchwood no verão significava dias de calor escaldante e noites de fumaça. As Listradas definhavam – estavam tão secas e magras que pareciam bonecos de papel. Eu estava sedenta, faminta e nauseada devido ao gosto de cinzas no ar, mas por dentro me fazia flutuar sobre a poeira, sobre o fedor. Eu poderia caminhar em meio a arame farpado, cercas elétricas e uma rajada de balas sem me dar conta. Nada daquilo importava, porque, Rose gostando ou não, eu *faria O Vestido*!

O mais maravilhoso de tudo era que Mina ia me deixar fazer compras na Loja de Departamentos. Como oferta de paz, ofereci a Rose que fosse comigo. Ela ainda devia estar emburrada ou algo do tipo, pois resmungou quando lhe contei.

— Eu *detesto* fazer compras — ela disse.

— Você precisa ir, Rose, *por favor*. Ouça, sinto muito por você ter ficado zangada antes. Vamos comigo conhecer esse lugar. Pense nele como uma terra de abundância!

— Tenho trabalho em *abundância* para fazer — Rose respondeu.

— Vamos — insisti. — Mina fez uma lista de mais de um quilômetro de comprimento e não vou conseguir carregar tudo sozinha.

— Chame a Shona.

— Ela está doente...

Shona estava quase sempre doente agora. Em vez da girafa graciosa, ela estava mais para um narciso murcho que havia passado tempo demais sem água. Acho que ela estava realmente enferma, não apenas sentindo falta do marido e do bebê.

— Além disso, como pode detestar fazer compras? — perguntei.

— Nem imagina para quantos desfiles de moda minha mãe me arrastava.

— Você ia a *desfiles de moda*?

— Duas vezes por ano, ver as coleções de cada estação. Não me entenda mal, as roupas são incríveis. Eu poderia devorar todos os modelos de roupa e ainda voltar para repetir.

— Você não pode comer roupas.

— Quem me dera fossem comestíveis! Estou dizendo, a moda na Cidade Luz era *deliciosa*. Eram só as pessoas que me davam indigestão. Tantos beijos no ar, tantos *queriiiiiiiiiiidas*, tantos rostos maquiados e unhas compridas. Repugnante!

— Quando eu tiver minha loja de roupas, vou cobrar a mais de clientes esnobes assim.

— Ah, a famosa loja de roupas da Ella!

— Pode esperar, ela vai existir. Meu motorista vai me levar às melhores lojas para comprar tecidos...

Rose pegou no meu braço.

— Eu dirijo para você se me deixar usar um quepe. *Entre, madame, aproveite a viagem...*

— Então vai na Loja de Departamentos comigo?

Com relutância, ela disse sim. E corremos para lá.

— Ah — eu disse. — Estava esperando algo mais...

— Glamoroso? — Rose zombou. — Portas giratórias, grandes vitrines de vidro e plantas em vasos sofisticados?

— Algo assim.

A chamada Terra de Abundância era, na verdade, uma série de trinta barracões imensos espalhadas por uma seção na extremidade norte de Birchwood, não muito longe de um aglomerado de bétulas secas.

Entramos pelas portas mais próximas, sem saber o que esperar.

Shona não estava brincando quando disse que a Loja de Departamento tinha *de tudo*. O primeiro prédio em que entramos estava bem movimentado. Era chamado de Loja Pequena. Guardas e Listradas se misturavam, escolhendo coisas em prateleiras ou andando de um lado para o outro com pacotes.

A responsável era uma mulher chamada Sra. Smith, que certamente fazia parte da elite das prisioneiras Proeminentes. Havia rumores de que ela costumava gerenciar uma casa de tolerância. Rose me perguntou se eu sabia do que se tratava. Fingi que sabia, mas que não era educado dizer.

A Sra. Smith não se parecia nada conosco, Listradas normais. Estava elegante, vestindo um terno ajustado de linho escuro e sapatos de salto simples. Seus cabelos ralos pareciam ter sido recém-lavados e penteados. As unhas estavam pintadas. Ela parecia o cruzamento de um falcão com uma cobra. Uma cobra peçonhenta.

Ela nos avistou e apertou os lábios. Quase esperei que uma língua bifurcada aparecesse.

— Ah, as garotas da oficina de Mina. Bem-vindas.

A recepção da Sra. Smith foi calorosa como um iceberg. Seu modo de falar não era refinado, não era nem de longe tão elegante quanto o de Rose.

— Como podem ver, as lojas estão bem lotadas no momento — disse a Sra. Cobra. — Pelo menos dez mil novos pacotes por dia. É preciso selecionar bem, então minhas garotas estão sempre ocupadas. Não tenho nenhuma acompanhante livre para vocês. Mas não se iludam. Roubo *nunca* é tolerado.

Enquanto falava, a Sra. Cobra batia com as unhas feitas em uma fileira de frascos de perfume de cristal sobre a mesa à sua frente. O preferido de Carla, Noite Azul, estava ali. No mundo real, cada frasco custava mais do que meus pais ganhavam em um ano. Morri de vontade de abrir as tampas e cheirar as fragrâncias.

A Sra. Cobra chamou uma garota baixa e roliça de blusa branca e saia preta.

— Leve essas duas para a Loja Grande. E aproveite para trazer um registro das camisolas; tivemos um pedido de modelos de verão.

Nossa guia parecia nunca ter visto a luz do sol, de tão pálida. Usava óculos com lentes grossas, tinha ombros curvados e mãos largas e brancas. Quando eu a vi correr até uma pilha de coisas para remexer, soube que animal seria. Uma toupeira. Pequena, macia e subterrânea.

— Elas são prisioneiras, mas não têm que vestir sacos listrados — sussurrei para Rose. — Você não está *morrendo de vontade* de sair daqui e voltar a usar roupas normais?

Sem nem olhar em nossos olhos, a Toupeira saiu da Loja Pequena e entrou na Loja Grande – vinte e nove barracões vastos lotados de todo tipo de objetos. Malas, sapatos, óculos, sabão... carrinhos de bebê, brinquedos, cobertores, perfume... Vi uma caixa cheia de pentes e escovas, alguns ainda com fios de cabelos presos. Meu couro cabeludo raspado formigou.

Entre os barracões, vimos Listradas empurrando carrinhos com mais e mais caixas, mais e mais pacotes, todos amarrados com barbantes grossos. Nos pátios do lado de fora, onde os objetos eram selecionados, algumas mulheres de aparência forte usavam camisas brancas e calças pretas, como pessoas normais. Devia haver alguns milhares de prisioneiras trabalhando naquele lugar – as assistentes de loja mais estranhas que alguém já viu.

— Já imaginou poder ter tudo o que você quer? — perguntei a Rose. — É como um depósito de tesouros.

— Está se referindo ao espólio de um *ogro* — Rose respondeu com desdém. — Roubado e escondido.

— Ei, você poderia arranjar um par de sapatos melhor — eu disse. — Quero dizer, um *par* de verdade.

Rose deu de ombros. Acompanhamos a Toupeira.

Os barracões da Loja Grande eram como nossos blocos de alojamentos, só que mais compridos, mais largos e mais altos, embora tivessem o mesmo tipo de escoras de madeira sustentando o telhado. A Toupeira nos levou até um que me fez torcer o nariz. Birchwood nunca era um lugar cheiroso, mas aquele era um mundo totalmente novo de cheiros. Umidade. Mofo. Suor. Chulé. Um cheiro de perda e abandono. Fiquei enjoada. Ere bem diferente do que eu tinha em mente.

Um corredor no meio do barracão tinha largura suficiente para duas pessoas passarem, se não se importassem com alguns empurrões. Todos os outros centímetros de chão do espaço estavam cobertos com pilhas de malas e grandes montes que iam do chão até o teto. Algumas pilhas eram tão altas que ameaçavam cair. Vi mangas para fora, pernas de calças, alças de sutiãs e pés de meia.

— São *roupas* — disse Rose num tom de voz normalmente reservado a locais religiosos ou galerias de arte, ou para discutir qualquer coisa relacionada a *sexo*. — Montanhas de roupas!

A Toupeira olhou ao redor e suspirou.

— Dez mil malas por dia. É muita coisa. Não conseguimos dar conta. Toda mala é aberta. Todo o conteúdo é separado. Roupas, objetos de valor, perecíveis. Parte da comida já está mofada quando chegamos a ela, é claro. Tanto desperdício.

— De onde vem tudo isso? — perguntei sem pensar. Assim que falei, desejei poder recolher as palavras de volta. *Não faça perguntas se não quiser saber as respostas, Ella.*

A Toupeira olhou para mim como se eu não tivesse cérebro.

Rose olhou rapidamente para mim e disse:

— O que vocês fazem com as coisas depois que são separadas?

— O que não fica em Birchwood é fumigado e depois empacotado e enviado de trem de volta para as cidades. Para as vítimas de bombardeios, ou apenas para ser vendido como itens de segunda mão — Toupeira disse em um tom de voz monótono. — Toda peça de roupa precisa ser verificada para ver se há algum item de valor nela. Eles escondem dinheiro e joias nas barras, nas costuras, nas ombreiras, em todos os lugares. Tudo o que encontramos fica nessas pilhas no centro do barracão. As Guardas e Chefes ficam de olho em qualquer um que ache que pode surrupiar algo. Ontem, atiraram em uma garota que pegou uma joia. Ela disse que era a aliança de casamento de sua mãe...

A voz da Toupeira falhou por um instante. Depois ela voltou a descrever a separação dos itens na Loja de Departamentos.

— Todas as fitas com nomes e marcas de identificação são removidas. Os novos donos não precisam saber a quem suas roupas pertenceram antes. Todas as etiquetas de marca também são cuidadosamente cortadas e queimadas no aquecedor. Exceto as marcas mais exclusivas, é claro. Roupas de alta-costura vão para vocês, as garotas da oficina de costura.

Fiquei hipnotizada com a visão de Listradas pegando peças de roupa de uma pilha. Suas mãos movimentavam-se como aranhas sobre cada item. Ouvia-se a lâmina da tesoura se algo tinha que ser cortado. O tilintar das moedas jogadas em uma bandeja. O farfalhar das notas de dinheiro. O retinir do ouro. Com lentidão, relutância e torpor, minha mente começou a fazer as conexões entre as roupas de alta qualidade que alterávamos na oficina e aquelas malas que transbordavam no chão da Loja de Departamentos.

Dez mil malas por dia. Dez mil pessoas por dia. Todas chegando, nunca partindo.

Meu coração acelerou. Meu foco passou das montanhas de coisas para os pequenos detalhes. Bolinhas de tecido em um macacão de criança. Manchas de suor nas axilas de uma camisa velha. Vi botões rachados, meias furadas e coletes remendados.

Havia coisas mais sofisticadas também – alças de sutiã de cetim e saias de paetê. Chamou minha atenção o brilho de um pijama de seda com barrado de plumas, perfumado com ramos de lavanda amarrados com um laço. Vi esses itens sendo separados como especiais, juntamente com sapatos com *strass* nos saltos e uma cigarreira de prata. Havia camisolas e vestidos de baile; roupas de banho e ternos; sapatos de golfe e shorts para jogar tênis.

A que tipo de lugar as pessoas achavam que estavam indo quando fizeram as malas para sair de casa?

Como se alguém pudesse imaginar a existência de um lugar como Birchwood.

Um pensamento começou a se desenvolver em minha mente: alguém deveria sair de Birchwood para contar ao resto do mundo o que estava acontecendo aqui. Outras pessoas em Listas tinham de saber o que as esperava no fim da linha do trem. Alguém precisava dizer para a minha avó: NÃO ENTRE NO TREM.

— Ella?

Rose tocou em minha mão. Saí do transe e fui atrás dela e da Toupeira. Senti gosto de vômito na boca.

— Você acha... — comecei a dizer enquanto prosseguíamos. — Você acha que as *nossas* coisas estão nessas pilhas? Não gosto da ideia de pessoas remexendo em minha bolsa da escola e lendo meu dever de casa. Quero dizer... e nossas roupas também? Eu estava vestindo um lindo suéter tricotado por minha avó. Alguma outra garota está vestindo ele agora? Aposto que ela não para de pensar em quem o usava antes, ou como ele chegou até ela.

Rose não respondeu.

Eu nunca tinha perguntado a Rose se ela havia tido tempo para fazer as malas. Sempre que tentava conversar sobre a prisão, ela tentava me dispensar com contos de fadas sobre ter sido presa por ogros em um calabouço, depois levada para lá por um dragão de madeira e largada em Birchwood com um estrondo.

Desviávamos de caixas empilhadas até as vigas.

Eu tinha ouvido dizer que a maioria das pessoas havia tido alguns minutos, ou até mesmo horas, para juntar seus pertences antes da viagem de trem até aqui. Sorte delas. Eu estava apenas andando pela rua – pela sarjeta, é claro, porque estava em uma Lista e isso significava que não tinha permissão para andar na calçada –, voltando da escola para casa, balançando a bolsa e imaginando o que sairia na nova edição da *Tendências da Moda*. Quando vi, um caminhão com barras nas janelas de trás parou ao meu lado e a polícia já estava gritando e me arrastando. Gritei por socorro. As pessoas na rua fingiram não notar. As portas do caminhão se fecharam, marcando minha transição anticonto de fadas de um mundo a outro.

Fiquei imaginando o que eu teria escolhido levar se tivesse de carregar minha vida em uma mala. Roupas, é claro, e sabonete e meu kit de costura. *Comida*, ah, toda a comida que coubesse em uma mala grande!

— *Livros* — sussurrou Rose, avistando uma cascata de livros de capa dura.

Que idiota desperdiçaria espaço carregando livros quando poderia levar roupas e comida? Um idiota como Rose, obviamente: ela deu um passo à frente, encantada.

A Toupeira a segurou pelo braço.

— Não pode pegar isso. Vocês vieram buscar tecidos.

Peguei a lista de compras que Mina havia feito. A Toupeira passou os olhos pelo papel rapidamente.

— Venham por aqui...

Em outro barracão, entre parafusos e cortes de tecido, encontrei exatamente aquilo de que precisava. Sabia que seria perfeito para o vestido da madame. Era um cetim pesado e fluido que brilhava como raios de sol enevoados em um campo de trigo bem quente. Estava em cortes menores, não era um tecido inteiro. Com nervosismo, estiquei as peças, verifiquei os tamanhos, puxei alguns fios soltos nas beiradas. Claramente, eram sobras de um outro tecido volumoso – um vestido de baile mágico – desmanchado para ser reutilizado. Quem o havia usado antes...?

Eu não ficaria pensando naquilo.

— O que acha, Rose? *Rose?*

Nem sinal dela.

Entrei em pânico. Por um apavorante instante, imaginei Rose enterrada sob uma pilha de milhares e milhares de peças de roupa. Tive uma visão em que puxava seu braço, mas descobria que era apenas uma manga vazia, a perna de uma calça, ou...

Lá estava ela.

Perdida na contemplação de um livro.

Nem era ela que estava lendo. Era outra pessoa – um Guarda.

Era um jovem com uma penugem de bigode sobre o lábio superior, cuja mão estava sempre pairando sobre a arma em seu cinto. Dava para ver que estava com o livro havia um tempo. Estava mais ou menos na metade, seguindo as palavras com o dedo roliço. Os olhos de Rose acompanhavam o dedo como se estivesse coberto de anéis de ouro e diamantes. Eu não conseguia ver nada especial naquele livro.

Sussurrei o nome dela. Rose não me ouviu.

A princípio, o Guarda não notou que ela estava ali parada. Quando ele finalmente a viu, franziu a testa, demonstrando irritação, mas apenas ficou olhando fixamente para ela.

— Esse livro é bom? — Rose perguntou educadamente, como se ele fosse um bom rapaz que ela havia encontrado na biblioteca local.

O Guarda piscou.

— Hum, este? Sim. É bom. Muito, muito bom.

— Do tipo que é difícil largar?

— Hum, sim.

Rose concordou com a cabeça.

— Eu também acho. Mas sou suspeita para falar. Foi minha mãe que escreveu.

O Guarda a encarou por tanto tempo que pensei que seus globos oculares fossem pular para fora. Uma forte vermelhidão subiu de seu pescoço até a raiz dos cabelos. Ele olhou para Rose, depois para o nome na lombada do livro. Sem dizer uma palavra, ele fechou o livro, caminhou até o aquecedor e o jogou lá dentro. O papel virou cinzas. O Guarda limpou as mãos no uniforme como se estivessem, de alguma forma, contaminadas. Se ele pudesse esfregar os olhos e expurgar o livro de seu cérebro, acho que o teria feito.

Aproximei-me devagar, virei Rose – fria como pedra – para o outro lado e a conduzi para fora daquele barracão.

— Rápido! — disse a Toupeira. Saímos cambaleando atrás dela.

Cenas passavam diante de nós. Uma sala cheia de óculos – milhares de círculos de vidro olhando para ninguém. Uma montanha de sapatos – sapatos de couro marrom, chuteiras de futebol, sandálias de dança, sapatilhas de balé. Sapatos novos, sapatos velhos, sapatos sem graça, sapatos chamativos. Sapatos grandes. Sapatinhos de bebê.

Meus sapatos...?

Parar para pensar nisso seria de partir o coração.

Apenas roupas.

Não dava mais para se esconder da verdade. Não dava para desviar os olhos. Não dava para fingir. A Loja de Departamentos não era um depósito glorioso de tesouros. Não era uma experiência de compra luxuosa. Era um cemitério terrível de vidas e bens. Todos chegávamos vestindo roupas e carregando bagagem. Tudo era arrancado de nós. É claro que sim. Dessa forma, ficávamos mais vulneráveis. Tire as coisas das pessoas e lhes resta apenas um simples corpo nu que pode ser surrado, escravizado, que pode passar fome ou... pior.

Toda aquela roupa e toda aquela bagagem poderiam então ser armazenadas, selecionadas, limpas e reutilizadas. Um método terrivelmente eficiente.

Rose estava certa. Aquilo *era* o espólio de um ogro, coletado por ogros modernos, executivos, usando ternos e uniformes. Em vez de um castelo de conto de fadas ou calabouço, Eles tinham construído uma fábrica. Era uma fábrica que transformava pessoas em fantasmas e seus bens em lucro.

Eu não. Isso não podia acontecer comigo! Mesmo que eu estivesse sem minha bolsa ou meu suéter de lã com bordados de cereja, ainda era Ella. Eu *não* seria transformada em um fantasma de fumaça soprado pela chaminé.

Quando saímos, Rose tropeçou em uma pequena mala marrom. O objeto se abriu e ondas de fotografias caíram para fora. Rose escorregou e caiu sentada. Estava cercada por um mar de fotos. Férias na praia. Abraços de bebês. Casamentos. Primeiros dias de aulas.

Olhos desconhecidos nos olhavam do chão, como se dissessem: *Onde estamos? Por que não estamos mais sobre a lareira, perto da cama ou na carteira?* Quando ajudei Rose a se levantar, ambas tomamos consciência de todos os rostos sendo pisoteados. Ouvi Rose se desculpar como se fossem pessoas reais. O que um dia haviam sido, supus.

Agarrei Rose com força e a encarei.

— Não podemos nos tornar invisíveis ou inexistentes — balbuciei. — Ainda somos reais, mesmo que Eles tenham levado nossas roupas, nossos sapatos e nossos livros. Temos de ficar o mais *vivas* possível, pelo maior tempo possível, exatamente como Viga disse. Entende o que estou dizendo?

O olhar de Rose não vacilou.

— Vamos viver — ela disse.

Eu disse a mim mesma: *Não pense mais na Loja de Departamentos. Não se atenha à poeira, à sede ou às moscas. Olhe para a sua costura, não para as chaminés.*

Para escapar do pesadelo, eu me fechei em um mundo de seda e costura. Fiz o vestido dos sonhos. Do lado de fora, havia sons de trens e cães, o fedor das latrinas e de coisa pior. Do lado de dentro, a magia de meu trabalho e eu. Eu tinha uma tesoura reluzente, uma agulha brilhante, alfinetes resplandecentes e linha cintilante.

Preparei um manequim com as medidas da madame, deixando-o em sua forma exata. Do outro lado da sala, Francine fez o mesmo. Eu não estava preocupada. Francine tinha escolhido um *chiffon* de aparência barata e cor de vômito de bebê.

Rose fez um trabalho excelente ao passar minha seda. Eu não conseguia acreditar que ela ainda trabalhava como passadeira – e por sua própria escolha. Eu tinha pedido a Mina que deixasse Rose costurar mais. Rose disse que não se importava de passar.

Mina me puxou de lado uma vez e disse:

— O que você não entende sobre Rose é que ela não é como nós. Nós sabemos o que é preciso fazer para sobreviver. *Ela* está presa no pensamento de que pode continuar sendo doce como sempre foi.

Eu quis dizer alguma coisa para defender Rose. Não saiu nada.

Mina acenou com a cabeça.

— Rose não duraria cinco minutos sem você. Você vai sair daqui se mantiver a cabeça no lugar. Ela… eu não apostaria nisso.

Àquela altura, todas na oficina já sabiam que Rose era uma bordadeira de talento. Seus dedos eram capazes de transformar carreteis de linha de seda em cisnes, estrelas ou jardins de flores. Ela bordava toda a vida natural que nunca víamos em Birchwood – joaninhas, abelhas e borboletas. Inseriu patinhos amarelos em um vestido de criança que Shona estava fazendo para a filha de um oficial de alto escalão. Os patinhos pareciam tão alegres e tão reais que quase dava para esperar vê-los saindo da roupa e pulando na poça de água mais próxima. Só que não havia água em Birchwood. Pelo menos não para as Listradas.

Nossos lábios estavam rachados de sede. O que saía das torneiras não era seguro beber.

Quando Shona viu aqueles patos, enterrou o rosto na roupinha e começou a chorar.

— Shh! — eu disse. — Mina está na sala ao lado com uma cliente. Não deixe que ela a ouça.

— Sinto saudade do meu bebê — ela respondeu, soluçando.

— É claro que sente — disse Francine. — Todas nós sentimos falta de alguém, não é, meninas? Agora seque o rosto e termine o que estava costurando.

— Cuidado! — Rose alertou.

A porta do provador se abriu. Vi os dedos de Mina na maçaneta. Ela estava conversando com um cliente.

— O vestido de criança? Com os patinhos? Sim, senhor, vou mandar alguém buscar... É, ela deve estar crescendo rápido nessa idade... Deve estar aprendendo a andar, não é...?

Rose apressou-se para tirar Shona do campo de visão de Mina.

— Me dê esse vestido, rápido — sussurrei para Shona. — Você sabe o que vai acontecer se for vista assim de novo, pode ficar fora daqui para sempre!

— Dê o vestido para ela — disse Francine.

— Vamos, Shona — insistiu Rose.

O choro de Shona ficou cada vez mais alto. Eu não podia abraçá-la ou acalmá-la.

O que Mina Faria?
Daria um tapa nela.

Dei um tapa na cara de Shona. Bem forte.

Acontece em filmes quando as pessoas ficam histéricas. Nunca pensei que fosse realmente funcionar – ainda mais porque ser estapeado fazia parte da vida cotidiana em Birchwood. Para minha surpresa, Shona respirou fundo... soltou o ar... depois sucumbiu.

Quando Mina voltou para a oficina, estávamos tão quietas que dava para ouvir um alfinete caindo, se fosse permitido derrubar alfinetes.

Nesse momento, Shona já estava de volta à sua máquina, fazendo a bainha de cortinas para o alojamento dos oficiais. O vestido de patinhos fez, soubemos mais tarde, um enorme sucesso com a garotinha que o usou.

Além de bordar patos em vestidos, Rose também estava trabalhando no girassol de *minha* criação. Ela cortou a silhueta de um girassol em seda e fez um fundo com estofo e outra camada de algodão simples. Com pontos de linha branca, marcou onde ficariam as pétalas e folhas do girassol. Em seguida, desenrolou um tanto de linha de seda das meadas que Mina havia distribuído e começou a bordar. Eu amava ver Rose bordando. Ela ficava tão concentrada.

— Gosto de bordar — ela disse mais tarde, quando estávamos juntas, deitadas na cama. — Quando costuro penso em meus melhores enredos. Minha mãe diz que cria suas histórias na cozinha, quando está assando alguma coisa. Tragédias deixam os bolos de limão mais amargos. Comédias fazem os pratos picantes soltarem faíscas!

— Achei que você morava em um palácio com um exército de empregados.

— É claro que sim. A cozinheira soltava fumaça como um vulcão toda vez que minha mãe assumia a cozinha. Você devia ouvi-la batendo as panelas e resmungando: *Isso não está certo, as pessoas não sabem a que lugar pertencem.* Minha mãe não ajudava muito. Ela se distraía facilmente e sempre deixava a louça para outra pessoa lavar.

— Para você?

— Ah, não! Nunca lavei uma panela na vida até vir a enxaguar minha tigela de sopa aguada aqui. Meu trabalho era ouvir as histórias de minha mãe, lamber a tigela da batedeira e depois comer o que minha mãe preparasse.

— Minha avó costumava relaxar na banheira quando estava criando um vestido, até a água ficar fria. O vaso sanitário ficava no mesmo banheiro, então meu avô e eu estávamos sempre entrando nos dias em que minha avó estava muito inspirada. — Suspirei. — Imagina voltar a tomar banho de banheira algum dia?

— Ah, sim — Rose respondeu rapidamente. — Um belo banho com tantas bolhas de sabão que transbordam pelos cantos. Acompanhado de um bom livro e muitas toalhas felpudas.

— Você *lê* na banheira?

— E você não?

— Gosta mais de ler do que de costurar?

Rose hesitou.

— Preciso escolher?

— Vai precisar se for trabalhar em minha loja de roupas depois da Guerra.

— Ah, fui convidada para me juntar a você nesse lugar maravilhoso?

— Sim! — Quase me contorci de alegria só de pensar. — Não seria *incrível*? Minha própria loja. Sei que tenho muito a aprender. Quem sabe algumas das outras garotas da oficina de costura poderiam se juntar a mim? Shona é muito boa, e a Ouriço...

— Quem?

— Você sabe, aquela garota ouriçada que nunca sorri, mas faz uma bainha invisível incrível.

— Ah, você está falando da Brigid? Ela não pode sorrir.

— Por que não?

— O de sempre. Ela prometeu à Rainha dos Gigantes do Gelo que não sorriria por um ano e um dia.

— *O quê?*

Rose suspirou.

— Ela tem vergonha dos dentes estragados. Um Guarda deu um chute na boca dela.

— Ah. Bem, precisamos descobrir se ela quer um emprego quando sair daqui.

— Tem ideia de onde vai ser essa lendária loja de roupas? — Rose perguntou.

— Em algum lugar sofisticado. Uma bela rua, não muito calma nem muito movimentada. Vitrines grandes com modelos ridiculamente luxuosos e uma porta com sino, que toca quando entram clientes...

— Carpetes felpudos, vasos com flores alegres por todo lado e cortinas com bandô nos provadores?

— Exatamente!

— Não me parece nada mal — Rose brincou.

Parei o que estava fazendo, que era matar os piolhos que viviam na barra de nossos vestidos.

— Nada mal? Vai ser a coisa mais maravilhosa *do mundo*!

— Melhor que pão com margarina?

— *Igual* a pão com margarina. Sério. Vamos usar trajes elegantes e blusas com babados brancos na frente. Cabelos com o penteado da última moda...

— Feitos pela cabeleireira que fica ao lado...

— Tem um salão ao lado?

— Com certeza.

— Eu esperava que tivesse uma loja de chapéus.

— E tem — Rose disse de imediato. — Duas portas depois, ao lado da livraria. E uma padaria do outro lado, gerenciada por uma mulher especialista em pães doces e bombas de chocolate.

— Meu deus! — uma voz disse da cama de baixo. — Alguém falou de chocolate?

— Shhh! — disseram todas as outras. — E se Viga ouvir?

— A Viga ouve tudo! — vociferou a Chefe. — Se tem chocolate em algum lugar deste bloco, ele precisa chegar até mim em menos de três segundos...

Rose continuou em voz baixa.

— O lugar que tenho em mente é perfeito para nós. As pessoas podem chegar a pé ou de carro. De qualquer modo, as ruas não são muito movimentadas. Tem um parque bem em frente, com uma fonte onde as crianças brincam quando faz calor, um quiosque de sorvetes e uma macieira mágica que faz nevar flores na primavera.

Chegava quase a doer a lembrança do sorvete. Eu adorava o creme amarelo de baunilha, com cristais de gelo na borda da bola, o geladinho derretendo na boca...

— Você faz parecer tão real — eu disse. — Você e suas histórias!

— Talvez seja real — Rose respondeu. — Talvez eu conheça um lugar assim. Talvez ele realmente exista.

— Onde é, então? Algum lugar perto daqui?

— Rá! Tão longe daqui quanto o sol está distante da lua. É no lugar mais deslumbrante do mundo. Uma cidade cheia de arte, de moda...

— E chocolate...

— Com certeza tem chocolate. Uma cidade iluminada por tantas lâmpadas que a chamam realmente de Cidade Luz. É *lá* que vai ser nossa loja, com nossos nomes em letras douradas sobre a vitrine - *Rose e Ella*.

— *Ella e Rose* — corrigi com gentileza, mas também com firmeza.

Altos são sempre seguidos de baixos. No dia seguinte, eu estava pronta para atacar alguma coisa, alguém, qualquer um.

— O que aconteceu? — Rose perguntou.

— Não é óbvio? O vestido é um completo desastre! Fiz a peça-piloto em algodão para praticar e pareceu estar tudo certo, então cortei o tecido e alinhavei e saiu totalmente *errado*. A pior coisa que eu já fiz.

Uma peça-piloto é como um ensaio - um ensaio de como vai ficar o vestido, por assim dizer - em que se costura o vestido, mas não com o tecido definitivo. Significa que dá para testar o que funciona antes. Minha peça-piloto tinha ficado boa, então fui adiante com o cetim amarelo. Catástrofe.

Resmunguei.

— Francine vai vencer e Mina vai me colocar para costurar *almofadas*. Isso se eu der sorte.

— Saiu errado como? — Rose perguntou.

— Simplesmente *errado*.

— Ah. Isso explica tudo.

— Não zombe de mim.

— Então me diga o que precisa ser consertado no vestido. O tamanho?

— Não, está com as medidas exatas da madame.

— O drapeado?

— Não, isso está bem. Só que ela provavelmente não vai gostar.

— A cor?

Quase explodi.

— Como você pode *dizer* uma coisa dessas? A cor é *linda*. Veja, pare de tentar criticar. Dadas as condições em que estou trabalhando, é um milagre eu ter feito isso direito. Mina não ajudou, sempre em cima de mim perguntando quando estaria pronto.

— Então está bom?

(Por que ela estava sorrindo para mim?)

— Não está bom o suficiente.

— É claro que está bom o suficiente, e o próximo vai ficar ainda melhor. É assim que funciona, você ganha experiência e melhora.

— Por que não posso simplesmente ser melhor *agora*? Essa é a coisa mais importante do mundo para mim, Rose. Se eu não puder ser costureira, o que sou? Nada!

Rose me abraçou forte.

— Você é uma boa amiga — ela sussurrou em meu ouvido. Depois beijou meu rosto. O local em que ela me beijou ficou formigando durante horas.

Rose terminou o girassol enquanto eu ainda lutava com o vestido. Ele tinha uma série de pétalas radiantes feitas em ponto cheio e sementes em nó francês tão reais que dava vontade de arrancar e comer.

— Sei que você estava pensando em colocar a flor no ombro — ela disse —, mas acho que ficaria ótimo na altura do quadril, onde a seda se junta e desce.

— Não, tem que ser no ombro... — Segurei a flor ali. Depois mudei para o quadril. Irritantemente, Rose estava certa. No ombro, parecia cafona. No quadril, ficou perfeito.

Rose me observou.

— Acha que está bom o suficiente?

— Bom? — Quase engasguei. — Não está bom. Está *maravilhoso*. O melhor bordado que já vi.

Como ela podia ignorar tanto talento? Naquele momento, eu não sabia se queria sacudi-la, ou...

Meu coração bateu rapidamente e mordi o lábio.

Ou... beijá-la.

Não foi minha culpa o vestido atrasar. Minha máquina foi sabotada. Aconteceu em um momento bem crucial. Eu estava com a cabeça baixa, totalmente concentrada, quando houve uma confusão na sala de costura. Um homem entrou. Um *homem* mesmo, do sexo masculino, do gênero oposto.

O efeito foi eletrizante. O ar fervilhou. Vi Brigid tocar na cabeça, como se ainda tivesse cabelos para arrumar em vez de espinhos de ouriço. Francine beliscou as bochechas para que ficassem um pouco coradas. Mina também ficou agitada – provavelmente porque hormônios eram algo que ela não podia controlar.

Em Birchwood, Eles geralmente mantinham Listrados do sexo masculino e feminino separados. Os únicos homens que víamos deste lado do arame farpado eram Guardas e Oficiais. E aqui estava um prisioneiro do sexo masculino! Uma lembrança de pais, filhos, irmãos, maridos e namorados. Não que *eu* tivesse namorado. Minha avó teria me virado do avesso só de pensar na possibilidade de um garoto indo me visitar. *Você é jovem demais para estar pensando nisso*, ela teria dito. Ela sempre me dizia para ficar longe dos homens. *Principalmente aqueles que a fazem ficar com as pernas bambas.*

Era um homem jovem – talvez alguns anos mais velho que eu. Era difícil saber em Birchwood, onde todos os Listrados pareciam velhos. De certo modo, o costumeiro uniforme azul e cinza parecia limpo e asseado nele. Ele carregava uma caixa de ferramentas e tinha mãos ásperas devido ao trabalho manual. Se estivesse em um dos contos de fadas de Rose, ele seria o sétimo filho de um sétimo filho – pobre, porém sortudo, e destinado a ganhar o prêmio.

Ele tinha um rosto agradável. Olhos bem brilhantes. Os fios curtos que apareciam sob o chapéu eram loiros como os de um golden retriever. Sorri comigo mesma. Tinha encontrado outro animal para o meu "zoológico", como dizia Rose. Ele era um cachorro. Um cachorro bonzinho – não um dos bravos que faziam patrulhas com os Guardas. O tipo de cachorro que traria um graveto ou uma meia velha encontrada embaixo da cama, querendo brincar.

Eu não tinha tempo para brincar.

— O que ele está fazendo aqui? — perguntei a Rose quando ela passou para ver como o trabalho estava indo.

— Consertos — ela respondeu. — Não vai me dizer que também ficou babando?

— Rá, rá. Preciso me apressar. Francine está quase acabando de costurar as mangas em seu vestido cor de vômito de bebê...

Eu estava perdida em cetim amarelo quando senti uma presença calorosa ao meu lado.

— Algo quebrado? —perguntou o Cachorro, apoiando a caixa de ferramentas no chão. Sua voz era agradável e grave. Não fiquei com as pernas bambas, até porque estava sentada.

— Minha máquina está funcionando — eu disse, afastando-me de seu calor.

— É mesmo? Vamos dar uma olhada...

— Não suje meu cetim de óleo!

Tirei o material de perto enquanto ele mexia na máquina.

O Cachorro expressou reprovação.

— Tem sorte de ainda estar funcionando.

— Sério?

— A tensão está terrível. A mola está apertada demais. A bobina está enferrujada. Deveria ser lubrificada com óleo toda semana. Ou todo dia, se for muito usada... o que, imagino, se aplica a todas as máquinas daqui.

Corei de pânico. A máquina não podia parar de funcionar logo agora!

— Você consegue arrumar?

— Pode acreditar. — Ele chegou mais perto com o pretexto de manusear as molas do tensor. Sua voz era um sussurro em meu ouvido. — Posso arrumar para que não funcione nunca mais, assim os porcos vão ter de se virar para conseguir seus estúpidos modelitos. Por nós, podem até andar pelados, não é?

— Sa-sabotagem?

Ele tocou o chapéu com os dedos em uma saudação em miniatura e sussurrou.

— Eu acerto de primeira, moça. Não vai levar nem um minuto.

Olhei para a Guarda que estava encostada na parede, lendo uma revista. O Cachorro murmurou.

— Eu sou o Henrik, por sinal. Qual é o seu nome?

Meu nome? Desde quando garotos ficavam perguntando o meu nome por aí? Desde quando alguém *aqui* dentro pergunta o nome e não um número?

— Esqueça isso. Pare de consertar minha máquina! Quero dizer, pare de *quebrar* minha máquina. Quero que ela funcione.

Henrik ergueu uma sobrancelha diante de meu tom de voz.

Ergui as duas e olhei para ele.

— Sou costureira. Tenho de terminar este vestido. Vai ser a coisa mais linda que já costurei.

Henrik fingiu fazer uma reverência.

— Perdão por achar que você era uma trabalhadora escravizada como o restante de nós, fazendo belos vestidos para assassinos em massa!

— Não sou escravizada!

— Ah, Eles te pagam? Você tem o direito de ir embora quando quiser?

— Não.

— Então... você é escravizada.

Fiz que não com a cabeça.

— São Eles que nos chamam de escravos. Por dentro eu... eu sou *eu mesma*. Sou Ella. E costuro.

A expressão de escárnio sumiu do rosto de Henrik.

— Bom para você! — ele disse em voz baixa. — Estou falando sério! Trata-se de resistência. Eles podem nos prender, mas não podem capturar nosso espírito, não é?

Mina olhou em nossa direção, farejando o ar em busca de problemas. Henrik se ocupou com o mecanismo interno de minha máquina, fingido consertar um defeito que não existia. Antes de ir embora, ele apertou minha mão.

— Fique firme, Ella. As notícias de fora dizem que a Guerra pode terminar logo... Estamos reagindo. Os mocinhos estão chegando mais perto de vencer a cada dia.

Dessa vez meu coração acelerou.

— Estamos ganhando? Como sabe de tudo isso? Consegue mandar mensagens para fora de Birchwood também? Quero dizer à minha avó que estou bem. — As perguntas não paravam.

— Melhor que isso. Por que não diz a ela você mesma?

— Vamos ser libertados tão rápido assim?

Henrik se aproximou.

— Não exatamente. Mas digamos apenas que tem um jeito de você mesma se libertar.

— *Fugir?*

Henrik fechou a caixa de ferramentas e colocou um dedo diante dos lábios.

— Vou te ver de novo, Ella!

Eu o observei enquanto desviava das mesas para sair. Sorte dele, era livre para perambular por aí como um faz-tudo, como uma pessoa normal. Imaginei que ele tivesse a proteção de Proeminentes poderosos para exercer tal função. Se confiavam nele, significava que eu podia confiar também? Ou significava o contrário?

— Ah, você também? — perguntou Shona, me dando um cutucão nas costelas ao passar.

Dei um salto.

— Eu?

— Ficou encantada pelo rapaz da manutenção? — Ela apertou minha bochecha e se apressou antes que Mina começasse a gritar.

Só quando tentei voltar a trabalhar no vestido que percebi que Henrik tinha feito exatamente o que eu tinha pedido para ele não fazer. Minha máquina de costura estava quebrada.

Mina me pediu que entregasse o vestido de Francine para Madame H., a esposa do comandante.

— Mas o *meu* está finalizado, pronto para vestir — contestei. E estava mesmo, graças a um busto franzido costurado a mão por mim. Henrik e sua sabotagem que se danassem – eu tinha conseguido terminar o trabalho! Havia feito a bainha do vestido com muito amor. Havia reforçado as costuras e arrematado o acabamento do decote com esmero. Tinha sido tão gostoso esquecer para quem era o vestido por um tempo e mergulhar na costura!

— Apenas cale a boca e leve o vestido — Mina respondeu, contorcendo a boca de maneira desagradável: sua versão de um sorriso. Ela tirou o vestido com o girassol de minhas mãos e, logo em seguida, entregou-me uma caixa grande e fina.

Todas as outras costureiras estavam com inveja porque eu poderia sair de Birchwood. Bem, pelo menos da parte do campo de prisioneiros que conhecíamos. Meu coração acelerou um pouco, lembrando da conversa de Henrik sobre fugir. Era impossível, é claro. Principalmente vestida como Listrada e com uma Guarda me acompanhando.

A Guarda logo apareceu. Ninguém menos que Carla.

— Belo dia para um passeio — ela disse com uma piscadinha. Depois: — Junto, Pippa, *junto*. — A cadela tinha avistado um bando de Listrados e estava ávida para correr atrás deles.

Apressei-me para caminhar junto a ela como a cadela. Não estava de coleira, mas era como se estivesse. O caminho para sair do campo principal ficava totalmente à vista das torres das sentinelas de Birchwood e de suas metralhadoras. O Sol reluzia nas voltas do arame farpado. Havia Guardas por todo lado, e Chefes também. Era impossível não ver os grupos de trabalhadores miseráveis, carregando pedras com as próprias mãos ou cavando valas debaixo do sol forte. Aquele teria sido o meu trabalho se meu número não tivesse sido chamado para falar com a Chefe do Estúdio Superior de Costura. As trabalhadoras não passavam de esqueletos vestindo um saco listrado. Um dia, todas haviam sido mulheres.

A estrada era uma longa faixa de poeira, levantada por pneus de caminhões e pés arrastados. Meus braços doíam muito. Eu tinha de segurar a caixa de papelão com o vestido na horizontal. Estava morrendo de medo de derrubá-la, por mais que fantasiasse sobre deixar o vestido desmazelado de Francine cair na estrada para que o *meu* fosse entregue para Madame H.

Era bom estar ao ar livre, no entanto. Mais ou menos. O ar parecia mais fresco quando não estava preso por cercas de arame farpado, mesmo que ainda estivesse maculado pelo sabor de gasolina, cinzas e fumaça. Havia uma vista clara dos campos ceifados, cobertos de restolhos amarelos. Dava para ver uma faixa marrom ao longe, aproximando-se cada vez mais. Outro trem estava chegando. O apito soou. Pippa latiu.

A parte mais estranha para mim eram todos os *homens*. Eu estava acostumada a ficar ao lado de mulheres o tempo todo e achava fascinantes os Listrados do sexo masculino. Todos pareciam tão cansados e esfalfados quanto as mulheres. Por um instante, achei ter visto Henrik, o cachorro amigável. Depois vi que era outro cara, nada a ver com ele. Lembrei da conversa apressada de Henrik sobre fuga. Imagine só – simplesmente tirar esses sapatos de madeira ridículos e correr pelos campos... *livre*!

As balas de Carla me atingiriam nas costas antes mesmo da cadela – *bang, bang, bang.*

— É bom sair do meio da multidão — disse Carla. Se foi para mim ou para Pippa, eu não soube distinguir. — O verão foi terrível! Todas aquelas *hordas* chegando à estação, não havia a menor esperança de eu passar umas férias na praia para fugir desse *calor*. *Dez mil* unidades por dia para processar, dá para acreditar? O que eles pensam que somos? Máquinas?

Pisquei rapidamente. *Unidades?* Gotas de suor escorriam para os meus olhos e eu não tinha mãos livres para secá-las.

— E Pippa precisa de uns passeios, não é, querida? Não é, coisa fofa? Quem é a melhor cachorrinha? Hein? Hein? Quem é a melhor?

Tive de parar de andar enquanto Carla mexia com a cadela. Quando olhei para baixo, vi uma pequena toupeira aos meus pés. Em meses, era a primeira criatura que eu via, à exceção de cachorros, ratos, piolhos ou percevejos. Estava morta. Lembrei-me dos chinelos de minha avó, forrados com pelos macios, com remendos nas partes desgastadas.

Pippa foi cheirar o cadáver da toupeira. Carla puxou a guia.

Depois de uma caminhada longa e empoeirada, chegamos a um portão de ferro. O metal era retorcido, formando lindas curvas, como algo que se vê em livros de histórias. Um Listrado correu para abrir a porta para nós. Carla o ignorou. Claramente, conhecia o caminho. Pippa parou para fazer xixi em um dos pilares do portão.

Acompanhei Carla por uma área de jardim. Tropecei em quase todas as pedras do pavimento, de tão distraída ao observar aquele lugar maravilhoso. Havia flores por todos os lados. Não apenas estampadas em tecido ou bordadas com fios de seda. Flores de verdade! Elas cresciam em grandes canteiros que contornavam um gramado com grama de verdade. Todas as folhas de grama dentro dos limites de arame farpado de Birchwood tinham sido comidas.

Na beirada do gramado, dois jabutis desfrutavam de um banquete de cascas de legumes. Fiquei olhando fixamente para eles, impressionada. Um jardineiro Listrado molhava o jardim com uma mangueira. Gotas de água me molharam. Lembrei de uma tarde de verão de muitos anos antes, quando meu avô saiu na janela do andar de cima enquanto eu estava no quintal e deu um banho em mim e em minhas amigas com um regador. Gritamos tanto! Nada de gritos agora. Precisei sair do caminho de um garotinho que passava em uma bicicleta – o mesmo garoto que eu tinha visto uma vez no provador com Madame H. Ele deixou marcas de pneu no gramado.

— Rápido — resmungou Carla.

Fui atrás dela, parando apenas o suficiente para sentir o perfume das rosas amarelas que cresciam bem ao lado da porta.

Pippa recebeu comandos para *sentar* e *ficar* do lado de fora.

Então sombras. Um corredor. Um corredor de verdade em uma casa de verdade. Senti cheiro de cera de polimento, peixe frito e o fantasma persistente de pão recém-assado. Mais adiante: tapetes no chão. Tapetes de verdade, tecidos com cores alegres.

Uma porta se abriu mais para o interior da casa. Ouvi passinhos. Não era um cachorro correndo – era uma criança pequena. Uma criança de verdade correndo por todo lado, fazendo barulho. Uma voz a chamou. A criança deve ter se acalmado depois disso, porque tudo ficou em silêncio.

Outra porta se abriu. Havia uma garota ali parada, emoldurada pela superfície pintada de branco brilhante. Ela era apenas alguns anos mais nova que eu e usava um vestido de algodão amarelo xadrez. Tinha um laço nos cabelos castanho e um livro na mão. Vi seus olhos irem diretamente para a caixa do vestido.

— Minha mãe está na sala de estar — ela disse para Carla, sem nem ao menos me notar. Depois saiu andando com suas sandálias leves de verão.

Mais uma porta pelo corredor. Carla bateu.

— Entre! — disse uma voz de mulher. Quando a porta abriu, vi uma sala de estar decorada em tons suaves de baunilha e amarelo-limão. Havia uma estante de livros...

— Uma *estante de livros*? — Rose mal conseguia se conter. — Com quais livros?

— Quem está contando a história? — contestei.

Rose fingiu ficar emburrada.

— Estritamente falando, é uma narrativa descritiva, não uma história, porque é verdade. É verdade, não é? Isso sobre os livros? Ah, tínhamos uma sala cheia de livros em nosso palácio. Ocupavam todas as quatro paredes, com um espaço para a porta. Tinha uma escada com rodinhas para alcançar todas as prateleiras. *Isso* que era viajar, Ella, de história para botânica, para contos fantásticos e imaginativos...

— Você e seu palácio imaginário. Agora fique quieta, ou não quer ouvir o resto?

— Sim, fique quieta de uma vez. — Viga riu. Ela estava arqueada na beirada da cama abaixo da nossa, devorando pão e bebida alcoólica conseguidos no mercado clandestino. — Queremos ouvir sobre a casa do comandante.

— E sobre o garotinho! — gritou alguém com voz rouca, fora do meu campo de visão. — conte tudo sobre o garotinho. Quantos anos? Meu filho estava com três quando Eles nos levaram...

O público de ouvintes tinha se formado semanas antes, quando Rose começou a contar suas histórias da cama de cima. As Listradas que estavam por perto viraram-se para a direção do som de sua voz, como girassóis virando-se para a luz. A reputação de Rose se espalhou. As Listradas rastejavam pelas camas para ouvi-la melhor. A notícia chegou a Viga. Nada lhe escapava. Ela logo começou a exigir uma história por noite.

— Acho que não sei contar o tipo de história de que você gosta — Rose havia dito com cautela. Viga conhecia as canções mais grosseiras e lascivas de Birchwood.

Viga respondeu:

— Continue contando como sempre contou. Com os lenhadores, lobos e espadas que cortam pedras. Queria conseguir uma daquelas, rá!

Agora que eu tinha me aventurado além dos portões de Birchwood e sobrevivido para contar a história, era tratada nos alojamentos como uma viajante de terras longínquas. Havia recebido ordens – de Rose *e* Viga – de fazer um relato completo.

— O comandante tem cinco filhos, incluindo um bebê — contei a todas no alojamento. — Havia um berço na sala de estar, coberto de renda, laços e uma mantinha.

— Ah, a mantinha do meu bebê! — lamentou uma mãe chateada. — Eu costumava abraçá-la e sentir o cheiro de sua pele quente e do talco…

Engoli em seco.

— Vi brinquedos de crianças mais velhas no sofá. Carrinhos de brinquedo e uma boneca…

— Você pôde *sentar*? — perguntou Viga. — Por mais que minhas nádegas sejam grandes, sinto muita falta de almofadas!

É claro que não pude sentar. Não pude nem *entrar* naquela sala elegante. Carla me deixou sozinha no corredor com a caixa pesada do vestido. Fiquei olhando para os ramos de flores do campo no papel de parede e para a fotografia emoldurada do comandante, que estava um pouco torta. Se eu não soubesse quem ele era, diria que parecia aceitável. Confiável e até mesmo bonito, vestindo terno, iluminado pelo flash do estúdio de um fotógrafo. Aquilo fez com que eu me perguntasse como seria o meu pai. O homem que nunca conheci. Se ele ainda estivesse vivo, o que a Guerra estaria fazendo com ele? Quando eu voltasse para casa, talvez pudesse encontrá-lo, e minha mãe. Voltaria a ter uma família. Família era importante.

O comandante parecia um homem de família.

— Como você está, minha querida? — perguntou a mulher que estava na sala. Era Madame H., a esposa do comandante. Então ela já conhecia Carla.

— Está se sentindo um pouco melhor depois de nossa conversinha daquele dia? — murmurou a madame. — Sei que é difícil para você. Sente falta da fazenda e de sua família, não é? Continue cumprindo seu dever e terá sua recompensa.

Será que as Guardas iam falar com a madame como se ela fosse mãe delas? Logo, estavam falando baixo demais para eu conseguir ouvir. Depois de um tempo, Carla disse mais alto.

— O vestido está aqui. Você sabe, feito pela prisioneira que recomendei.

Fiquei tensa. Então todo esse tempo Carla estava fingindo ser minha amiga, quando na verdade estava ocupada promovendo o trabalho de Francine!

Àquela altura de minha descrição da visita, Viga se referiu a Carla com uma palavra que minha avó não toleraria nem que eu *pensasse*, muito menos dissesse em voz alta. Era uma palavra muito descritiva e enfática.

— Ah, e tem mais — contei às ouvintes do alojamento. — Apenas esperem...

Madame H. saiu no corredor. Estava usando um bonito vestido de verão em musselina amarela. Apesar de me sentir terrivelmente cansada, fui obrigada a ir atrás dela e de Carla, subindo dois lances de escadas e percorrendo um corredor que levava a um sótão nos fundos. O cômodo tinha o piso aparente, uma mesa, uma cadeira, um guarda-roupas com duas portas espelhadas e uma caixa de costura. A janela estava fechada. O ar estava parado. Havia uma borboleta morta no parapeito, com asas pálidas e dobradas.

As portas do guarda-roupas estavam abertas. Dentro dele, um festival de moda. Vestidos de todas as cores pendurados e cabides forrados de cetim. Curtos, longos, justos, amplos – todos os estilos estavam presentes. Reconheci alguns de projetos elaborados no Estúdio Superior de Costura. Outros podiam ter vindo diretamente de casas de alta-costura da lendária Cidade Luz. Havia peças penduradas na lateral do guarda-roupa. Vestidos de verão, trajes de banho, camisolas e *baby-dolls*...

De perto, a madame não era do tipo aristocrático sofisticado que eu havia imaginado. Ela movimentava-se parecendo mais distraída que divina. Quando tirou a roupa que vestia, estava usando lingerie discreta e uma cinta de borracha. A cinta estava esticada sobre uma barriga arredondada. Um pequeno rolo de carne escapava por cima dela.

Coloquei a caixa do vestido sobre a mesa e comecei a abrir a tampa. A madame fez sinal para eu sair do caminho. Ela separou as folhas de papel de seda que envolviam o vestido. Carla ficou na porta com os braços cruzados. Esperei para ver a decepção no rosto da madame quando a peça medonha de Francine fosse revelada. Em vez disso, seus olhos se iluminaram e ela praticamente ficou radiante de prazer.

— Ah, isso é *deslumbrante* — ela disse com a respiração ofegante.

Carla abriu um sorriso afetado. Será que ela sabia esse tempo todo...? O vestido na caixa era o que eu havia criado, o vestido com o girassol.

— Mina *enganou* você? — perguntaram minhas ouvintes do alojamento.

— Qual era a probabilidade de isso acontecer? — Viga disse com ironia.

Mina havia mesmo me enganado. A madame segurou o vestido amarelo diante do corpo e virou de um lado para o outro, fascinada com seus próprios encantos.

— Rápido, rápido — ela ordenou abruptamente. — Me ajude a colocá-lo.

O vestido serviu perfeitamente. Talvez precisasse de alguns pequenos ajustes aqui e ali. Mina pelo menos havia me confiado alguns alfinetes, então fiz os ajustes necessários – ou pelo menos tentei, enquanto a madame não parava de se virar na frente do espelho. Ela abriu a boca, fechou, abriu novamente, como um peixinho dourado. Um daqueles peixes gordos que ficam andando em círculos em um lago.

Fiquei me perguntando se peixinhos dourados eram comestíveis. Eu estava com fome o bastante para arriscar.

A madame contemplou por um bom tempo a beleza madura do girassol bordado. Fiquei explodindo de orgulho por Rose.

Finalmente, a madame disse:

— Esse vestido é *extraordinário*. Serviu perfeitamente... Drapeado da mais alta qualidade. Diga à mulher que o costurou que fiquei satisfeita. Vou querer mais peças feitas por ela.

Tossi. Carla fez um sinal para mim com a cabeça. *Conte a ela.*

Quase não consegui falar.

— Com licença, madame. Fui *eu* que fiz.

A madame se virou e olhou para mim de verdade pela primeira vez.

— Você? Você não passa de uma menina!

— Tenho dezesseis anos — menti rapidamente.

A madame voltou a se olhar no espelho.

— Sinceramente, nunca soube que Sua Laia tinha tanto talento. Foi muita sorte eu ter montado o Estúdio de Costura para que seus talentos não fossem desperdiçados, não acha? Depois da Guerra, todas vocês deveriam trabalhar em casas de alta-costura de verdade onde eu poderia encomendar meus vestidos, que tal?

Ela falava como se não houvesse Listas, chaminés e chuvas de cinzas.

— E então? — Rose perguntou. — Como é ser a modelista mais incrível de todas?

Para sua surpresa – para a surpresa de todas, até mesmo minha – comecei a chorar. Tinha sido uma alegria estranha demais.

— Você é uma garota de sorte — disse Mina em um tom que parecia de ameaça. — Decidi que seu vestido era aceitável para a madame, afinal.

Você aprendeu muito trabalhando para mim. É claro, eu me qualifiquei nos melhores lugares.

Um dia após meu triunfo na casa do comandante, estava tentando não ostentar meu sucesso na frente das outras costureiras. Tentando e fracassando.

Mina cruzou os braços de modo que seus cotovelos pontudos ficaram projetados. Era minha imaginação ou ela estava mesmo *satisfeita* com minha felicidade?

— A madame disse que você pode fazer mais coisas para ela.

— Vou fazer — respondi rapidamente. — Ela não vai se decepcionar. Já tenho muitas ideias...

— Ideias não compram pão. Comece a costurar. Consegui uma máquina na Loja de Departamentos para substituir a que você quebrou...

— Obrigada. Vou começar agora mesmo.

— Você é ambiciosa! — Mina disse com aquela torção de lábios que parecia um sorriso.

Sentei-me deslumbrada. Espere até contar *isso* a Rose. Assim ela ficaria feliz por ter bordado o girassol. Conseguiríamos uns seis cigarros como recompensa – seríamos como milionárias com tanto para permutar! Poderíamos planejar os próximos modelos juntas, eu faria os desenhos, ela...

Olhei para a nova máquina de costura e paralisei.

— Precisa de uma mão para prepará-la? — perguntou Shona do outro lado do corredor com um alfinete na boca. — Ella? Perguntei se precisa de ajuda com a máquina nova? — Ela pegou o alfinete e o enfiou em uma peça de algodão cor de creme, depois teve um ataque de tosse.

Fiz que não com a cabeça. Havia palavras, mas elas não sairiam como fala humana. *Não, obrigada. Sei exatamente como passar a linha nessa máquina. Tenho de saber. Já fiz isso um milhão de vezes antes. É a máquina da minha avó, afinal.*

Lá estava, sem a tampa, reluzente em seu esplendor de tinta esmaltada preta e decoração dourada. Uma linha da inscrição havia sido raspada, exatamente onde estava gravado o nome de minha avó.

Ela nunca deixava nenhum fio de penugem ou poeira sobre sua máquina. Ergui o calcador e vi que estava extremamente limpo embaixo. Ela sempre foi organizada com suas linhas também. Abri a tampa do compartimento da bobina, que revelou fileiras ordenadas de pequenos carreteis de aço – verde, amarelo, vermelho, cinza, branco e rosa.

Com cuidado, olhei a lateral. Exatamente como eu me lembrava: leves marcas de arranhão no esmalte, onde a aliança de casamento de minha avó esbarrava quando fazia ajustes.

Fiquei ali sentada. Paralisada.

Só podia ser algum erro. Aquilo não podia estar *aqui*, em Birchwood. A Betty não, a máquina de costura que minha avó amava tanto que deu até nome. Não, Betty estava em seu quarto de costura em casa. Estava sobre a mesa, onde sempre estivera, ao lado da cadeira com a espuma da almofada desgastada, perto da janela com as cortinas estampadas de margaridas.

Rose encontrou uma desculpa para se aproximar.

— Está tudo bem? — ela sussurrou. — Você parece doente.

Eu nem conseguia olhar para ela. Estava imaginando minha avó descendo a rua com dificuldade, com seus sapatos de salto quadrado, inclinando para a esquerda para equilibrar o peso do estojo da máquina na mão direita. *Para a viagem, levem alimentos, roupas quentes e itens essenciais*, lhe disseram. É claro que ela considerava Betty essencial. Era como ganhava a vida.

Como era insuportável pensar em sua chegada a Birchwood... os gritos dos Guardas... apanhar nos vestiários... Eu sabia muito bem o que Eles faziam com os recém-chegados em Birchwood. Sabia que era preciso tirar toda a roupa. *Dobrem tudo muito bem!*, os Guardas gritavam, como se fôssemos sair do chuveiro limpas e prontas para vesti-las novamente. Sabia que era preciso ficar com centenas de estranhas, nua, tremendo de constrangimento. Não importava se era gorda ou magra, jovem ou velha; se estivesse grávida, menstruada ou simplesmente morrendo de medo. Era preciso esperar ali, nua, enquanto Listradas chegavam com lâminas cegas para raspar seus cabelos. Depois se passava pelas portas – sempre *rápido, rápido, rápido* – e depois...

... para mim, e outras consideradas aptas a trabalhar, um banho frio. Uma única roupa atirada para cada uma, e um lenço de cabeça. Um par de sapatos de madeira que, por acaso ou malícia, sempre eram do tamanho errado, ou sapatos aleatórios tirados da pilha deixada pelo último lote de pessoas processadas. Depois *fora, fora, fora* para o bloco de quarentena, onde nos amontoávamos e chorávamos e esperávamos a oportunidade de conseguir um trabalho. De sobreviver.

Para mim, trabalho. Vida. Para a minha avó...?

— Estou bem — menti para Rose. Ela apertou rapidamente minha mão e voltou correndo para a tábua de passar.

Fiquei olhando para a máquina. Era Betty... Não era Betty... Minha avó estava aqui... Minha avó *não estava* aqui...

A voz de Mina interrompeu meus pensamentos, penetrante como suco de limão sobre um machucado.

— Algum problema, Ella?

— Não, nenhum problema. Já estava voltando ao trabalho. Agora mesmo.

Empurrei o tecido sob o calcador da máquina nova e deixei os pontos correrem, só para ouvir o som de minha infância mais uma vez. Conforme a máquina zumbia, eu voltava ao quarto de minha avó, era uma garotinha novamente, recolhendo alfinetes do tapete.

— Use o dorso da mão para encontrar alfinetes no chão — minha avó disse. — Assim não vai se machucar quando os encontrar e eles te espetarem.

— Posso sangrar até a morte se for espetada por um alfinete? — perguntei.

— Não seja boba — ela respondeu.

Da altura dos olhos de uma criança, tive uma visão das pernas roliças de minha avó, dos chinelos de pelo desgastados, da bainha de seu vestido estampado de algodão. Não passavam de lembranças, tão irreais quanto sonhos. Quando terminou o trabalho e entramos na fila da sopa aguada, Rose insistiu em desenterrar minha tristeza, como um esquilo atrás de uma noz enterrada. Finalmente, contei a ela o que estava acontecendo, em voz baixa, para que ninguém pudesse ouvir. Ela escutou sem me interromper.

— O pior é que não sei nem dizer se *é* a Betty ou não — eu disse no fim da história, tentando ao máximo não levantar a voz. — Eu devia saber! Era a coisa preferida da minha avó em todo o mundo. Rose, estou começando a esquecer como eram minha avó e meu avô!

Passou uma Guarda. Ficamos em silêncio. A Guarda desapareceu de nossa vista.

Rose sussurrou.

— Você não esquece de verdade. Todas as lembranças vão para um lugar seguro, prometo. Ando imaginando que caminho por todos os cômodos do palácio, passando por todas as árvores do pomar lá de casa. Finjo que leio os títulos dos livros da biblioteca do palácio, mas são tantos que nem consigo lembrar. Então ouço meu pai chegando em casa. Ele estava no exército – era Oficial, é claro. Sempre cheirava a cavalos e tinha cachorros em volta das botas de montaria. Cachorros de verdade, que abanam o rabo e são amigáveis, não os monstros que Eles têm aqui. Mas não consigo lembrar se os olhos dele são castanhos ou castanho-claros. Pelo menos *acho* que são castanhos...

Estávamos na frente da fila. Sopa aguada foi derramada em nossas tigelas de metal. Olhei para a água cinzenta e granulosa e para a única fatia de casca de batata. Era mais fácil que olhar para as Listradas à minha volta, procurando e torcendo para não avistar o rosto de minha avó sob todos os lenços.

— Vai tomar essa sopa ou memorizá-la? — Rose brincou.

Fiquei mexendo a colher pelo líquido tépido.

— E se ela foi presa, minha avó? E meu avô também?

— Você precisa ter esperança de que estejam em segurança e bem, Ella.

— E se estivermos aqui, vivas, tomando sopa, e eles...?

— Ssshhh. Não diga isso. Tenha esperança.

Esperança?

Tentei, para ver como me sentia. Ter esperança significaria que Rose estava certa. Que a máquina de costura não era Betty, e que minha avó e meu avô ainda estavam bem.

Esperança.

Durante a Chamada da noite, inclinei a cabeça e ousei olhar para o alto. Pequenos pontos de estrelas amarelas apareciam entre as colunas de fumaça que ascendiam para um céu de brilho alaranjado. Seria aquele o mesmo céu de minha antiga vida? No mesmo instante, minha avó estaria andando pela casa, fechando as cortinas e acendendo as luzes? Estaria sentada à mesa da cozinha, esperando eu entrar e dizer: *Olá! Cheguei!*

Quanto tempo ela esperaria? Até eu voltar, é claro.

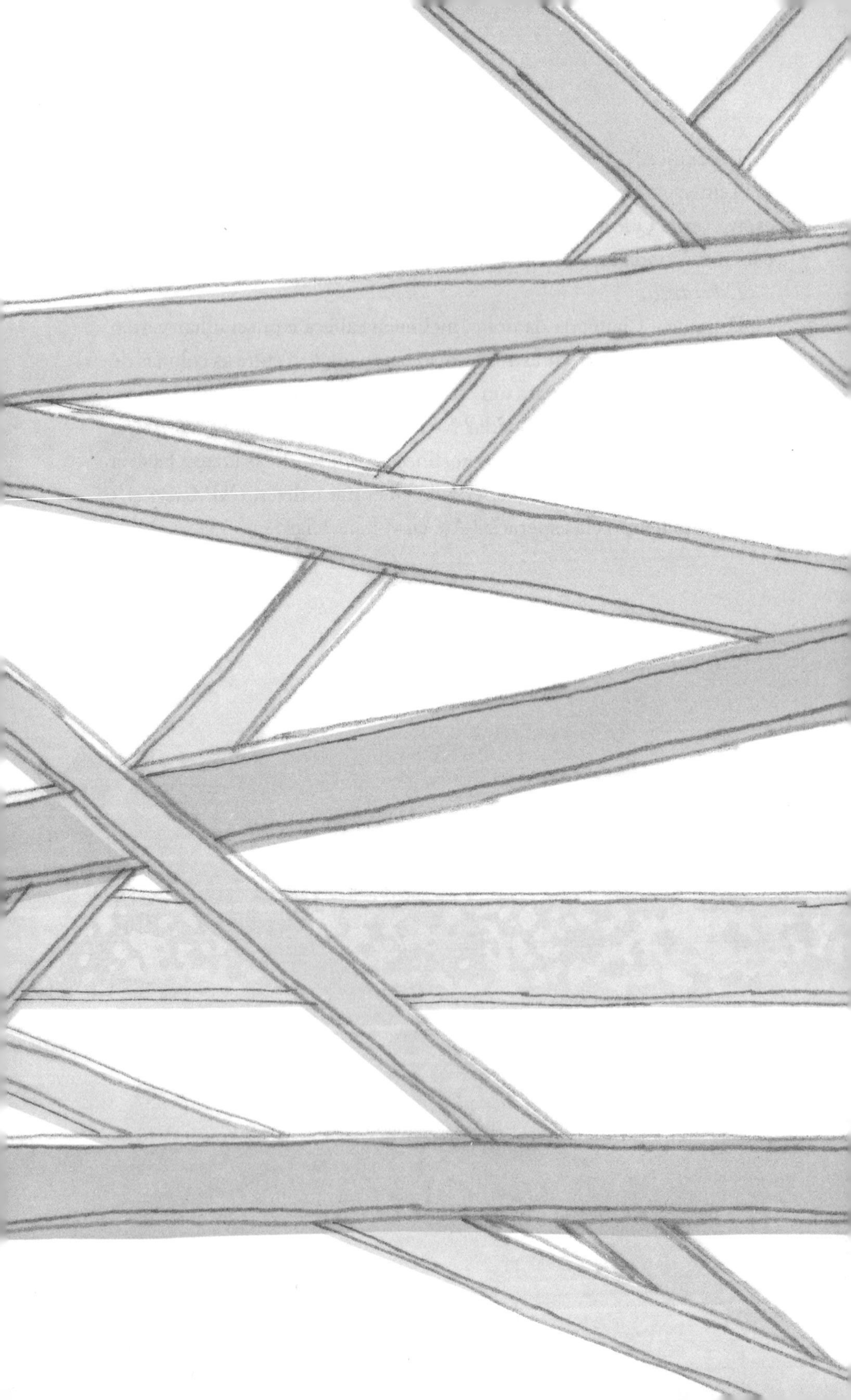

vermelho

O sol se pôs com listras escarlate. Mesmo as noites de verão precisam escurecer. Invisível sobre a palha da cama, fiquei feliz por ninguém poder me ver chorando como um bebê. Rose passou os braços finos ao meu redor e beijou minha cabeça raspada. Não havia lenço. Limpei os olhos e o nariz na manga, como uma mendiga suja.

— Eu estava sonhando — disse a Rose entre uma fungada e outra.

— Você tinha voltado para casa?

Eu tinha aquele sonho às vezes – acordar em minha cama, em casa, e ouvir meu avô mexendo na cozinha, lavando louça. Era pior que os pesadelos, porque eu tinha de acordar novamente e lembrar que não era verdade.

— Não. Sonhei que estava de novo na casa da madame, no quarto de costura do sótão. O vestido estava lá, absorvendo uma poça de sangue. Sangue bem vermelho e pegajoso. Olhei no espelho e me vi, apenas um monte de ossos presos por pele, com esse vestido listrado terrível e esses sapatos *horrorosos*! Sabe, não éramos repulsivas antes de chegarmos aqui. Eles nos *deixaram* assim, então nos desprezam. Eles nos fazem viver como ratos no esgoto e se perguntam por que cheiramos mal! Como é que Eles têm bolo e almofadas?

— Eu sei, eu sei — Rose sussurrou, ainda me abraçando. — Não é justo, querida.

— Não é justo? — Eu teria me sentado com fúria se isso não significasse bater a cabeça nas vigas do teto. — Não é *justo*. É completamente *perverso*, isso sim. *Odeio* ser do grupo dos feios! Por que *nós* não podemos ter coisas bonitas e viver em casas sofisticadas? A madame dorme em um colchão confortável, com renda nas fronhas dos travesseiros, Carla pode se empanturrar de biscoitos e ler revistas de moda, e nós... nós estamos *aqui*...

No escuro, ouvi o barulho da palha e os gritos de outra pessoa sofrendo. Senti algo rastejar por meu pescoço. Um piolho. Essas pequenas feras adoravam as fissuras em nossa pele e as costuras das roupas. Sugavam nosso sangue até ficarem gordos e inchados. Achatei-o com um tapa e o transformei em uma mancha vermelha.

Rose disse:

— Não precisamos ficar aqui. Podemos ir para uma história quando quisermos.

— Chega de histórias! — Estremeci. — Esta noite não. Desculpe, Rose. Fiz você bordar aquele girassol e você sabia que era errado. Você sempre soube que estamos criando magia para as pessoas erradas. Eles não deveriam tirar proveito de nossos belos talentos. Não merecem.

— Beleza ainda é beleza — ela disse.

— Não em um... um... pedaço de merda. *O que foi?* Do que está rindo?

— Desculpe, não pude evitar! — ela respondeu. — A imagem da madame como um enorme cocô usando um vestido chique, girando no salão nos braços do comandante... É simplesmente repulsivo e hilário demais. Ainda vou te transformar em escritora!

— Fico feliz por você achar *alguma coisa* engraçada — lamentei.

Aquilo fez Rose rir ainda mais. Era contagiante. Logo comecei a rir também. Já ficou desesperado para parar de rir, porque está irritando todo mundo, fazendo suas costelas doerem, e também porque não está tão feliz assim? Era isso. Por fim, apenas nos abraçamos até os risos bobos cessarem.

Quando finalmente ficamos quietas, Rose soltou um grande e profundo suspiro.

— Pobrezinha — ela sussurrou. — Aqui está, não conte a ninguém: trouxe um presente para você.

As mãos dela encontraram as minhas no escuro. Senti algo macio.

— O que é isso? — perguntei.

— Uma fita. Amanhã poderá vê-la. Um pedacinho de beleza, só para você.

— Rose, isso é *seda*. Como conseguiu pagar por ela? Você *nunca* consegue ganhar cigarros para trocar.

Sua voz continha um quê de satisfação.

— Você vai ficar orgulhosa de mim, Ella. Roubei da Loja de Departamentos.

— *Roubou?*

— Shh, não precisa espalhar para todo mundo!

— Hum, lembro de certa senhorita presunçosa me dizendo: *ooh, não sabe que roubar é errado?*

— Isso não importa agora — disse Rose. — Guarde bem e lembre-se de que um dia vamos sair daqui usando quantas fitas quisermos. Vamos viajar para a Cidade Luz e amarrar essa fitinha no galho de uma árvore que conheço. Pode significar esperança para nós.

Esperança. Agora havia uma palavra.

Nunca dava para alguém dizer que teve uma boa noite de sono em Birchwood. Só os mortos estavam em paz. Eu pelo menos dormi algumas horas sem sonhar. Quando acordei, tateei em busca da fita.

No centro do bloco de alojamentos, a luz se acendeu e Viga soprou o apito.

— *Fora, fora, fora, suas éguas preguiçosas!* — ela gritou. — Acordem felizes para mais um dia no paraíso!

Na claridade, vi que a fita era vermelha. Coloquei-a na bolsinha secreta que tinha feito para usar sob o vestido e desci da cama no alto. Fiz uma pausa. Tirei a fita. Olhei para ela. Voltei a guardá-la.

Corremos para o bloco dos banheiros para disputar as instalações. Dali para a Chamada. Quantas vezes eu havia levantado da cama, em casa, para me lavar em água morna, vestir roupas limpas e tomar café da manhã com minha avó e meu avô antes de ir para a escola? Agora não passava de outro animal em pânico, sem sequer ter o luxo de uma toalha para secar o rosto.

Começávamos a manhã aos tropeços e fazíamos fila de cinco em cinco para a Chamada. Milhares e milhares de nós, todas listradas, esfarrapadas, anônimas. Não pude suportar. *Sabia* que era idiotice, mas tirei com cuidado a fita vermelha da bolsinha e a amarrei com um laço em volta do pescoço. Pela primeira vez desde minha chegada a Birchwood, eu me senti real. Era *eu*, não só mais uma na multidão.

Por ser apenas idiota, não completamente louca, puxei a parte de cima do vestido para esconder a fita.

Olhei para Rose e pisquei. Ela piscou em resposta. Não tinha visto que o que eu havia feito. Para além dos telhados e das cercas de arame farpado, o mais belo nascer do sol tocava tudo com um leve brilho vermelho. Iluminava um céu cheio de nuvens que prometiam um dia mais fresco. Será que havia até a esperança de uma chuva refrescante?

Quase não me importei com o fato de a Chamada estar se arrastando eternamente. Como sempre, as Chefes faziam a maior parte da contagem. Isso deixava as Guardas livres para reclamar de terem de acordar cedo e de estarem extremamente entediadas. Então uma Guarda se afastou do agrupamento escuro e começou uma verificação aleatória nas fileiras de cinco. Como todas as outras, mantive a cabeça erguida e os olhos abaixados. Os cães estavam soltos – vorazes e agitados.

Senti um odor doce misturado com o fedor usual de Birchwood. Algum tipo de perfume. Do tipo que uma moça usaria para ir a uma casa noturna na cidade à meia-noite, e não o que uma Guarda de Birchwood deveria estar usando para fazer a Chamada às cinco da manhã.

Carla parou na minha frente. Torci o nariz. Mantive o olhar nos botões de sua jaqueta.

Então lembrei da fita. Meu coração ficou apertado. Eu havia amarrado bem para baixo, não havia? Ela não conseguiria ver. De qualquer modo, era apenas Carla. Ela provavelmente tinha se aproximado para me parabenizar pelo sucesso com a madame. Ou quem sabe fosse encomendar um vestido novo. Talvez já pensando no outono. Com seus cabelos loiros, um vermelho-escuro cairia bem.

Fiquei tagarelando em minha cabeça.

O couro da luva de Carla rangeu quando ela estendeu o braço e puxou a gola de meu vestido para baixo.

— O que é isso? — ela perguntou com doçura. — Me responda! O que é?

— Uma fita.

— Uma fita. Sim, estou vendo. O que eu quero saber é por que *você* está usando uma fita?

Pisquei os olhos. Agora era hora de pedir desculpas. De rastejar. De arrancar a fita e abaixar a cabeça, derrotada.

Mas a fita me deu uma confiança terrível.

— Eu quis ficar bonita.

— Como? — Carla chegou tão perto que eu pensei que fosse desmaiar com seu perfume. — Não entendi muito bem o que você disse.

O mundo todo havia ficado em silêncio? Todo o universo prisional estava esperando para me ouvir falar? Ergui a cabeça.

— Eu disse que quis ficar bonita.

Paf!

Quando veio o primeiro golpe, fiquei tão surpresa que nem entendi o que havia acontecido. Foi mais ou menos como da vez em que eu estava sentada na frente do ônibus e ele atropelou um pombo. Agora, a mão de Carla aparentemente havia atropelado minha cabeça. Nada de penas ou sangue, pelo menos.

Meus ouvidos zumbiram e eu cambaleei para o lado. Pippa latiu – já com uma pata à frente.

— Bonita? — Carla zombou. — Como um *macaco de máscara*? Como um *rato de batom*?

Paf! O segundo golpe. Meu cérebro parecia escorrer de um lado para o outro. Agora eu estava sangrando. Toquei o lábio cortado e vi o vermelho na ponta dos dedos. Cada instinto dizia REAJA. E tudo o que eu podia fazer era ficar em posição de sentido.

Paf! Um terceiro golpe, e Pippa agora estava rosnando. Gotas de chuva começaram a cair.

— Por favor! Não faça isso. Fui eu! *Eu* que dei isso para ela. A fita é minha, a culpa é minha!

Cale a boca. Rose, mantenha a cabeça baixa e fique fora disso.

Paf! Carla se virou e acertou Rose com tanta força que ela trombou com a mulher ao lado e caiu sobre a seguinte. Achei que toda a fila de Listradas tombaria como dominós. Rose caiu sobre a poeira. Poças escuras de lama sujaram seu vestido. Com Carla agigantando-se sobre ela, ninguém arriscou ajudá-la. Movimentei-me para fazer exatamente isso. Rose fez que não com a cabeça.

— *Que* comovente. — Carla praticamente cuspiu as palavras. — Disposta a mentir por uma amiga. — Ela levantou a bota preta pronta para chutar. Aquilo foi demais para mim.

— Deixe-a em paz! Ela não fez nada! Sou *eu* que estou usando a fita!

Carla me encarou diretamente e deu um chute no estômago de Rose. Depois, pegou o chicote. Não consegui evitar; me encolhi. Devido ao número de prisioneiras ao redor, não havia espaço para dar uma boa chicotada, então Carla me acertou com o cabo, depois com os punhos, e então, quando eu estava no chão, com as botas. Cada vez que Rose tentava interferir, também era chutada.

Encostei os joelhos no peito e cobri a cabeça com os braços, tentando ficar do menor tamanho possível. *Sou eu,* eu quis gritar. *Eu! Ella! A garota com quem você conversa há semanas. A garota para quem você deu um pedaço de bolo. A garota que faz suas belas roupas...*

A chuva começou a apertar, misturando-se ao sangue. A poeira virou lama.

Houve uma pausa. O som de respiração pesada.

Quando ousei abrir os olhos, vi que o rosto de Carla estava contorcido como papel pegando fogo, esperando para queimar. Seus olhos pareciam ter encolhido até virarem pequenas contas de vidro. A água corria por seu rosto em uma paródia de lágrimas.

— Sua porca suja, sua cachorra! — ela gritou. Voava saliva de sua boca. — Sua parasita, escória, imundície aos meus pés!

Nauseada pela dor, tentei me virar para onde estava Rose, naquela floresta de pernas magras e vestidos listrados. Ela estendeu a mão para mim. Estendi a minha também.

Carla gritou.

— Acha mesmo que poderia ser bonita como *eu*? Que eu começaria a gostar de *você*? Posso conseguir as roupas que quiser aqui, não preciso de você e da sua costura idiota para ficar linda. Você não é nada! Não é ninguém! É sub-humana! Não me importo nem um pouco com você! Você poderia muito bem estar *morta*!

Com aquela explosão final de raiva, ela levantou a bota e pisou, esmagando minha mão estendida.

— Ella? Ella? Acorde, Ella!

Minha avó estava me chacoalhando. Eu estava atrasada para a escola! Atrasada para uma prova! A prova mais importante de todas e eu não sabia as respostas, não tinha feito nem um minuto de revisão e não conseguia nem encontrar a sala de aula com os olhos inchados assim...

— Ella!

Alguém queria que eu levantasse. Estavam me puxando para cima – duas estranhas, pensei. Estreitei os olhos. Vi listras. Senti cheiro de sangue.

Aquela voz de novo:

— Ella, fique em pé! Ella, você está bem?

Eu estaria se o mundo parasse de girar.

— Estou bem — eu disse com a voz cheia de sangue. — E você?

— Estou bem — Rose sussurrou. Depois, imagino que devido ao fato de nós estarmos *bem* ser ridiculamente mentiroso, uma pequena risada lhe escapou, sendo rapidamente abafada. Ri um pouco também. Saíram bolhas de sangue do meu nariz.

Quando a chamada finalmente terminou, fomos até a oficina, cambaleando pela chuva de verão com o restante do bando de Listradas. Rose teve de me conduzir, pois eu ainda estava meio cega e recurvada.

Já havia apanhado antes em Birchwood, mas nunca tinha sido espancada e chutada daquele jeito – nunca em toda a minha vida! A sensação de indignação era quase mais uma agonia do que dor física.

Na oficina, fomos direto para a pia. A Guarda se aproximou para ver do que se tratava tamanha comoção, depois se afastou com repulsa quando notou meus ferimentos. Ainda bem que Mina não tinha chegado ainda.

— Não sangre em cima da costura — Rose disse brincando, mas nem tanto. Atrás de mim, havia um rastro de manchas vermelhas no chão.

As outras chegaram mais perto. *O que aconteceu? Quem fez isso? Você está bem?*

Cuspi sangue na água corrente da pia.

— Estou bem. Rose está bem. Você está bem, não está, Rose?

— Não se preocupe comigo. Vamos limpar você.

Brigid, a Ouriço, apareceu com um pano úmido. Rose o passou com cuidado em meu rosto. Comecei a tremer. Foi só quando tentei afastá-la que me dei conta da dor lancinante em minha mão. A mão em que Carla havia pisado.

— Veja só isso — disse Francine, estupefata. — Está destruída.

— Não seja idiota — rebateu Rose. — Está machucada. Pode ter deslocado. Nada sério.

Levei a mão para junto do peito e chorei como um animal ferido.

— Sinto muito, Ella, precisamos lavar isso e fazer um curativo.

Rose fez aquilo rapidamente. Ela era tão corajosa que nem ousei chorar. Não tínhamos curativo, então desamarrei a fita vermelha com a mão que estava boa e a passei a ela. Ela não me repreendeu nenhuma vez por ter usado a fita. Não disse nenhuma vez que o espancamento tinha sido culpa minha, mesmo eu sabendo que era. Ela usou a fita para deixar meus dedos retos entre dois pedaços de papel-cartão roubados. Tremi de dor.

Em seguida, escondemos a atadura com a fita sob um quadrado de algodão velho. Não estava nem perto de ser a melhor prestação de primeiros socorros do mundo, mas era o melhor que eu conseguiria em Birchwood. Apesar de meus dedos estarem latejando muito, gostei da sensação daquela fita vermelha: a esperança ainda estava ali, só não estava à vista.

— Mina pode voltar a qualquer momento. Não podemos deixar ela ver Ella ferida desse jeito — disse Shona. — Lembram da Rhoda? — Todas fizeram que sim. Elas lembravam.

— Era a mulher que trabalhava aqui antes de mim? — perguntei.

— Ela era uma excelente cortadora. O tecido parecia derreter sob sua tesoura. Não havia ninguém como ela.

— E o que aconteceu?

— Foi só um erro idiota. Ela cortou o dedo. Infeccionou. Acabou virando septicemia. Mina talvez pudesse conseguir remédios para ela, mas disse que não valia a pena. Rhoda foi para o Hospital...

Um burburinho de medo e repulsa formou-se pela sala. O Hospital era o último recurso.

— E depois Mina não deixou ela voltar? — perguntei.

Francine deu de ombros.

— A vaga de Rhoda foi ocupada.

— Por mim.

— Por você. O Hospital ficou cheio. Eles liberaram tudo para abrir espaço para novos pacientes. Foi o fim de Rhoda. — Francine fez um movimento com os dedos, indicando cinzas caindo. — Então, como Shona disse, esconda isso de Mina, se puder.

Logo em seguida, Mina, a Tubarão, saiu do provador e passou entre as bancadas de trabalho, dispersando os peixes menores.

— O que é tudo isso? Por que não está trabalhando, Ella? Acha que só porque a madame gostou de um vestido você pode tirar férias? Afe! Como posso te mandar para o provador com essa cara? O que você fez aí?

— Nada.

— Está escondendo alguma coisa.

— É só a minha mão.

— Qual é o problema com a sua mão?

— Problema nenhum.

— Mostre para mim. *Agora*. Meu deus, sua idiota, por que deixou isso acontecer?

— Não tem nada quebrado. Só está ferido.

— Ferido ou quebrado, você não tem mais serventia para mim — Mina gritou. — Ah, o que é isso, não está realmente pensando que vai conseguir *costurar* com uma mão só?

Meu rosto ficou ainda mais vermelho que antes.

— Não, não por alguns dias, talvez.

— Alguns dias? Seria sorte conseguir levantar uma agulha de novo…

— Ela só precisa se recuperar, só isso — Rose interrompeu. — Ainda pode supervisionar, e desenhar modelos com a outra mão.

Mina nem fingiu considerar.

— Isso aqui é uma oficina de costura, não uma casa de repouso ou um retiro de artistas. Ela vai embora. Na verdade, vocês duas vão.

Eu não podia acreditar no que estava ouvindo.

— Rose fez o bordado no vestido da madame. É a melhor bordadeira daqui.

Mina deu de ombros.

— Existem centenas de mulheres em Birchwood que sabem bordar flores. Assim como também há centenas de cortadoras e costureiras. Novas prisioneiras chegam todos os dias também. Posso escolher entre elas.

— Não tão boas quanto eu.

— Com essa mão, só quero ver o quanto é boa.

— Ah, o que é isso, Mina — disse Francine. — As clientes gostam do trabalho da Ella. A madame ficou louca pelo vestido de girassol, lembra?

Naquele instante, jurei cultuar Francine para sempre. E talvez lhe dar alguns cigarros e pão extra também. E papel para usar no banheiro.

— Ella é a melhor — disse Shona entre tossidas ásperas. Brigid concordou com a cabeça, sem dizer nada, como sempre.

— Além disso — Francine disse —, não somos como uma família aqui na sala de costura? Devemos permanecer unidas.

Mina não estava engolindo nada daquilo.

— Nossas famílias estão *mortas* e eu não consegui ser Proeminente sendo boazinha, acreditem. Agora *saiam*, vocês duas... Ou vou ter de pedir para a Guarda expulsar vocês com golpes de chicote?

Ela estava falando sério. Ia mesmo dispensar nós duas!

Tentei balançar a cabeça diante da injustiça, mas doía demais.

— Depois de tudo que fiz por você...? — vociferei.

— Exatamente. Tudo que você fez por *mim*. Porque é por isso que você está aqui, para começo de conversa: para fazer o que *eu* quero que você faça. E agora você está fora. Vou te mostrar onde fica a porta...

Nem um pingo de emoção coloriu seu rosto. Nem uma faísca de pena iluminou seus olhos. Como a mulher-Coelho todos aqueles meses atrás, Rose e eu seríamos jogadas para os lobos. Longe do santuário da oficina de costura, Rose e eu seríamos tão fracas quanto as outras Listradas do bando principal, à mercê das Guardas, do clima e das implacáveis jornadas de trabalho pesado. Já era ruim o bastante costurar com as rações miseráveis que recebíamos. Fazer trabalho pesado nos mataria lentamente – se as Guardas não nos matassem rapidamente antes.

O que Mina faria?

Nem era preciso especular: ela já tinha feito.

Estávamos fora.

Ficamos, machucadas e doloridas, na soleira da porta da oficina. Eu me encolhi quando a porta bateu atrás de nós. O ar do lado de fora estava úmido e arenoso. Um grupo de Listradas passava rapidamente com tábuas de madeira sobre os ombros. Depois vieram Listradas com carrinhos de mão cheios de cimento, a passos ligeiros. Todas mantinham a cabeça baixa e os olhos no chão. Guardas gritavam com elas para irem *mais rápido, mais rápido*.

— O que vamos fazer? — Rose sussurrou. — Se não trabalharmos, vamos ser... *você sabe.* — Ela deu uma olhada rápida para as chaminés austeras que se elevavam sobre o campo. À noite, durante aquele verão agitado, chamas vermelhas das chaminés lambiam as estrelas.

Tentei endireitar o corpo. Aquele simples movimento me deixou louca de dor.

— Talvez seja melhor eu te acompanhar até o Hospital! — disse Rose.

— Não! Não ouviu o que Shona disse? Eles não curam pessoas ali, é só uma sala de espera para... para o fim.

Eu definitivamente *não* olhava para as chaminés. Também tentava não pensar no fato de que, se Rhoda não tivesse ido para o Hospital, a vaga que consegui na oficina nunca teria sido aberta.

Respirei fundo, sentindo gosto de ferro devido ao sangue que escorria por minha garganta. Minha mão doía tanto que parecia que ia pegar fogo. Mas eu conseguia sentir a fita.

— Sabe de uma coisa, Rose? Minha avó sempre diz: *Se o sol não está brilhando, tire o melhor proveito que puder da chuva.*

— Está mesmo chovendo — Rose disse, secando as gotas do rosto.

— É como nas suas histórias, nas quais os personagens estão passando por momentos terríveis e parece impossível que consigam sair daquela situação, mas eles conseguem.

— Se estivéssemos em uma história, eu assobiaria para chamar uma águia, e ela nos levaria voando para longe daqui, direto para a Cidade Luz. Seríamos deixadas em uma fonte para nos banharmos, depois levadas em um carro de luxo para uma confeitaria.

Ouvi cachorros latindo.

— Sua águia está atrasada. Acho melhor corrermos para o alojamento, ficarmos escondidas na cama de cima até a hora da Chamada, e depois subornarmos Viga para arrumar um novo trabalho para nós o mais rápido possível.

— De preferência um trabalho em que não exista possibilidade de encontrarmos Carla de novo — Rose sugeriu.

— A menos que uma de nós tenha uma frigideira grande à mão — respondi com raiva.

Estava pensando na vez em que minha avó acordou no meio da noite, convencida de que havia ladrões em casa. Ela estava com a frigideira em uma das mãos e um taco de hóquei antigo na outra. Apavorante. Ela deve até ter ficado decepcionada ao descobrir que era apenas um gato de rua que tinha entrado pela janela.

Rose sorriu.

— Sabe, Ella, nunca disse que animal você me lembra.
— Então diga agora — insisti, com receio.
— Simples. Você é uma raposa.
— Uma *raposa?*
— Por que não? As raposas são leais a uma pequena família, são astutas sobreviventes e se adaptam a qualquer ambiente. Raposas têm dentes afiados para atacar e defender, mas são suaves e calorosas ao tato. São odiadas pelos fazendeiros, mas não se pode ter tudo.

Suponho que não era tão ruim. Peguei na mão de Rose com minha mão boa, e ficamos parecendo uma dama e um cavalheiro antiquados.

— Vamos, querida…?

Ela fez que sim com a cabeça.

— Vamos, meu bem.

De mãos dadas, pisamos na lama e partimos para sobreviver juntas.

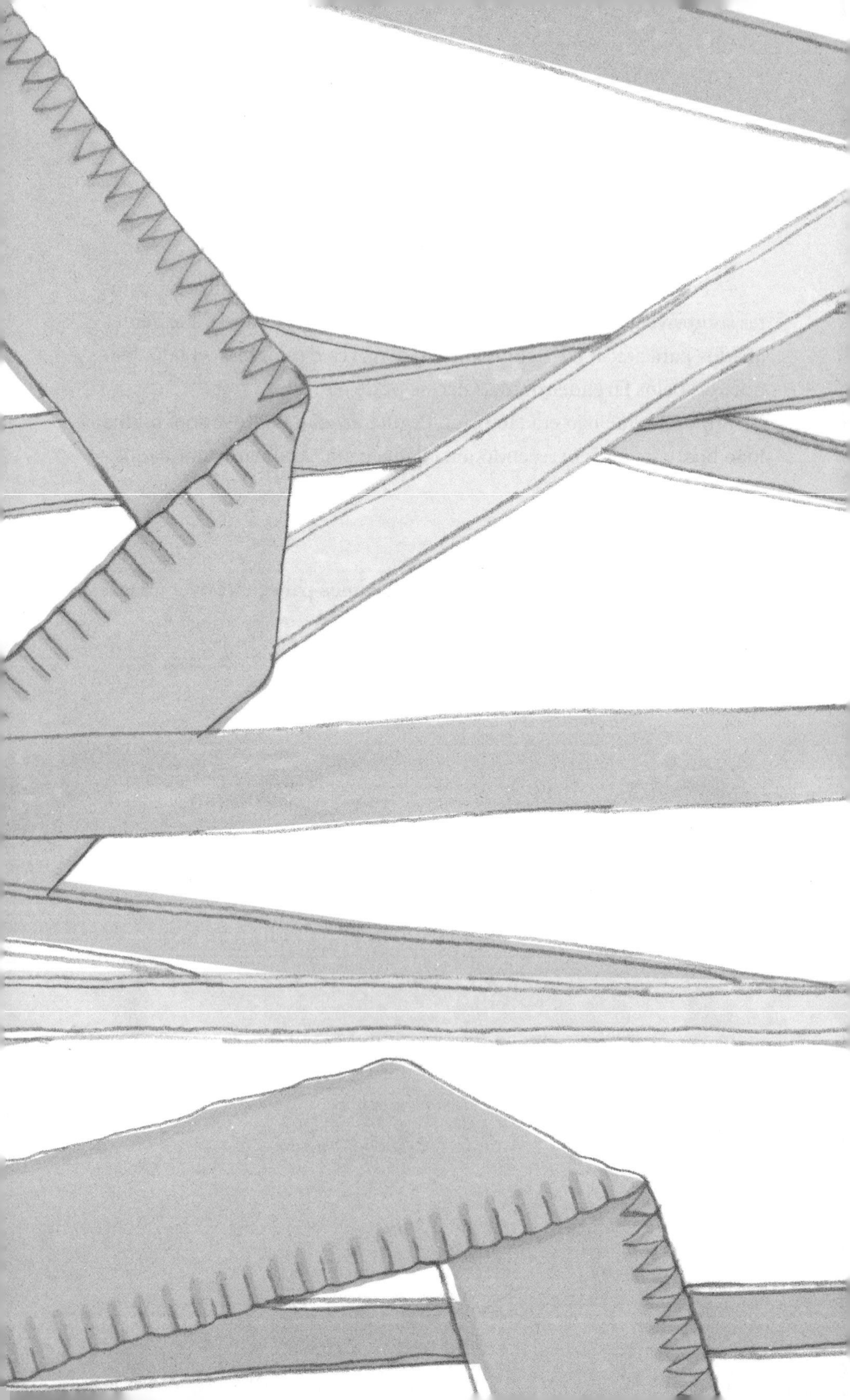

cinza

Rose e eu estávamos juntas diante de um monstruoso instrumento de tortura. Uma máquina com manivelas, engrenagens de metal e cilindros de madeira. Ficamos olhando para ela, aturdidas. Vapor enchia o ar. Atrás de nós, nossa nova Chefe resmungava. Ela agigantava-se como um urso-pardo sob as patas traseiras, sem saber se devia nos achatar e devorar ou ir embora e nos deixar vivas. Ela apontou com a cabeça para a máquina.

— Trabalhem!

Foi a primeira palavra que a ouvimos dizer. Seus olhos eram como pedras pequenas e opacas, sem o menor brilho de inteligência.

Rose arregaçou as mangas, revelando bíceps da grossura de um palito. Ela segurou a grande manivela em um dos lados da máquina. A Ursa rosnou. Da melhor maneira que consegui com só uma mão boa, peguei um lençol dobrado e comecei a passá-lo entre as bobinas da máquina. Rose aplicou toda a força que tinha na manivela. As bobinas mal saíram do lugar. A manivela deu um solavanco. Rose foi lançada para trás e a máquina engoliu o lençol, arrastando-me junto. Larguei o lençol pouco antes de ser puxada para o meio dos cilindros. Aquela máquina de passar roupa não era conhecida como *prensa* por acaso. Uma mão machucada já estava muito bom, obrigada.

A Ursa rugiu! O lençol ficou preso na metade da máquina, mais amassado ainda do que antes.

— Nós vamos conseguir! — afirmei, limpando o suor do rosto. — Só precisamos praticar. Nunca trabalhamos com esse tipo de máquina antes.

— Nunca viram uma prensa de passar roupa! — gritou uma Listrada que seguia a Ursa para todos os lados como uma sombra. Essa prisioneira era muito agitada e tinha a risada parecida com a de uma hiena. Já estava me deixando louca. — Não sabem operá-la! Já não são mais tão finas e sofisticadas, né? Já não são mais tão enfeitadas e orgulhosas, rá, rá, rá!

Rose se virou e ergueu uma sobrancelha. A risada da Hiena definhou.

A Ursa alternou o olhar entre mim, a prensa e Rose. Balançou a cabeça.

— Fora! — ela disse.

— Não, é sério — respondi às pressas. — Aprendemos rápido. Mostre como se faz.

— *Fora*!

A Hiena riu.

Primeiro dia na lavanderia de Birchwood e já éramos um fracasso.

— Minha avó sempre dizia que, se você quiser escapar de um trabalho, é só fazê-lo malfeito — eu disse baixinho a Rose. Ela estava um tanto quanto pálida e séria. — Por isso meu avô nunca pedia que ajudássemos quando os ralos entupiam ou as calhas estavam cheias de folhas. Não depois que o *ajudamos* tão mal da primeira vez.

Rose sorriu.

— Nem preciso fingir estragar as coisas neste trabalho!

Eles chamavam de Lavadouro. Não era uma lavanderia para Listrados, é claro, apenas para a roupa suja dos Guardas e Oficiais. Ficava em um complexo achatado e cinza, com pisos de pedra e ralos que transbordavam, construído ao redor de um pátio de paralelepípedos. Não havia máquinas de lavar. Para que gastar eletricidade quando se tinha Listrados para fazer todo o trabalho pesado à mão?

Cerca de trinta mulheres batiam camisas cinza sobre tábuas de lavar, giravam calças cinza-esverdeadas em tinas e enxaguavam calcinhas cinza sob torneiras.

— Esfreguem os forros! Esfreguem os forros! — gritava a Hiena.

A Ursa nos empurrou na direção de uma porta. A Hiena foi atrás.

Fiz mais um apelo para recebermos uma tarefa que fosse executada em ambiente fechado.

— Sabemos que tem uma Sala de Remendos aqui, com turnos noturno e diurno para cobrir. Nós duas somos costureiras profissionais. Poderíamos fazer esse serviço lindamente. Fiz roupas para Madame H. em pessoa.

A Ursa parou ao lado de um cesto de vime gigantesco. Pegou alguma coisa lá dentro e jogou em mim. Uma calcinha molhada foi parar na minha cara. A Hiena gargalhou. Tirei a calcinha do rosto e a apertei com força. Estava *muito* perto de atirá-la de volta na Ursa.

Rose logo disse:

— Gostaria que pendurássemos as roupas lá fora? Que ótimo. Está um belo dia para isso, não acha? Só vamos precisar de pregadores... e se você puder fazer a gentileza de nos mostrar onde ficam os varais... Maravilha.

O sotaque requintado e a educação de Rose desnortearam totalmente nossa nova Chefe. A Ursa chutou o cesto de vime e resmungou com a Hiena, que disse:

— Vou mostrar para vocês a área de secagem. Rá, rá, rá, eles chamam de *secagem*, mesmo na chuva. E aqui estão os pregadores. Muitos pregadores. Prendam assim, olhem! — A Hiena colocou dois nos lóbulos das orelhas, um no nariz, e gargalhou novamente.

Eu não sabia se ria ou chorava. Será que era tanta loucura assim ser louca em um lugar como Birchwood?

O trabalho não era tão duro no início. Os cestos de roupa maiores tinham rodinhas. Devíamos empurrá-los para a área de secagem, estender tudo e depois esperar – mais entediadas do que nunca – enquanto as roupas secavam. Eu era desajeitada. Não podia usar os dedos da mão ferida, então Rose tinha de ajudar, e ela quase não conseguia alcançar o varal. Algumas peças limpas caíam no chão empoeirado. Nós a sacudíamos da melhor forma possível e continuávamos.

Nossos braços doíam e os ferimentos ainda latejavam. Mas não importava. Graças a um suborno escandalosamente alto pago a Viga, conseguimos um trabalho apenas um dia após sermos chutadas por Mina. Trabalhar no Lavadouro era considerado um tanto quanto confortável pelos padrões de Birchwood – porém bem pior que estar na Loja de Departamento, na cozinha ou no Estúdio Superior de Costura.

Basicamente, estávamos vivas e o sol estava brilhando.

Em meio aos lençóis esvoaçantes, podíamos olhar além do arame farpado de Birchwood, onde fazendeiros se reuniam em meio às plantações como pessoas livres. O verão estava quase acabando. Olhei para os campos desbastados e vi uma coluna de fumaça.

— Estou vendo um trem. Não há tantos chegando agora, não é?

Rose estava olhando para as nuvens.

— Vejo um dragão, uma fada, um cálice e, se apertar um pouco os olhos, aquela nuvem parece uma coroa.

— Ou uma torta de carne.

— Ah, *torta...* — disse Rose, suspirando.

Da área de secagem podíamos ver até mesmo os telhados de casas e lojas distantes. O mundo lá fora ainda existia! Era reconfortante imaginar que a muitos e muitos quilômetros de distância minha avó e meu avô pudessem estar olhando a vista da janela de casa e pensando em mim.

Em vez de ficar remoendo sobre Betty, a máquina de costura, ter aparecido no Estúdio Superior de Costura, eu gostava de imaginar minha avó e meu avô sentando-se à mesa da cozinha para comer. Os bancos da cozinha tinham almofadas que faziam barulhos grosseiros quando alguém sentava. Toda vez que isso acontecia, meu avô fazia uma cara que dizia: *não fui eu!*

Na hora do jantar, havia fatias grossas de pão, ovos cozidos salpicados com sal e pequenas linguiças de cordeiro. Depois disso, bolo.

Eu não conseguia decidir que tipo de bolo comeria primeiro quando a Guerra acabasse e eu voltasse para casa. Esperava que houvesse uma confeitaria ao lado de minha loja de roupas na Cidade Luz. Rose disse que haveria. Ela previa com confiança pães doces sem fim. Mesmo eu sabendo que ela estava apenas inventando tudo aquilo, parecia muito convencida. Eu apenas desejava que bolos imaginários saciassem tanto quanto os reais.

A vista da área de secagem – e pensar em comida – me dava ganas de liberdade. Para Rose, nem tanto. Ela me disse que era sempre livre, naquela estranha terra de fantasia em sua cabeça. Ela passava horas me contando histórias exageradas de sua vida em um palácio como condessa, onde sua mãe escrevia livros ou dançava com duques e seu pai participava de duelos ao amanhecer e combatia tanques na hora do jantar. Era tudo muito convincente, embora eu soubesse que só podia ser inventado.

Mas a história mais surpreendente que ouvi naquele verão falava sobre Mina. E, incrivelmente, era verdadeira.

As mulheres do Lavadouro não se interessavam pelas histórias de Rose. Antes de chegarem a Birchwood elas trabalhavam duro em lavanderias industriais, fábricas e estaleiros – o mesmo tipo de trabalho que Viga costumava fazer. As mulheres do Lavadouro conheciam palavrões que eu não sabia sequer soletrar, muito menos aplicar em frases anatômicas tão imaginativas e *descritivas*.

— São uma fonte inestimável para um escritor — disse Rose. — Queria ter papel e caneta para anotar algumas das conversas.

Ser pego com material para escrita não autorizado em Birchwood era motivo para pena de morte, sem exceções.

As mulheres do Lavadouro não ligavam para contos de ogros, heroínas, tesouro ou magia. Elas gostavam de *fofoca*. Quanto mais chocante e escandalosa, melhor. Nós nos acostumamos a saber quem estava apaixonada por quem. Quem era melhor amiga ou inimiga de quem. Quais Guardas almejavam uma promoção, quais estavam grávidas. Eu achava tudo aquilo horrível. Então um dia o nome de Mina foi citado.

Aquilo despertou meu interesse, é claro.

— Está falando de Mina do Estúdio Superior de Costura? — perguntei.

— Aquela com um nariz tão afiado que dá até para lixar as unhas com ele?

A principal fofoqueira, uma garota enrugada que eu chamava de Camundongo, olhou feio para mim por me meter. Retribuí a cara feia. Havia aperfeiçoado um Olhar Malvado desde que comecei a trabalhar no Lavadouro (inspirado pela própria Mina). A Camundongo era uma espalhadora de maldades dissimulada. Merecia um bom tapa, mas aposto que, se eu tentasse, minha mão simplesmente escorregaria.

— Pode ser ela — disse a Camundongo. — Por que você quer saber?

— Trabalhei para ela, é por isso. Eu era a mais talentosa modelista de sua equipe.

— Você não parece modelista.

— Que engraçado... considerando que estou usando minhas melhores roupas, arrumei os cabelos no salão e como três refeições completas por dia.

Apesar de não ter aparência diferente da minha, a Camundongo desdenhou de meu vestido listrado e minha cabeça raspada.

— É, ouvi dizer que você fez vestidos para Madame H. E depois apanhou...

— Mina expulsou Rose e eu sem motivo, e foi por isso que viemos parar aqui.

— Ela se deu bem, virou Chefe da oficina de costura — a Camundongo disse, fungando.

— Se deu bem? — balbuciei. — Ela usa todo mundo para progredir, depois leva o crédito pelo trabalho dos outros. Ela só pensa em si mesma!

— Ah, é? Diga isso para a irmã dela!

— Que irmã?

A Camundongo se contorceu de alegria por ter essa fofoca para espalhar.

— A irmã dela, Lila. Alguns anos mais velha que Mina. Professora. Casada, duas crianças pequenas e um bebê a caminho. Houve rumores de que Lila estava na Lista para um campo de trabalho, e sabemos muito bem o que *isso* significa.

— Trabalho pesado até cair dura, ou uma viagem só de ida para este lugar, rá rá rá! — A Hiena gargalhou.

— Exatamente — disse a Camundongo. — Então Mina disse a Lila: "Você não pode deixar as crianças; eu vou no seu lugar". Ela abriu mão de um trabalho em uma elegante loja de roupas, pelo que fiquei sabendo. Depois veio parar aqui, trabalha duro, dá um jeito de virar Proeminente, quem pode culpá-la por querer sair na frente? Ouvi a história toda de uma prima que conhece uma garota que trabalha para a Sra. Smith na Loja de Departamentos, então é praticamente direto da fonte. Tudo verdade.

Mina havia se oferecido para vir no lugar da irmã? Tinha sacrificado sua carreira e sua liberdade para ir a Birchwood? Isso dava outra dimensão à pergunta: *O que Mina faria?*

Refleti profundamente por um bom tempo. As pessoas não eram simples, compostas de apenas uma característica, como seda pura ou lã pura. Eram tecidas com todos os tipos de fios, em padrões complexos – xadrezes e abstratos. Eu só não conseguia entender como um tubarão como Mina podia, na verdade, ser tão altruísta. Ou como Carla havia alternado tão facilmente entre amizade e total brutalidade.

— Ainda não entendo por que Carla fez isso comigo — reclamei mais tarde com Rose, tirando a fita vermelha da bolsinha secreta e deixando-a deslizar sobre meus dedos duros.

Rose disse:

— Ela foi enfeitiçada, é claro. Por um feitiço lançado por um mago poderoso em seu covil, em um ninho de águia a muitas léguas daqui...

E assim começou outra história.

Para falar a verdade, achei que havia muitas respostas possíveis – *porque ela estava entediada, porque era violenta, porque estava com inveja, porque podia*. Nenhuma delas (ou todas elas) fazia sentido.

A maior loucura foi que, mais ou menos uma semana depois que fomos trabalhar no Lavadouro, Carla apareceu. Eu me escondi atrás de uma fileira de camisas penduradas para secar e vi que ela parou perto de uma parede para acender um cigarro. Fiquei com muito medo de que ela me visse e quisesse acrescentar mais machucados à coleção que eu já tinha. Ela nem olhou em minha direção.

Eu quis fugir e me esconder, como uma raposa entrando na toca, mas não consegui me mover.

Carla deu algumas tragadas no cigarro, apagou-o na parede, jogou-o no chão e saiu andando. Esperei até ela estar fora do meu campo de visão, então me abaixei entre as roupas para pegar a ponta do cigarro. Era uma riqueza!

No dia seguinte, Carla apareceu de novo. Dessa vez, estava com uma amiga – apenas duas Guardas fumando e conversando como uma dupla normal de colegas de trabalho fazendo um intervalo para o cigarro. Mais uma vez, Carla jogou a ponta dos cigarros no chão. Mais uma vez, quase não haviam sido fumados. Que jogo estava fazendo? Não podia ser acidente ela estar deixando detritos valiosos justamente no lugar onde eu trabalhava. Será que era seu modo de tentar compensar por ter destruído minha mão e minha chance de costurar belas roupas? Será que queria reparar o que ela considerava uma amizade? Ou será que ela estava esperando que minha mão se curasse e eu voltasse para a oficina de costura para fazer modelos arrebatadores para ela novamente?

Depois de vários dias assim, fiz um belo estoque de tabaco. Escondi os cigarros em minha bolsinha secreta sob o vestido até que fossem necessários.

Eu pretendia contar a Rose sobre Carla.

— Adivinha o que aconteceu hoje cedo — comecei a dizer da primeira vez que vi Carla fumando.

— Shh — ela disse. — Estou quase no fim do capítulo...

Estávamos sob um varal de roupas molhadas, sem livro nenhum à vista. Esperei. Finalmente, Rose soltou um pequeno suspiro e piscou.

— Foi difícil no início — ela disse. — Tentar lembrar tudo.

— Lembrar o quê?

— Um livro de histórias que minha mãe lia para mim na hora de dormir quando eu era pequena.

— Sorte sua — eu disse com inveja. Meu entretenimento na hora de dormir consistia em ouvir minha avó e meu avô rindo de algum programa de rádio no cômodo ao lado.

Rose entrelaçou o braço no meu.

— Tive sorte, é verdade. Na hora, você não se dá conta de que não está dando o devido valor às coisas. Quando Eles apareceram para prender meus pais, minha mãe disse que me encontraria depois da Guerra. Ela vai me encontrar, não vai?

Fiquei desconcertada em ver Rose pouco confiante.

— *É claro* que vai. Você precisa ter esperança, lembra? A fita vermelha, é isso que ela representa. — Aquilo não parecia tão convincente quando era *eu* que dizia.

— Queria que você tivesse mantido essa fita como atadura — ela disse.

Fiquei irritada.

— Preciso fazer minha mão funcionar direito de novo. Ficar com o braço em uma tipoia, com alguém me dando uvas na boca, não é uma opção por aqui.

— É melhor deixar o ferimento se curar devagar, assim você recupera totalmente suas funções. E vai poder costurar de novo.

Eu tinha minhas dúvidas quanto a isso. Sabendo como meus dedos ainda estavam inchados e rígidos, receava que meus dias de costura haviam terminado.

Rose fez uma nova amizade. De certo modo, era algo tão improvável quanto eu recebendo presentes de uma Guarda.

Ele era jardineiro. No campo, a ideia de haver um jardim era fantástica – algo saído de uma história. Se Rose tivesse chegado e dito que tinha feito amizade com um dragão, eu não ficaria tão surpresa. Ainda assim, não muito longe da área de secagem havia um pedaço de solo cultivado que chamavam de jardim.

Quem arrancava as ervas daninhas e regava o jardim era um Listrado tão velho que devia ter pelo menos cinquenta anos. Pensei nele como um jabuti – lento, maçante e enrugado. Suas pernas eram tão tortas que havia espaço para passar o cesto de roupas sujas entre elas. As costas eram tão curvadas que eu poderia equilibrar o cesto sobre elas.

O velhote grisalho encantou-se com Rose quando ela se aproximou para admirar os vegetais corajosos que desafiavam as probabilidades de nascer no ar cheio de cinzas de Birchwood. Aparentemente, as Guardas gostavam de frutas e legumes frescos. Suponho que Eles precisassem comer algo para equilibrar o tanto de bolos e vinho que devoravam.

O orgulho do Jabuti era uma roseira atrofiada. Rose ficou honrada – ele deixou que ela chegasse perto o bastante para sentir o perfume dos pequenos botões vermelhos. Os dois nunca se falaram, à exceção dos cumprimentos de Rose e da respiração ofegante do homem. Ele tocou o chapéu listrado quando ela apareceu, como se ela realmente fosse uma condessa e ele fosse um empregado.

Rose relembrava:

— Nosso jardineiro-chefe competia com outras propriedades para ver quem cultivava as primeiras ervilhas do ano. Você tinha de ver a conta do combustível para aquecer as estufas do jardim murado.

Eu ignorava aquelas histórias fantasiosas, olhava para os legumes e desejava poder devorar tudo.

O último estertor do verão veio com algumas folhas de bétula secas voando entre os barracões. Não se viam as belas cores de outono. Passamos dos céus claros para o cinza frio e interminável. Céu cinza, humor cinza, roupas cinza para lavar. E então veio a chuva – enxurradas cinza, dia após dia. Da primeira vez que estávamos trabalhando e começou a chover, corremos para os varais para recolher tudo e levar para dentro. Uma Guarda que passava nos viu. Ela sacudiu os braços e gritou:

— Vadias idiotas, deixem a roupa secar!

— Ma-mas, a chuva?

— Acha que pode mudar o clima só porque quer uma vida fácil, sem fazer nada além de tomar sol o dia todo? — ela gritou.

— Não tem lógica deixar isso para secar na chuva — murmurei para Rose.

— Se ao menos tivéssemos ratinhos com guarda-chuvas para ficarem sobre o varal — ela disse, melancólica.

Eu não gostava de argumentar contra a lógica de livros de história de Rose e também não me atrevia a discutir com a Guarda, então penduramos as roupas novamente e observamos enquanto ficavam ensopadas. Com o clima mais frio, tínhamos as roupas de baixo de lã grossa das Guardas para pendurar, que ficavam ainda mais pesadas quando molhadas. Havia coletes de lã, ceroulas feias e shorts de lã – e tudo ficava cinza ao ser lavado. Ah, se tivéssemos o luxo de ter nossas próprias roupas de baixo, em vez da indignidade cotidiana de andar sem elas! Eu desejava roupas de verdade tanto quanto desejava encher o estômago.

Tentamos ficar perto de uma parede para nos abrigar. Outra Guarda gritou para pararmos de vadiar. Voltamos para a área de secagem e ficamos tomando chuva, chupando os dedos para mantê-los quentes.

— Pelo menos estamos ficando limpas — disse Rose, batendo os dentes. Ela parecia cinza como a roupa, com algumas manchas febris nas bochechas.

Quando a Hiena saiu para nos chamar para dentro, as roupas estavam mais molhadas do que nunca e estávamos ambas tremendo. Tentei aquecer Rose envolvendo-a com meus braços e a aproximando do meu corpo.

Ela se aninhou.

— Consigo ouvir seu coração batendo — ela disse.

Rose tinha um truque para acabar com o meu mau humor. Ela me fazia sonhar com vestidos.

Uma manhã, assim que se recuperou de um ataque repentino de tosse, ordenou:

— Me diga um vestido que combine com esse lugar.

— Como assim? Um vestido para usar enquanto estamos vendo a roupa secar?

— Não, um vestido inspirado pela paisagem, ou por uma emoção que você sinta.

Parecia uma ideia estanha. O mesmo tipo de bobagem das histórias que Rose inventava. Ainda assim, aquilo me pôs para pensar. Tirei a fita vermelha da bolsinha secreta e a enrolei nos dedos da mão boa. Um vestido surgiu em minha mente. Comecei a esboçá-lo com palavras.

— Teria de ser... deixei-me ver... uma mistura suave de lã e seda cinza com gola solta até aqui em cima, no pescoço, e saia comprida até os pés. Mangas compridas com pesponto do pulso até quase o chão. Pesos de metal na barra, para manter o caimento da saia. Sobre o corpete, uma leve renda bordada com gotas de prata. Nos ombros, uma novem de plumas de marabu.

Rose ficou encantada.

— Ah, Ella, quando você descreve a roupa, eu consigo enxergá-la. Você vai fazer esse vestido quando tivermos nossa loja. Quando lançarmos a coleção outono-inverno, as clientes vão desmaiar. Vamos ter tantos pedidos que teremos de recusar alguns... *Sinto muito, madame. Peço desculpas, vossa alteza. Não temos mais vestidos à venda hoje!*

Ela fez uma mesura com seu vestido listrado e sapatos descombinados. Tive de rir.

Em seguida olhei para a chuva caindo no terreno livre depois da cerca de arame farpado.

— Acha que algum dia a Guerra vai acabar? Vamos ter mesmo uma loja?

Rose deu um beijo leve sobre minha fita vermelha.

— Tenha um pouco de esperança, Ella. Nunca se sabe quando algo bom vai acontecer...

Cerca de meia hora depois, aconteceu o tal *algo bom* que Rose havia previsto.

Eu estava com um cesto de roupa apoiado na parte ossuda que chamo de quadril. Carregava-o para a sala onde ficava a máquina de passar, caminhando pela sombra do muro do Lavadouro quando – *ploft!* – uma linguiça enorme caiu do céu e foi parar na pilha de camisas úmidas.

Olhei ao redor. Ninguém à vista. Ouvi o *clique* de uma janela se fechando e olhei para cima. Havia uma silhueta em uma das janelas do

Lavadouro? Será que alguém tinha derrubado uma linguiça por acidente ou ela tinha sido jogada para mim? De qualquer modo, eu ficaria com ela. Rapidamente, cobri a linguiça com roupas e me apressei para alcançar Rose, que estava mais à frente. Ela riu quando contei o que havia acontecido.

— Uma linguiça caiu do céu na cesta de roupa? Você não seria capaz de inventar uma coisa dessas!

— *Você* seria — afirmei. — E se isso realmente fizer parte de suas histórias, poderia imaginar umas batatas fritas e ervilhas para acompanhar?

As porções daquilo que chamavam de sopa e café em Birchwood sempre foram insuficientes. Com a chegada do outono, estava pior. Em vez de água colorida com pedacinhos, recebíamos apenas água, escurecida por algo arenoso, mas sem ingredientes de verdade. Era literalmente uma dieta para nos matar de inanição. Além de ainda menos comida, havia Guardas mais agitadas. Seria um sinal de que a Guerra estava indo mal para Eles?

Comemos meia linguiça imediatamente. Ainda melhor, conseguimos uma coisa incrível para acompanhar, cortesia do jardineiro Jabuti. Mal pude acreditar quando ele foi mancando até nós na área de secagem. Puxou a manga de Rose e abriu as mãos retorcidas para lhe mostrar três cogumelos pálidos.

Rose se aproximou e os cheirou.

— *Cogumelos!* Eu tinha esquecido que eles existiam.

O Jabuti resmungou e os empurrou na direção dela.

— Para mim? — Por força do hábito, Rose olhou ao redor para ver se havia alguém olhando. Nenhuma Guarda ou Chefe estava por perto. — Sério?

O Jabuti tocou a lateral do nariz, abriu um sorriso meio desdentado e foi embora.

Ficamos olhando fixamente para os cogumelos por um longo minuto, depois não aguentamos mais,

— Podemos comer logo isso ou o quê?

— E como gostaria que fossem servidos, minha querida? — Rose brincou, segurando os cogumelos junto ao corpo como se fossem uma ninhada de bebês minúsculos. — Com molho cremoso, sobre torradas com manteiga? Em um cozido de cervo selvagem com bolinhos temperados com ervas?

— Crus mesmo já está bom. Sei o que vai acontecer se voltarmos para o alojamento para esquentá-los perto do aquecedor: você vai cortar em micropedacinhos e dividir com todo mundo.

— Não tem o suficiente para todo mundo, mas você acha que *devemos* dividir?

— Não!

Comemos os cogumelos crus, saboreando cada pequena mordida. Nos sentimos como rainhas em um banquete.

Dois dias depois, percorri o varal recolhendo roupas úmidas e, pendurado entre fileiras de meias cinza das Guardas, havia um embrulho de papel. Como uma ilusionista, sumi com ele para abrir depois, em segredo. Deus me livre ser revistada e alguém descobrir. Quando vi o que havia dentro, tive de pegar emprestados alguns palavrões menos pesados das mulheres do Lavadouro para expressar minha surpresa.

Chocolate.

Aquele chocolate marrom-acinzentado da época da guerra, para ser sincera, mas ainda assim *chocolate*! Meus dedos tremiam quando quebrei um quadradinho e o coloquei na língua.

Só quando se fica sem algo que seu valor é realmente apreciado. Aquele quadrado de chocolate derreteu em minha boca como um manjar dos deuses. Birchwood derreteu também, e eu voltei para casa... estava a caminho de casa, finalmente, voltando da escola.

Nós – eu e um grupo de amigos da escola – tínhamos parado em uma banca de jornal. Todos eles foram direto para os doces. Eu estava recontando meu dinheiro e tentando decidir entre uma revista de moda ou um chocolate. Só tinha o suficiente para um dos dois. Lembro de olhar para o chocolate e pensar em como seria fácil esconder uma barra na manga da camisa sem pagar, sem que a mulher-hamster ansiosa que ficava no caixa notasse.

Era considerado roubo pegar o chocolate que estava no varal? E por acaso eu me importava?

O que Rose faria?

Perguntaria quem teria deixado o chocolate lá, depois dividiria a barra em quadradinhos iguais e compartilharia com todo mundo. Era isso que Rose faria.

Usamos o papel do chocolate para forrar os sapatos de Rose porque seus pés estavam ficando azul-acinzentados com o frio. Troquei um pouco do chocolate pela permissão de Viga para Rose ficar perto do aquecedor do alojamento à noite. Talvez aquilo impedisse que ela tremesse tanto. O restante, dividimos e comemos, pedaço por pedaço.

Rose dizia que, nas histórias, as coisas aconteciam de três em três. Então uma heroína teria três tarefas em sua jornada, ou haveria três irmãos saindo em uma aventura, esse tipo de coisa. Em meu caso, foram três presentes até o mistério ser revelado. O terceiro presente não era comestível. Era um cartão.

Eu já tinha visto coisas assim nas lojas da minha cidade – belos quadrados de seda bordada com desejos de feliz aniversário ou declarações de amor verdadeiro. Este cartão estava enfiado em uma calcinha cinza no varal, com o nome ELLA no envelope. Tinha a imagem de dois pássaros segurando um coração. Atrás, uma mensagem escrita a lápis: *Me procure pela manhã.*

Durante toda aquela noite, conversamos sobre o cartão. Era uma das coisas mais empolgantes que acontecia nos últimos tempos. Eu tinha um amigo! (Um admirador?)

— Uma fada-madrinha — disse Rose, determinada a transformar aquilo em uma história.

A manhã chegou, cinza e chuvosa. Rose me acordou com um espirro tremendo, seguido de um ataque de tosse igualmente vigoroso. A Chamada terminou rapidamente – apenas duas horas, já que ninguém atrapalhou a contagem morrendo no meio. Corremos para a área de secagem.

Não havia ninguém ali.

Decepcionada, mergulhei as mãos em montes de roupas úmidas e comecei a pendurá-las. Estava lutando contra um pijama especialmente rebelde quando senti alguma coisa quente atrás de mim. Uma mão cobriu minha boca. Uma voz sussurrou:

— Shh.

Quando me virei, meu visitante misterioso estava abaixado atrás da roupa lavada. Eu o reconheci de imediato. Era o cachorro fiel: Henrik.

— Finalmente a localizei! — Henrik disse, empurrando meias e ceroulas na minha direção desde o lado oposto do varal. Era mais alto e mais largo do que eu me lembrava e irritantemente cordial na mesma medida de antes.

— O que está fazendo aqui? — perguntei. — Você quebrou minha máquina de costura!

— Esse é o agradecimento que recebo?

— Eu estava fazendo um vestido. Tive de terminar à mão, seu idiota metido.

Henrik riu.

— Eu devia ter me lembrado de sua paixão por costurar. Não está feliz em me ver? Gostou dos presentes?

— Foi *você*?

— Quem pensou que fosse?

— Sei lá. — *Carla? O jardineiro? Uma fada-madrinha invisível?*

— De nada... — ele disse com sarcasmo.

— O quê? Ah, obrigada. Muito obrigada.

— Ei, o que aconteceu com sua mão? É por isso que não está mais costurando?

— Basicamente.

Eu não sabia muito bem como me comportar perto de Henrik. Ele não era nada parecido com os garotos estudiosos da escola, nem com os mais grosseiros das turmas que eu encontrava às vezes no caminho para casa.

— Quem é você? — perguntei.

— Henrik! Eu já disse.

— Sei seu nome, mas só isso.

— Ah, você quer que eu vá até a sua casa conhecer seu pai? Pedir permissão para falar com você? Deixe-me ver... o que eu diria para ele...?
— Nada. Nem sei quem era o meu pai.
Henrik parou de brincar por um instante.
— Desculpe, Ella, eu não quis...
— Diga para *mim*, então. — Fiquei atrás de um grande colete de lã para me proteger.
— Certo, resumindo a história. Saí da escola no ano passado. Arrumei um trabalho em uma oficina mecânica, sem expectativa de conseguir muita coisa. Então veio a Guerra. Obviamente, devido à minha religião... — ele apontou para a estrela amarela costurada em sua jaqueta listrada. — ... eu logo entrei na Lista para vir para este lugar. Mas as coisas estão indo bem. Na verdade, estão indo muito bem. Estou fazendo algo importante, o que é ótimo. Como faz-tudo, tenho acesso a todo tipo de prédio nos campos. Consigo passar mensagens e notícias...
— E arrumar linguiças para estranhos...
— Tem muito mais de onde saiu aquela. E você não é uma estranha. Somos amigos, não somos?
Pensei no coração no cartão de seda e não soube o que dizer.
Tínhamos chegado ao fim do varal de roupas, onde dava para ver os campos livres.
Senti Henrik atrás de mim, protegendo-me um pouco do vento frio. Ele murmurou:
— Mesmo em um dia escuro como hoje, a vista da liberdade ainda é bela, não é?
— Sim, se desse para esquecer as guaritas das sentinelas, as minas terrestres, os cachorros e as três camadas de cercas de arame farpado.
— É verdade — ele disse baixinho. — E se desse? — completou mais baixo ainda.
— Se desse o quê?
— Para esquecer as cercas. As barreiras. E se você pudesse ficar livre?
— Está dizendo...?
— Fugir, minha querida costureira. Fugir!

Henrik não disse muito mais naquele primeiro encontro, apenas o suficiente para me provocar. Apontou para um trem que lentamente ganhava velocidade ao deixar Birchwood para voltar ao mundo exterior.

— Eles chegam cheios, mas não voltam vazios — ele disse.

— As pessoas podem sair?

— Pessoas não... não oficialmente. Todas as coisas roubadas dos recém-chegados. Milhares de caixas e pacotes de pertences são carregados para lá.

— Coisas da Loja de Departamentos? — A imagem veio em minha cabeça: óculos, sapatos e malas em pilhas altas, como um tesouro.

— Exatamente. Tenho amigos no que chamam de esquadrão de trabalho dos Chapéus Brancos, os prisioneiros que fumigam e embalam todos os pacotes para o transporte. Pode ser possível organizar uma fuga dessa maneira...

Fuga! Liberdade! Voltar para casa!

Naquela noite, nos alojamentos, eu me escondi debaixo da coberta com Rose. Estava explodindo de animação quando contei a ela sobre Henrik, sem mencionar a conversa sobre a fuga. Não sei por que evitei o assunto. Talvez fosse uma ideia preciosa demais para compartilhar. Talvez fosse muito perigoso. Quanto menos pessoas soubessem, melhor, certo? Se a Camundongo metesse os dentes nisso, a fofoca se espalharia como uma doença contagiosa. Era melhor não dizer nada a Rose sobre a fuga, convenci a mim mesma.

Rose disse que Henrik foi gentil em nos dar comida. Depois espirrou pela milésima vez naquela noite – estava com um resfriado permanente – e usou uma parte do tecido de sua manga como lenço.

— Conheço uma história sobre um lenço mágico que transformava muco em peixes — ela disse, com a garganta tão inflamada que sua voz saía áspera como lixa.

— Seria melhor que transformasse em ouro. Assim poderíamos comprar uma loja de roupas quando a Guerra terminar.

— Poderiam ser peixes de *ouro*, suponho. Ei, Ella, quer saber o que aconteceu durante uma epidemia de gripe no inverno, quando todos os lagos de peixes ficaram congelados...?

E lá foi ela para o mundo das histórias – seu modo particular de fuga.

Com tantas fungadas, espirros e tosse, não era preciso ser médico para diagnosticar que Rose estava com uma gripe forte. O que já era ruim o bastante. Todos ficam péssimos quando estão gripados. O pior era a tosse e o fato de estar o tempo todo tremendo, mesmo quando seu corpo estava fervendo. Também estávamos tão desnutridas que o menor problema de saúde poderia rapidamente tornar-se letal. Não tínhamos como procurar um médico para nos curar. Os médicos de Birchwood eram especialistas no contrário da vida.

Fui falar com a Ursa no Lavadouro e pedi a ela que conseguisse trabalhos internos para mim e para Rose, longe da chuva. Daquele jeito, não sobreviveríamos a um inverno sem abrigo.

Os olhos pequenos da Ursa ficaram ainda menores. Achei que significasse que ela estava pensando.

— Está ficando um pouco molhado para vocês lá fora? — disse sua comparsa Hiena, abafando o riso. Ela podia ver que havia água literalmente escorrendo pelo meu rosto devido ao lenço ensopado na cabeça.

— Já imaginou como seria se afogar? — perguntei a ela com delicadeza.

A Hiena se escondeu atrás da Ursa.

A Ursa às vezes estava sonolenta, às vezes irritada, e sempre lenta. Levou um tempo, mas ela finalmente fez a conexão entre o punhado de pontas de cigarro que eu estava lhe oferecendo e a ideia de dar a mim e a Rose um trabalho interno. Ela pegou os cigarros e resmungou.

— Tudo bem.

Missão cumprida.

Em seguida, fui até o Jabuti. Ele estava capinando seu pedaço de terra em câmera lenta. Perguntei se ele podia ceder alguma verdura para Rose. Aquilo era completamente ilegal e provavelmente atirariam em mim se descobrissem – e também no jardineiro. Mas não importava. Rose precisava de vitaminas para combater a gripe. O Jabuti se afastou e cortou algumas folhas de repolho para mim. Não um inteiro – os Guardas notariam. Agradeci. Ele fez um sinal positivo com a cabeça e pigarreou. Depois de todas aquelas semanas de silêncio, parecia que ele finalmente ia falar alguma coisa. Quase não tinha voz.

— Se... *Quando* eles vierem me buscar, pode cuidar de minha rosa?

Olhei para o pequeno arbusto atrofiado no canto do jardim – eram mais espinhos que flores. Quando estava quente, ele tirava os pulgões da roseira, um a um. Agora que geava pela manhã, ele tinha envolvido os caules com palha para protegê-los.

Eu não me interessava muito por jardinagem. Para ser sincera, achava que flores ficavam melhores em tecido do que em vasos. Ainda assim, havia algo na maneira com que o Jabuti amava aquele pedaço de terra, apesar de todas as cinzas que choviam sobre Birchwood. Imagino que estivesse cultivando seu próprio botão de esperança. De repente, pensei em meu avô e no quanto ele odiaria ter de deixar tudo aquilo que conhecia e amava.

Meu avô nunca poderia ser apenas um número de uniforme listrado. Nunca poderia ser tão anônimo. Ele tinha seus pequenos hábitos, como fazer barquinhos de papel para mim com papel de cigarro, ou cantarolar algumas notas de alerta quando entrava pela porta, ou balançar *um pouquinho* a bengala a cada dois passos que dava pela calçada. Certamente *ele* não poderia ser colocado em uma Lista. Que mal havia feito a alguém, além de entediar as pessoas com conversas sobre os resultados das corridas de cavalo?

Acenei com a cabeça para o Jabuti.

— Vou cuidar. Prometo.

Havia lágrimas em seus olhos quando ele se afastou com dificuldade.

Dois dias depois, o jardineiro foi tirado de uma fila durante a Chamada. Seu número estava na pior Lista de todas: pessoas excedentes. Nós não estávamos lá – a Chamada dos homens era feita em uma parte completamente diferente do campo. Não vi nada, só fiquei sabendo graças à Camundongo e sua rede de fofocas. Mesmo assim, pude imaginá-lo se arrastando como um jabuti, empurrado pelos Guardas com a coronha dos fuzis.

Quando eu disse a Rose que haviam levado o jardineiro, ela correu para fora do Lavadouro e foi direto para o pequeno jardim, onde imediatamente arrancou todos os botões de rosa dos galhos, espalhando as pétalas ao vento cheio de cinzas.

— Odeio Eles! Odeio Eles! *Odeio* Eles! Eles não merecem ter nada belo! — ela gritou com selvageria. Fiquei com medo ao vê-la tão exaltada. Se ela não tivesse sido incapacitada por um ataque de tosse, poderia ter arrancado aquela roseira pela raiz.

Afastei-a de lá antes que aparecesse alguma Guarda. Foi só depois, sobre a palha da cama que pinicava, que me ocorreu que o Jabuti não estava falando apenas das flores quando disse *cuidar de minha rosa.* A rosa humana, Rose, estava bem quieta ao meu lado. Quieta demais. Coloquei a mão em seu peito para encontrar os batimentos cardíacos... senti apenas costelas. Em pânico, cheguei mais perto. Fui recompensada com um sopro de respiração no rosto. Uma rosa adormecida em um mundo de espinhos.

Suspirei diante de uma imagem tão romântica. As fantasias de conto de fadas de Rose eram contagiosas.

A área interna do Lavadouro era mais quente, o que já era alguma coisa. Mas era pior em outros sentidos. O trabalho era sufocante, claustrofóbico e extremamente árduo.

Quando vamos poder fugir? Era meu único pensamento enquanto mergulhava os braços descobertos no calor escaldante da tina de lavar roupa. *Quando vamos poder fugir?* Enquanto esfregava meias fedorentas e camisas suadas em uma tábua de lavar. *Quando vamos poder fugir?* Enquanto enxaguava o sabão pungente sob a água gelada.

As outras operárias do Lavadouro eram simplesmente umas valentonas. Batiam carrinhos de lavanderia em nossas pernas. Roubavam nossos pedaços de sabão e os ficavam chutando pelo chão de pedra como se fossem um disco de hóquei. Eu costumava manter a calma, mesmo quando estava explodindo por dentro. Até que uma delas, de ombros tão largos que mais parecia um touro, *acidentalmente* me empurrou enquanto eu carregava minha sopa aguada, derramando-a. Ela era uma veterana de Birchwood. Uma das poucas que estava no campo havia vários anos. Era tão destemida que realmente fumava os cigarros que arranjava, em vez de usá-los como moeda de troca.

Não era a primeira vez que ela mexia comigo. Senti o líquido morno espirrar em meu vestido e escorrer por minha perna.

— Preste atenção! — berrei.

— Você não devia ficar no meu caminho — gritou a Touro.

— Rá rá rá rá rá! — Riu a Hiena, enquanto a Ursa observava.

— Eu não estava no seu caminho — vociferei. — Você me empurrou.

— Foi um acidente — disse Rose. — Venha, eu divido a minha com você.

— Foi de propósito! — gritei. — Ela devia me dar a sopa *dela*.

A Touro franziu o nariz. Sacudiu a cabeça de um jeito estranho, bateu os pés, depois esticou o braço e arrancou a tigela de sopa de Rose de sua mão.

— Rá rá rá rá rá! — A Hiena riu novamente.

— Agora que sopa vai tomar? — zombou.

Alguns segundos depois, a Touro estava gemendo no chão. Fiquei tão furiosa que enfiei a tigela na cara dela, depois lhe dei uma cabeçada na boca do estômago. Ela caiu, e eu a chutei sem parar. Acho que só consegui porque ela não estava esperando o ataque... e porque nenhuma Guarda notou. Olhei em volta, punhos cerrados, para ver se mais alguém queria participar.

Todas se afastaram. A Hiena parou de gargalhar. Peguei a tigela da Touro e fui enchê-la para mim.

Rose ficou horrorizada, então eu pedi desculpas. Não estava arrependida. Nem um pouco. Reagir tinha sido excelente. Mais tarde, enquanto batia, esfregava, enxaguava e torcia, imaginei que era a Hiena em minhas mãos, no lugar da roupa. Não fomos mais incomodadas.

— Temos de fazer o que é preciso para sobreviver — eu disse a Rose, tentando justificar meu ataque. — Não podemos deixar as pessoas nos enxergarem como fracas.

Ela suspirou.

— Eu sei. Também não gosto de ser intimidada. Mas... quanto mais você vai endurecer antes de começar a ser como Eles?

— Você está me comparando com as *Guardas*? Eu não sou como Eles! Eles escolheram esse trabalho. Eu fui arrancada da rua quando voltava da escola para casa! Eles têm camas boas e comida, mimos da Loja de Departamentos. Eu fico animada se tiver uma ponta de cenoura boiando em minha sopa aguada na hora do jantar! Eles têm chicotes e cachorros e armas e câmaras de gás e...

— Não quis dizer que você é igual a Eles — Rose interrompeu. — Mas isso me lembra de uma história, sabe. Sobre um rato que conseguiu armas e aprendeu a usá-las contra os gatos...

— Armas! — exclamou Henrik quando o vi novamente. — Se conseguirmos colocar as mãos em mais *armas*, teremos muito mais chances contra Eles.

Estávamos do lado de fora, muito próximos para nos protegermos dos ventos cortantes do inverno. Eu observava fitas vermelhas de fogo iluminando o céu sobre as chaminés. Eu tinha desistido de fingir que aquelas chaminés não existiam. Quando as Guardas nos ameaçavam dizendo *vou te mandar para a câmara de gás* pela menor infração, era inútil fingir que eu não estava vivendo em um mundo em que pessoas eram asfixiadas e depois queimadas aos milhares. Às dezenas de milhares. Centenas de milhares, talvez.

Henrik sentiu meu humor. Ele colocou o braço ao redor dos meus ombros magros. Eu disse que tinha esperança de que a Guerra terminasse logo.

— Esperança! — ele exclamou quase cuspindo a palavra. — Não é de *esperança* que precisamos, Ella, sua sentimental. É de *ação*, provar que não somos vítimas, que não vamos aceitar nosso destino em silêncio, como ovelhas indo para o abatedouro! Algo está planejado para acontecer em breve... você vai ver. Um levante! Nós contra Eles! Glória e liberdade!

Contei tudo a Rose.

— Glória e liberdade, Rose! Um *levante*!

Rose fungou, nariz escorrendo ou reprovação?

— O heroísmo é muito bom até sangue ser derramado. De que serve uma bandeira ou belas palavras quando se é um belo cadáver?

— Henrik não tem medo. Ele é corajoso.

— Coragem e desespero bastam contra metralhadoras?

— É melhor do que *não fazer nada* — retruquei. — Melhor que ficar contando histórias sobre o que seremos depois da Guerra, histórias que podem nunca se realizar se não sobrevivermos a esse lugar!

Rose estremeceu.

— Você tem razão — ela disse em voz baixa, aparentemente cansada demais para discutir.

Quando começou o levante, ambas estávamos até os cotovelos com espuma de sabão e roupas sujas. Um grande *BUM* abalou Birchwood. Nós nos seguramos nas bordas das tinas de lavar roupa, em choque.

— O que foi isso? — todas perguntamos, mas ninguém sabia responder. A Ursa saiu para tentar descobrir. Em seguida, ouvimos disparos de metralhadoras e tiros de pistola. Os cachorros estavam enlouquecendo. Meu coração batia mais rápido do que um trem em movimento. Era isso? Era a glória e a liberdade de que Henrik havia falado? Esperei que ele invadisse o Lavadouro, balançando uma bandeira, com uma banda de música tocando uma marcha. Em um filme, seria assim.

A realidade?

Foi um levante dos grupos de trabalho perto das câmaras de gás – isso era verdade –, mas foi um fracasso. A Camundongo relatou rumores de explosivos contrabandeados para Birchwood para explodir as câmaras de gás. Listrados se voltando contra os Guardas. Guardas acertando tiros em Listrados. Quando caiu a noite, a rebelião já tinha sido reprimida. Estava morta. Logo, todas as chaminés de Birchwood, exceto uma, soltavam fumaça novamente, soprando cinzas sobre todos nós.

Senti o estômago revirar, preocupada que Henrik tivesse sido pego. Será que as palavras de Rose sobre belos cadáveres tinham sido proféticas?

Então, alívio. Recebi, escondido, um recado no Lavadouro.
Nossa hora logo vai chegar. Continue lavando e espere.

Mas não chegaria logo o bastante para Rose. De canto de olho, eu a vi lutando para erguer as roupas pesadas de sua tina. Tinha prendido uma camisa na gigantesca pinça de madeira... e não conseguia erguê-la. Pegou uma meia. Era bem leve... e mesmo assim não conseguia levantá-la. Então o vapor, ou o esforço, ou tudo junto, foram demais. Antes que eu tivesse tempo de chegar até ela, Rose caiu no chão, flácida como a meia molhada que estava ao seu lado.

— Ei, Rose... Rose, sou eu, Ella.
Eu me debrucei sobre a cama e tirei pequenas mechas de cabelo de sua testa.
— Shh, não tente falar ainda — murmurei.
Ela se esforçava para respirar.
— Ella. — Foi tudo o que ela conseguiu dizer. Seus olhos passaram de um lado para o outro e depois se arregalaram, horrorizados.
— Sinto muito, Rose. Tive de te trazer para cá. Não se lembra? Você ficou inconsciente durante horas, depois delirante e febril. Eu te escondi no alojamento por dois dias. Viga disse que você pode ter algo contagioso. Não havia mais nada a fazer. Você está no Hospital.

A respiração ofegante se transformou em tosse. Seu corpo todo começou a tremer. Eu a abracei – um precioso saco de ossos. Era horrível ser tão impotente. Ainda mais difícil era esconder o horror que o Hospital provocava em mim. Como alguém podia *viver* naquele lugar, muito menos se recuperar de doenças ou ferimentos? Era a imitação mais repulsiva de assistência médica que jamais alguém poderia imaginar – mesmo uma pessoa com a imaginação fértil como a de Rose.

Havia mortos entre os pacientes vivos – parecia mais um necrotério que um hospital. Todos estavam espremidos em leitos empilhados, como sardinhas fedorentas em uma lata. Não havia banheiros. Não havia urinóis. Listradas com braçadeiras de enfermeiras verificavam quem ainda estava respirando e quem podia ser levado embora para abrir espaço para os recém-chegados. Essas enfermeiras pareciam estar sem dormir havia cem anos.

Nem olhei para o chão para ver em que meus sapatos estavam escorregando. Respirava pela boca para não identificar os odores repugnantes. *Ah, Rose – nada de jardim para você.*

— Aqui está, eu trouxe seu café da manhã. — Eu não tinha visto nenhum sinal de comida no hospital. Quase todos os supostos pacientes estavam doentes demais para se alimentarem sozinhos, mesmo se houvesse pessoal suficiente para distribuir alimentos… ou alimento suficiente para os manter vivos. A única enfermeira que tinha se aproximado era uma mulher que andava como um pato, com um avental encardido sobre o uniforme listrado da prisão. Seu trabalho parecia consistir em anotar o número dos pacientes em uma Lista. Até então, o número de Rose não havia sido anotado.

Eu já tinha suplicado para essa Enfermeira Pata tratar a febre de Rose. Ela apenas me olhou como se dissesse: *Com o quê?*

— Você só vai ficar aqui um ou dois dias — garanti a Rose. — Até melhorar e Viga dizer que você pode voltar ao alojamento, e a Ursa dizer que você pode voltar a trabalhar no Lavadouro. Aqui está. Acha que consegue comer um pouco? Tem pão, margarina e *isso*!

Com um floreio, mostrei a ela uma maçã murcha – um presente principesco de Henrik.

Rose ficou olhando para a fruta como se tivesse esquecido o que era uma maçã. Depois abriu um sorriso fraco.

— Já te contei sobre aquela vez…?

— Deixe de histórias, idiota! Poupe sua força.

Rose pegou a maçã e sentiu seu perfume.

— Ela me lembra uma árvore — disse. — Na Cidade Luz… o parque… uma macieira. Só uma, galhos repletos de flores na primavera.

Ela estendeu os dedos e quase pude ver as pétalas caindo.

— Se alguma coisa acontecer… — ela continuou.

— Não vai acontecer nada!

— Se alguma coisa acontecer, vamos nos encontrar lá, no parque, debaixo da árvore, no mesmo dia em que nos conhecemos na oficina de costura.

Eu não conseguia compreender o que ela estava dizendo.

— Nós vamos juntas, Rose, você e eu.

Ela assentiu, mas aquilo provocou mais um acesso de tosse. Quando ela finalmente recobrou o fôlego, seu rosto estava brilhando de suor.

Eu não fazia ideia de como ela sabia o dia exato em que havíamos nos conhecido – o dia em que fomos mandadas para o Estúdio Superior de Costura. A última data no calendário de que eu me lembrava era o último dia em que fui à escola. Ainda assim, Rose insistia muito que eu repetisse a ela a data em que nos encontraríamos no parque, perto daquela árvore.

— Você não vai esquecer? Vai estar lá? — ela perguntou com um chiado no peito.

— Nós duas estaremos lá.

— É claro que sim. Mas, se formos separadas, vá até a árvore e espere por mim. Lembre-se, vamos amarrar a fita vermelha a um galho para comemorar nosso reencontro. Prometa que vamos nos encontrar perto da árvore, Ella. Nesse dia. Prometa...

— Eu prometo.

Rose afundou em meus braços. Ela fechou os olhos. Coloquei a mão em seu rosto – tão quente! Ela parecia tão cinza sob a luz fraca do Hospital, minha pequena Esquila.

— Preciso ir agora, Rose. Tente comer.

— Vou tentar — ela sussurrou. — Só não estou com fome agora. Amanhã vou estar melhor.

— Recupere suas forças.

Rose acenou de leve com a cabeça, depois se virou.

Eu queria chorar, atirar coisas e correr até a cerca de arame farpado, enfurecida. Em vez disso, precisava pensar em um jeito de conseguir medicamentos, em um mundo em que aspirina era algo mais precioso que uma pepita de ouro.

— Você de novo!

Não foi a recepção calorosa que eu esperava. Mas, por outro lado, *Mina* e *calorosa* eram duas palavras que não costumavam andar juntas.

Fiquei parada na porta da oficina de costura. Tudo era dolorosamente familiar, embora não tão movimentado como eu me lembrava. Francine, Shona, Brigid e as outras me cumprimentaram com sorrisos. Com gestos, perguntaram: *Ei, Ella, como você está? Como está Rose?* Tentei não olhar para Betty, a máquina de costura de minha avó, mas lá estava ela, em minha antiga mesa, sendo usada por uma outra Listrada. Havia outra mulher no posto de Rose também, passando a ferro. Como havíamos sido substituídas rápido!

Meus dedos ansiavam por voltar a manusear tecido. Estava retomando os movimentos da mão ferida. Já conseguia segurar uma colher cheia de sopa aguada sem derramar. Provavelmente poderia manejar Betty, com alguma prática.

— Oi, Mina, ouça...

— A resposta é não.

— Você nem sabe o que vou pedir!

— Ainda assim, a resposta é não.

Por mais que eu quisesse socar o nariz de Mina, que mais parecia uma fatia de queijo, mantive a calma. Desde que recebera aquele pequeno recado – *Continue lavando e espere* –, não tinha conseguido conversar com Henrik, então só me restava recorrer a Mina. O que significava fingir ser submissa. Eu estava com a fita vermelha escondida em uma das mãos. Apertei-a para ter coragem.

— Por favor, ouça. Não é para mim, é para Rose. Ela está doente.

— Então deveria estar no Hospital.

— Ela está.

Aquilo fez Mina parar. A simples menção ao *Hospital* tinha aquele efeito em Birchwood. Normalmente, apenas casos perdidos iam para o Hospital.

— Então já não há nada a fazer.

— É claro que há, se você quiser! Você é uma Proeminente. Manda Shona fazer compras na Loja de Departamentos quase todo dia. Eu vi aquele lugar, *sei* que lá tem alguma coisa para ajudar com a febre de Rose, ou pelo menos vitaminas... comida mais nutritiva do que aquela porcaria aguada que recebemos.

— E se eu pudesse ajudar? Por que faria isso?

Olhei diretamente em seus olhos.

— Porque você é um ser humano, assim como todas nós. Sei sobre sua irmã Lila, sei que a salvou assumindo o lugar dela em uma das Listas.

Os olhos de Mina se inflamaram.

— Cale a boca! *Cale a boca!* Você não sabe de *nada!*

Mina agarrou meu braço e me puxou para o provador vazio. O impacto quando fui jogada contra a parede fez os pompons do abajur balançarem. A lata de alfinetes caiu do bolso dela, espalhando-os por todos os lados.

Nenhuma de nós se mexeu para recolhê-los.

— Nunca mais mencione o nome de minha irmã de novo, entendeu?

— Mas foi uma boa ação que você fez...

— *Boa?* Eu vim parar *aqui*. O que tem de bom nisso? O que mais ouviu ao meu respeito?

— Nada. Apenas o sacrifício que fez para que ela ficasse em segurança.

Mina me apertou com mais força.

— Então não sabe que fui até a loja de roupas onde eu trabalhava, uma das melhores do ramo, para pedir um adiantamento de salário. Só o suficiente para manter minha família escondida com segurança. Aquelas pessoas que me conheciam havia *cinco anos,* que viam eu acabar com meus dedos trabalhando para eles seis ou sete dias por semana, durante a noite, sem ganhar hora extra, desde que era uma aprendiz de treze anos de idade, aquelas pessoas me olharam com ar de superioridade e disseram: *Não podemos fazer isso*. E eu sei o que estava pensando: que eu devia ser *impura* se minha família corria risco de ser deportada.

— Isso é...

— Cale a boca!

Mina me soltou. Ela ficou andando de um lado para o outro pelo provador, como um tubarão que nunca pode parar de nadar.

— No dia seguinte — ela disse em voz baixa, porém furiosa. — Logo no dia seguinte, recebi um aviso formal de que estava sendo demitida. Porque lá atrás na história de minha família havia alguém de origem *errada*. Então, sim, eu disse que iria no lugar da minha irmã para um tal de *campo de trabalho*. Eu era mais forte, certo? Mais apta para trabalhar. Aquilo pareceu adequado para as autoridades. Próxima parada, Birchwood. Duas semanas depois, Eles colocaram minha irmã em uma nova Lista do mesmo jeito. E não só Lila. Seus filhos, seu bebê que ainda nem havia nascido, seu marido, nossos pais, nossas tias, nossos tios, primos, parentes – *todo mundo*, fumaça e cinzas. Como foi ótimo meu nobre sacrifício. De todos eles, sou a única que ainda está viva, então não venha me falar de *bondade*. Se você soubesse o que é *bom* para você, seguiria meu exemplo e esqueceria tudo que tivesse a ver com família ou amigos. A única coisa que importa é *sobreviver*.

— *Todos* nós queremos sobreviver.

— Não basta querer. Você tem de *fazer acontecer*, e vou te dizer uma coisa, estudantezinha, eu vou sair desse lugar com meus dois pés, e não por uma daquelas chaminés!

Mina finalmente parou de andar. Estava ofegante. Seria um bom momento para acertar a cabeça dela com o abajur?

Acariciei meu braço machucado.

— Foi horrível como te trataram.

— Pode apostar que foi.

— Então por que tratar outras pessoas da mesma forma?

— Ainda não percebeu? É assim que o mundo funciona. Não há nada mais desumano que o ser humano, rá!

— Não precisa ser assim...

— Mas *é* assim. Não só os governantes e políticos... mas também todas as pessoas egoístas e ruins que vemos todos os dias. Este lugar não é prova suficiente? — Ela esticou o braço para incluir todo o universo de Birchwood.

O que Rose diria? Algo gentil.

— Você tem escolha, Mina. Você pode ser diferente. Até mesmo pequenos atos de gentileza contam alguma coisa.

— Gentileza? Não me faça rir. Isso nem existe mais. Matar ou ser morto, é assim que funciona por aqui.

Era difícil discutir diante daquela afirmação. Mas eu precisava tentar, pelo bem de Rose.

— Também é da natureza humana *ajudar*, Mina. Fazer um sacrifício.

— É? Bem, eu não vou mais *sacrificar* meu precioso tempo ajudando você. Saia.

Nós nos encaramos por um bom tempo, com ódio mútuo nos olhos. Depois eu dei de ombros.

— Quer saber de uma coisa, Mina? Tenho pena de você.

— *O quê?*

— Isso mesmo.

— Você tem pena de *mim*? Sou uma pessoa importante aqui! Você é... o quê? Uma operária do Lavadouro? Como ousa sentir pena de mim?

Virei as costas, indignada.

Mina não tinha terminado.

— Volte aqui, estou falando com você! Volte aqui!

Saí andando. Posso ter derrubado o abajur ao sair. O som do objeto se quebrando fez surgir em mim uma onda de satisfação. Mas mesmo quebrando a lâmpada e batendo a porta, voltei a raiva contra mim mesma, como toda aquela minha conversa sobre nobreza poderia persuadir Mina se nem eu mesma estava convencida?

Esperar que Mina ajudasse havia sido loucura, mas a tentativa tinha sido válida. Meu plano seguinte era meio suicida. Sem chegar a lugar nenhum com Mina, e sem saber como entrar em contato com Henrik, só consegui pensar em uma pessoa a quem poderia pedir ajuda.

Percorri os barracões dos alojamentos de cabeça baixa, apenas mais uma Listrada apressada como um rato. Cheguei à entrada certa. Abri a porta. Percorri o corredor até a porta. Bati, de leve, como uma mosca pousando sobre a madeira. Ninguém respondeu. Bati mais alto. A porta se abriu.

Carla estava sentada na cama, lendo cartas, ao que parecia. Folhas escritas à mão estavam espalhadas sobre a colcha de retalhos. Havia uma caneca de chocolate quente fumegante ao lado da cama, e meio pacote de biscoitos sobre a cômoda, perto de uma foto dela em um campo com Rudi, o cão da fazenda. Nenhum sinal de sua companheira de quarto, Grazyna, a moedora de ossos, ainda bem.

Carla cheirava a xampu e ao perfume Noite Azul. Seus olhos estavam vermelhos. A princípio, pensei que bateria a porta na minha cara. Que gritaria para avisar a todos. Que eu seria destruída em pedaços como uma raposa caçada se outras Guardas soubessem que eu estava ali.

Mas ela esfregou os olhos e olhou para o chão.

— É melhor você entrar.

Ver sua coleção de fotos de família fez meu peito doer e um grande nó se formar em minha garganta. Eu queria ter fotos da minha avó e do meu avô, ou *qualquer* foto de minha antiga vida. Estava sendo cada vez mais difícil me imaginar de volta ao quarto de costura de minha avó, observando seu pé subir e descer sobre o pedal de Betty, a máquina de costura... seus dedos enfeitados com anéis conduzindo o tecido sob a agulha... o banquinho rangendo quando ela se debruçava para a frente para cortar a linha.

Eu precisava ir para casa. Quanto antes, melhor.

Carla murmurou:

— As coisas não estão mais tão bem. Ficou sabendo? Uns prisioneiros mataram alguns Guardas e explodiram... prédios necessários. É assustador. Não sei quanto tempo vamos aguentar...

Eu estava parada na frente dela, o vestido manchado de sabão, as mãos esfoladas por esfregar ceroulas e os ossos aparecendo por não ingerir comida suficiente... e Carla só conseguia pensar no quanto *ela* estava assustada.

Ela olhou rapidamente para o meu rosto, depois para a minha mão. A mão que ela tinha esmagado com a bota.

— É... É uma pena você não estar mais costurando — ela disse. — Você era mesmo a melhor costureira daquele lugar. Devia abrir uma loja depois da Guerra, como a madame disse. Eu seria sua cliente. Pagando, é claro!

Seu otimismo era duro e forçado.

— Preciso de remédios e vitaminas — eu disse.

Os risos pararam.

— Você está bem? Está doente?

— Não é para mim. É para uma amiga.

Os olhos de porco de Carla se estreitaram.

—*Ela?* — Ela sabia de quem eu estava falando. Perguntou em tom de acusação.

Confirmei com a cabeça.

Ela se virou abruptamente e foi arrumar as fotos. Esperei. Por ajuda, por outra surra; não sabia o que seria.

— Não adianta — ela disse, depois de um tempo.

— Não adianta o quê?

— Não adianta desperdiçar remédio com pessoas doentes. É melhor você cuidar de si mesma. Não vai demorar muito. Meio ano, talvez menos, para a Guerra terminar. Você vai falar bem de mim, não vai? — Ela olhou para mim por entre os cílios. — Vai contar para todo mundo que eu nunca fui cruel como os outros? Odeio este lugar tanto quanto você, sabia? Depois da Guerra, vamos esquecer tudo isso, como se nunca tivesse existido. Vamos poder voltar para casa. A primeira coisa que vou fazer é levar Pippa para o campo da fazenda. Vou colher flores na primavera e fazer compras...

Carla foi até a cama. Deitou-se ali, folhando a *Tendências da Moda*, que estava aberta sobre seu travesseiro.

Eu mal conseguia falar, de tão quente e dura era a bola de fúria em minha garganta. Aquela garota com cérebro de porco tinha realmente esquecido como tinha sido bruta comigo e incontáveis outras? Cerrei as mãos em punho. As palmas queimando conforme as unhas afundavam na pele. Engoli meu orgulho.

— Você precisa me ajudar — supliquei. — Depois de todas as coisas bonitas que fiz para você...

O humor afável de Carla se transformou em fúria.

— Eu não tenho que fazer *nada*. Sou Guarda aqui, e você é... você nem sequer é uma *pessoa*. Nem devia estar no mesmo cômodo que eu, ou respirando o mesmo ar. Olhe para você, um inseto rastejante, espalhando doenças. Você devia ser esmagada. É repulsiva! Saia daqui! Eu disse, *saia daqui!*

Quando corri de volta para o Lavadouro, o ar estava manchado de cinzas. Do lado de fora dos blocos administrativos, Guardas esvaziavam arquivos e queimavam papeis. Estavam destruindo provas de toda a burocracia de Birchwood. O que aquilo significaria para os Listrados que ainda viviam aqui?

Foi difícil encontrar tempo para ir ao Hospital. O Lavadouro estava sobrecarregado de roupas sujas. Os ralos também estavam transbordando. Pela primeira vez, meus sapatos de madeira não pareceram tão idiotas – a sola alta me mantinha acima da água que se espalhava pelo chão do Lavadouro. Eu só tirava os sapatos à noite, quando os usava como travesseiros. Ah, e quando peguei a Camundongo tentando roubar minha porção de pão. Ameaçar bater nela com um sapato de madeira a deixou com medo.
Quando finalmente consegui ver Rose, ela estava muito melhor. Bem, pelo menos estava acordada, com o corpo um pouco elevado sobre a cama.

— Ei, você está um pouco corada — eu disse. — Deve ter sido a maçã mágica.

Rose se esticou para um beijo.

— Estava deliciosa, absolutamente deliciosa.

— Rose...?

— O que foi?

Suspirei.

— Você não comeu a maçã, comeu?

— Não exatamente... Chegou uma garota aqui com as duas pernas esmagadas depois de um acidente na pedreira. Eu dei para ela. Ela era modelo antes da Guerra, acredita? Na Cidade Luz! Você precisava ter ouvido ela falar dos vestidos luxuosos, dos saltos altos como arranha-céus! Ela disse que todas as modelos viviam de champanhe e cigarros, para se manterem magras.

— Aqui ninguém precisa de dieta — reclamei. Rose estava ficando tão magra que dava para ver todos os ossos sob sua pele. Cheguei mais perto. — Adivinhe? Tenho um presente para você!

Rose se iluminou por um instante.

— O que é? Um elefante?

— Um elefante? Por que eu te daria um *elefante*?

— Para darmos uns passeios! Não é um elefante, então. — Ela fingiu estar pensando. — Já sei, um pônei.

— Não.

— Que pena. Uma bicicleta.

— Não!

— Um balão? Uma gaiola de passarinhos? Um... livro? É mesmo um livro? Um livro que eu possa tocar e ler?

— Melhor que isso — eu disse, tirando um pacote do bolso oculto. — Veja!

Rose se apoiou sobre um cotovelo. Gentilmente, tocou todas as coisas que eu havia levado, embrulhadas em folhas de uma edição antiga de *Tendências da Moda*. Havia alguns comprimidos de vitaminas, um montinho precioso de aspirinas e dois torrões de açúcar. Além disso, meio pacote de biscoitos.

Pela cara de decepção, deu para ver que um livro a animaria mais.

— Onde conseguiu tudo isso? — ela perguntou.

— Uma fada-madrinha — respondi com sarcasmo.

— Sério?

— É claro que não! Eu pedi para algumas pessoas. Consegui como favor.

— São como joias em um baú do tesouro. — Ela dobrou o papel e empurrou o pacote em minha direção. — Você devia ficar com isso. Está trabalhando, enquanto eu estou só aqui deitada. Não há motivos para me alimentar.

Sentindo uma fúria repentina, sussurrei o mais alto que pude:

— Ouça, quando eu trago coisas para você, não é por diversão, está bem? Não se trata de um jogo ou de uma história. Trata-se de fazer tudo o que for possível para ficarmos *vivas*. Não quer isso?

Minha raiva a chocou. Antes que ela pudesse responder, foi acometida por um ataque de tosse borbulhante. Quando os tremores cessaram, ela pegou na minha mão e disse:

— É claro que eu quero viver! Ella, não suporto a ideia de que em um segundo todos os pensamentos em minha cabeça possam sair voando, sem ter onde se aninhar. Mesmo estando neste lugar, quero ficar viva e sonhar. Não esqueci do nosso plano. Ainda vamos abrir nossa loja quando a Guerra terminar.

— É bom mesmo você acreditar nisso — eu disse, engolindo a raiva para meu estômago vazio. — Vestidos, livros e bolos na Cidade Luz, e a fita vermelha na macieira. Tudo isso vai acontecer. Sem arame farpado, sem Chamadas, sem Listas, sem Guardas, sem chaminés. Pode *imaginar*?

— Agora está *me* pedindo para imaginar?

— Não seja irônica! Vamos fazer a imaginação se tornar realidade. Prometa que vai melhorar.

Eu a abracei com força. Ela tremeu em meus braços.

— Prometo — ela sussurrou baixinho.

— Você me disse para ter esperança. Aqui está, você precisa mais dela agora. — Tirei a fita vermelha da bolsinha e a coloquei na mão de Rose.

— É tão quente — ela murmurou. — E é sua. Você precisa dela. Pegue de volta...

— Bobagem. É sua agora. *Você* pode amarrá-la na árvore da Cidade Luz quando chegarmos lá.

A Enfermeira Pata vinha passando entre as camas, parecendo pronta para grasnar comigo por ficar tempo demais.

Beijei Rose rapidamente e sussurrei:

— Desculpe, tenho de voltar para o Lavadouro... Você sabe como é.

Ela sorriu, mesmo já quase adormecida.

— Boa noite, Ella.

— Boa noite, Rose.

O pacote milagroso era de Carla, minha estranha amiga-inimiga. Havia sido entregue a Viga por meio de uma Listrada, com a mensagem de que eu deveria recebê-lo inteiro, sem nada furtado. Aquilo irritou Viga. Para ser sincera, quase tudo a irritava. Eu não podia me preocupar com Viga. O importante era que agora eu poderia ajudar Rose, dar a ela todos os remédios e o açúcar. Bem, na verdade *eu* comi um torrão de açúcar. Estava faminta, e devorar tudo aquilo talvez estragasse os dentes de Rose. O que não dei a ela, e não mencionei quando a vi no Hospital, foi o anel.

Não era qualquer anel velho. Não era uma aliança de ouro comum, como a que apertava o dedo roliço de minha avó. Não era um anel de latão barato ganhado em um parque de diversões, com uma "pedra" feita de espelho. Aquela era uma pedra brilhante sobre um círculo de ouro. Quando ninguém estava olhando, coloquei-o no dedo e o girei de um lado a outro.

O mundo não era tão cinza com um diamante para iluminá-lo. Certo, certo, era apenas um vidro muito sofisticado que brilhava como um diamante. Não importava. No lugar de uma fita vermelha, agora eu tinha um anel para lançar luz na escuridão, para simbolizar esperança. Se algum dia saísse dali, se a Guerra um dia acabasse e eu chegasse à Cidade Luz, poderia vender aquele anel para financiar o início de meu sonho de ter uma loja de roupas.

Por que Carla, entre todas as pessoas, tinha sido tão generosa? Carla era uma Guarda – era um Deles. Ela tinha me mandado o anel e os remédios enquanto Mina, uma prisioneira como eu, tinha me virado as costas completamente. Não fazia nenhum sentido.

No mundo real, tudo pareceria mais óbvio: quem era amiga, quem era inimiga. Só que as pessoas nem sempre mostravam sua verdadeira natureza no mundo real. Era possível rir, brincar, conversar e fazer coisas com amigos por fora, mas ninguém tinha que mostrar como realmente era. Não até serem jogadas em Birchwood e desnudadas.

Sem roupas normais, não dava para se esconder atrás de nada. Todos tinham de ser quem realmente eram, em uma grande mistura desordenada de tudo – incluindo eu. Sem roupas adequadas, não podíamos desempenhar um papel. Não podíamos usar vestidos luxuosos e dizer: *Querida, sou rica e bonita*. Não podíamos abotoar o colarinho até em cima e nos anunciar como professores. Não havia distintivos, chapéus, uniformes. Não havia máscaras. Apenas tínhamos de ser nós mesmos. E mesmo sem os acessórios da vida real no mundo real, sem nossas roupas, tínhamos de... sei lá... dar um jeito de nos apegarmos ao que significava ser uma pessoa de verdade, não um animal.

Como eu podia fazer isso, cercada por tubarões, touros e cobras? Quem era do tipo rato ou borboleta já tinha subido pelas chaminés havia tempo. Minha querida Esquila estava quase por um fio. E eu, o que eu era? Boa ou má? Uma raposa que alimentava a família ou uma raposa que matava as galinhas da fazenda?

Aquela questão me atormentava tanto quanto a fome ou os piolhos. Se eu fosse uma boa pessoa, teria dado a Rose *todo* o açúcar. Se eu fosse uma vilã de verdade, teria guardado todo o pacote para mim.

E o que realmente importava como eu era por dentro, se por fora eu era uma Listrada que poderia morrer de fome, receber um tiro ou ser espancada até a morte?

Estremeci. Era muito fácil se deixar levar por pensamentos como aquele. Escondi o anel em minha bolsinha interna e tentei me concentrar em esfregar as meias.

Eu ainda estava trabalhando no turno da noite, na tábua de lavar, quando Henrik me encontrou. Chegou saltitando como um cachorro que tinha acabado de avistar um belo graveto.

—Ella! Graças a Deus. Achei que não ia te encontrar!

— Henrik, você não devia estar aqui.

— Shh, não temos muito tempo. Ouça... está acontecendo!

— O quê? Agora? Esta noite?

— Amanhã de manhã, logo depois da Chamada. As coisas ficaram bem caóticas depois que o levante fracassou, mas nossos contatos, os horários, as roupas civis... está tudo certo.

— Henrik, isso é incrível! Não posso acreditar! Espere até eu contar para a Rose...

Ele segurou no meu braço com uma certa força. Queria que as pessoas parassem de fazer aquilo.

— Não pode contar para ninguém, boba. Não podemos arriscar um vazamento.

— Rose não é espiã. Ela vai com a gente.

Ele soltou meu braço abruptamente.

— O negócio é o seguinte, Ella. O plano é específico. Só tem espaço para nós dois. Só nós dois, entendeu?

— Rose é bem pequena, ela não vai ocupar espaço. Ninguém vai sentir falta dela, agora que está no Hospital.

— No *Hospital*? O que aconteceu com ela?

— Nada que sair deste lugar não cure. Ela está com uma pneumonia feia.

— Então ela está tossindo?

— Bem, sim, um pouco, mas...

— Ella, é perigoso demais. Vamos ter de nos esconder por horas em total silêncio. Uma tossida pode acabar com nosso disfarce. Mesmo que Rose consiga ficar quieta, ainda tem de passar por uma civil comum quando estivermos novamente em público. Ninguém pode suspeitar que estamos magros e pálidos porque acabamos de fugir dessa fábrica de mortes!

— Com as roupas certas, um chapéu, um pouco de maquiagem...

Henrik balançou a cabeça.

— Sinto muito, Ella. Sinto mesmo, de verdade. Queria poder ajudar todo mundo a fugir. Era o que o levante deveria ter feito. A intenção das explosões era suscitar um levante geral. Os Guardas tinham muitas metralhadoras. Enfim... Agora temos de nos concentrar em sair daqui. Assim que estivermos livres, vamos direto procurar os exércitos de libertação. Vamos voltar aqui à frente de um comboio de tanques, com bombardeiros no céu! Dessa vez vamos ser nós vendo os Guardas se encolhendo de medo, fugindo com medo de morrer! — Ali, na lavandeira repleta de vapor, Henrik imitou um ataque com uma metralhadora silenciosa.

Era uma imagem muito agradável. Eu acertaria todos eles com prazer e bombardearia Birchwood até que ficasse em pedacinhos – *bum, bam, paf!*

— É a sua chance, Ella — Henrik disse. — Se não a aproveitar...
Ele nem precisava dizer.
— Tudo bem — respondi com relutância. — Estou dentro.
Imediatamente, meu coração levitou. Meus pensamentos cantavam. *Vou sair daqui! Vou voltar para casa!*
Henrik deu um beijo em minha mão.
— Eu sabia que você não ia me decepcionar. Mando uma mensagem sobre quando e onde me encontrar. Vamos fazer parte da revolução, você e eu. Preciso de você ao meu lado, pequena fera! Lembre-se: *a vida é nosso grito de guerra!*
Ele parecia tão nobre e tão *vivo* ali parado sob a luz pálida do Lavadouro. Tão preparado para a ação e para a aventura. Henrik era minha chance de escapar – de voltar a *viver*.
— Mas você jura que vamos voltar para pegar a Rose? Que ela só vai precisar esperar até libertarmos todo mundo?
Henrik olhou no fundo dos meus olhos:
— Juro pela minha vida.

Quase não dormi aquela noite. Fiquei imaginando como seria caminhar livremente em um campo. Ficar sob as estrelas sem me encolher. Voltar a usar roupas normais. Ser uma pessoa, não uma Listrada.

Beberíamos água corrente. Comeríamos um bom pão. Quem sabe até dormiríamos em camas. Era muito empolgante! Diríamos ao mundo o que estava acontecendo. Todos se revoltariam e correriam para salvar o dia, com Henrik em seu tanque e eu balançando uma bandeira, ou algo heroico assim. Rose iria correndo nos encontrar, balançando uma bandeira também, ou mais provavelmente a fita vermelha.

Rose está doente demais para correr, disse uma voz em minha cabeça.

Mas em minha fantasia Rose subia no tanque e nós saíamos pelos campos rumo à Cidade Luz, que brilhava como um diamante. De algum modo, nós nos vestíamos com roupas incríveis pelo caminho. Pulávamos do tanque e amarrávamos a fita vermelha na macieira da Cidade Luz.

Rose não vai durar tanto tempo sem você, disse a voz.

Não vai demorar, argumentei. *Algumas semanas no máximo até os libertadores chegarem aqui.*

Eu me virei várias vezes sobre o colchão de palha, recebendo alguns chutes de minhas companheiras de cama. Eu estava certa de deixar Rose? É claro que estava. Seria idiota nós duas sermos arrastadas para o buraco. Mais cedo ou mais tarde, Carla poderia surtar novamente, ou eu seria colocada em uma Lista, ou ficaria doente, ou qualquer outra coisa. O plano de fuga de Henrik era certamente a melhor coisa a fazer. Era hora de *agir*. Rose era tão altruísta que seria a primeira pessoa a me dizer para aproveitar a oportunidade e partir, disso eu tinha certeza. Certeza absoluta.

Mas a voz continuava em minha cabeça. E o principal era que eu sabia que ela tinha razão. Rose precisaria de mais do que esperança para sobreviver até eu voltar para buscá-la. *Certo*, respondi à voz, eu daria a Rose mais do que esperança. Ela não era a única altruísta. Eu *compraria* para ela uma chance de lutar.

Quando os apitos soaram e as Chefes começaram a gritar às quatro e meia da manhã, eu estava pronta. Alerta, ávida e determinada. Na bagunça geral da Chamada, corri entre os blocos até chegar ao Hospital. Dava tempo de me despedir de Rose. De explicar que eu estava indo embora.

Só que a porta estava trancada.

Os apitos ficaram mais estridentes. Eu não tinha muito tempo.

Bati na janela perto da porta. Um rosto apareceu. Enfermeira Pata. Apontei para a porta. Seu rosto era inexpressivo. Fiz sinal indicando que precisava entrar. Ainda inexpressivo.

Tirei dois cigarros amassados do meu lenço de cabeça.

— São seus se me deixar ver Rose — sussurrei.

O rosto da Pata desapareceu, depois surgiu novamente em outra janela. Empurrando um pouco, uma fresta se abriu. Cheguei mais perto. Minha respiração era uma nuvem gelada.

A Pata balançou a cabeça.

— A porta está trancada.

— Eu sei! Então abra.

— Não posso.

Olhei em volta novamente. Não havia *tempo* para aquilo! A janela era pequena demais, eu nunca conseguiria passar.

— Então diga para ela vir até aqui. Poderia fazer isso?

A Pata balançou a cabeça mais vigorosamente dessa vez.

— Isso não vai acontecer.

— Pode pelo menos dar um recado a ela? Diga... — Diga o quê? O que eu poderia dizer depois de todos aqueles meses que tínhamos passado juntas? Que eu estava indo embora? Que uma fuga havia sido planejada? Não podia arriscar contar o plano para aquela *Pata*. — Diga que estive aqui — pedi com desânimo. — Diga que vim e... Ah, dane-se. Aqui está...

Olhando em volta, enfiei a mão dentro do vestido, onde havia costurado minha bolsinha de tecido secreta. Com cuidado, tirei um quadrado de papel - outra folha de *Tendências da Moda*. De um lado havia uma propaganda do perfume Noite Azul, do outro, uma ilustração de um casaco de lã cinza. A Pata ficou observando enquanto eu desdobrava o papel. O ouro e o vidro reluziam. Meu anel. Meu sonho de ter uma loja de roupas. Minha esperança.

— Pegue isso. É só o que me resta. Arrume remédios para Rose, compre vitaminas, comida, cobertores, tudo o que puder. Apenas cuide dela para mim até eu voltar, certo? Prometa que vai cuidar...

Ela esticou a mão pálida, arrebatou o tesouro e se retirou. Então fechou a janela.

A Chamada sempre parecia durar para sempre. Dessa vez, a espera transformou-se em eternidade. Aquilo poderia mesmo acontecer? Eu realmente poderia fugir? Rose tinha o anel, pelo menos. Ela estaria bem, eu dizia a mim mesma repetidas vezes. Perfeitamente bem. Henrik tinha me prometido que voltaríamos com tanques e armas, e *BUM* - Birchwood poderia queimar e eu dançaria sobre suas cinzas.

Assim que os apitos soaram e os grupos se espalharam para trabalhar, apressei-me também - fui direto para o ponto de encontro. Henrik estava ao meu lado - meu próprio cachorro entusiasmado.

— Me siga, fique alguns passos mais para trás — ele disse em voz baixa. — Não levante os olhos.

Ele notou que hesitei e parou por um instante, colocando as duas mãos sobre meus ombros.

— Olhe para mim, Ella. Olhe para mim! Você está fazendo a coisa certa, sabia? Juntos, vamos conseguir.

— Juntos — repeti.

Ele se virou e seguiu adiante.

Era excruciante andar por Birchwood atrás de Henrik como se nada estivesse acontecendo. A cada momento eu esperava ser atacada por cães, Guardas ou ambos.

O tempo todo, pensava em Rose e em quanta comida e medicamentos aquele anel poderia comprar. O suficiente para mantê-la até eu voltar com um exército como uma gloriosa libertadora! Então uma ideia terrível me ocorreu. E se a Pata simplesmente ficasse com o anel e não fizesse nada? Como eu tinha sido *idiota* de entregar todo o meu tesouro a ela. É claro que ela ficaria com o anel. Seria louca se não ficasse. Mina teria um ataque de riso se um dia ficasse sabendo. Ela sempre dizia que ser bonzinho era estupidez, e estava certa. *Burra, burra, burra.*

Chegamos a um barracão sem luz onde Henrik já tinha escondido embrulhos com roupas comuns.

— Aqui está, se troque rápido — ele disse. — Temos de estar prontos para a próxima fase. — Ele sorriu. — Não se preocupe, não vou olhar.

Corei no escuro. Nunca tinha ficado sozinha com um homem. Mal havia ficado *sozinha* durante todo o tempo que passei em Birchwood. Sempre havia pessoas em todos os lugares – mulheres trabalhando, mulheres na fila da Chamada, Guardas e Chefes... e Rose. Sempre Rose.

Henrik virou as costas para mim e começou a abotoar um cardigã cinza sobre a camisa. Rapidamente, tirei o vestido listrado e tateei no escuro em busca das roupas. Eram de má qualidade. Uma saia de lã fina, blusa de algodão e um suéter surrado. Os sapatos eram pequenos demais e tinham salto baixo e quadrado. Até minha avó os consideraria antiquados. Mas estava bom. Mais que bom.

— Me sinto uma pessoa real novamente — sussurrei.

Henrik sorriu para mim nas sombras.

— Você sempre foi real, desde a primeira vez que me disse: *meu nome é Ella, eu costuro!* Agora está com uma aparência ótima. Exatamente o tipo de garota de que preciso ao meu lado...

Ele chegou mais perto de mim quando ouvimos passos pelo barracão. Senti sua respiração em meu rosto. Bem ao longe, ouvi um apito de trem. Meu transporte para a liberdade.

Mais minutos de ansiedade, e então alguém deu um sinal do lado de fora. Hora de ir. Hora de parar de pensar e começar a *agir*.

Adeus, Birchwood. Adeus, Rose – por ora.

Olá, Ella-de-volta-ao-mundo! Olá, vida!

Assim, saímos escondidos de Birchwood, evitando os Guardas, os cachorros, as metralhadoras, o arame farpado, as minas terrestres. Ficamos escondidos entre caixas e pacotes de roupas provenientes da Loja de Departamentos, depois saímos em uma estação, compramos bilhetes com algum dinheiro que Henrik tinha e entramos em um trem de passageiros, sentados em poltronas, como pessoas reais. Cada quilômetro de trilho nos levava para mais perto da liberdade e do fim da Guerra. Entramos para o exército de libertação. Cantamos canções de vitória, usamos medalhas patrióticas e fomos heróis. Voltamos. Encontramos Rose. Ficamos felizes.

Assim teria acontecido se eu estivesse contando uma história. Na vida real, eu estraguei tudo. Completamente. *Tudo*.

Até o fim da vida, vou me lembrar do rosto de Henrik quando lhe disse que tinha de ficar. A descrença. A traição.

— É isso? — ele disse bruscamente. — De uma hora para a outra, está desistindo? A glória e o heroísmo já eram?

Fiquei mal ao dizer aquilo a ele, é claro que fiquei. Quase mais que qualquer outra coisa, eu queria me livrar do fedor e das listras de

Birchwood. Quase mais que qualquer outra coisa, queria respirar ar puro e correr livremente.

Henrik pegou em meus ombros e me chacoalhou.

— Você vai *apodrecer* aqui, Ella-que-costura, entendeu? Acha que vai fazer roupas, mas este lugar é uma fábrica que só produz sofrimento e morte. *Por favor*, mude de ideia. Não sabe o que significou para mim ter você como amiga neste buraco. Você *precisa* ir comigo. Minha família está toda... morta. Não tem ninguém esperando por mim lá fora. Ninguém com que eu possa me importar, como você.

Ele chorou, chorou de verdade, e eu também. Eu o abracei. Até deixei ele me beijar. Mas não fui com ele. Simplesmente não podia.

Gostaria de pensar que ele conseguiu escapar. Que não foi arrastado para a forca na hora da Chamada, para ser executado como outros Listrados capturados tentando fugir. Nenhum cardigã cinza com sangue e buracos de bala foi levado para o campo para ser triturado no Galpão dos Trapos. Disso eu sei. Fui até lá perguntar.

Fiquei por Rose.

Minhas mãos ficaram tremendo o dia todo no Lavadouro. Ouvi o apito do trem e esperei que significasse que a fuga tinha dado certo. Ouvi cachorros latindo e pessoas gritando. Na maior parte do tempo, ouvia apenas as batidas do meu coração. Fui tomada por uma espécie de alegria selvagem. Eu tinha ficado! Sim, tinha voltado a ser uma Listrada. Sim, ainda estava presa entre cercas de arame farpado. De alguma forma, aquilo não importava.

Ninguém sabia que eu estava planejando ir embora, então apenas acharam que estava eufórica sem motivo. Não era nada disso. Em minha mente, via o rosto de Rose se iluminar quando eu chegava após a Chamada da noite. Faltavam apenas mais doze horas para esperar e trabalhar.

Ceroulas agitavam-se na tina... e eu acarpetava nossa loja de vestidos. Coletes giravam dentro da espuma... e eu pendurava cortinas, polia luminárias de vidro e passava linha na agulha de minha máquina de costura imaginária. O sol mergulhava em uma névoa cinza e eu encomendava pães doces da confeitaria ao lado. Colhia ramos de flores da macieira no parque à frente. Expulsava a última cliente da loja.

A Chamada. Mais demorada do que nunca. Grito. Latidos. Contagens. Recontagens.

Soou o apito. Eu estava livre para ver Rose! Corri, com centenas de Listradas correndo ao meu redor sob feixes de luz fria.

E corri, e depois parei de correr.

Aquele era mesmo o Hospital, então por que a porta estava aberta? As janelas também?

Entrei com cuidado. As macas estavam todas vazias. Algumas estavam viradas. Havia sujeira e lixo por toda parte. Duas listradas esqueléticas passavam o esfregão no chão, apenas molhando a sujeira e a espalhando para outros cantos. Quase perdi a voz.

— O que aconteceu aqui?

A Listrada tirou os olhos do balde, depois voltou a olhar para baixo. Então respondeu com desinteresse:

— O que parece? Todos aqui estavam em uma Lista.

— Lista? Ninguém disse nada sobre isso! Quantos foram levados?

Splash, fez o esfregão sobre a água cinza.

— Não ouviu o que eu disse? *Todos* estavam na Lista. Pacientes, enfermeiras, todo mundo. Este lugar está vazio. Todos se foram.

Não podia ser verdade!

Andei sobre a água e a sujeira. Fui até a maca de Rose. Seu cobertor esfarrapado tinha sido arrancado do colchão de palha e estava no chão. O lenço de cabeça amarrotado era a única coisa que restava sobre a maca.

— Se foram? — Minha voz não passava de um chiado. — Foram para onde?

Ploft, fazia o esfregão no chão. Os olhos da Listrada apontaram para uma das janelas, onde chamas simulavam um pôr do sol artificial no céu. O que Henrik havia dito? Birchwood era uma fábrica de sofrimento e morte. Sofrimento para mim, morte para... Minhas pernas de repente ficaram bambas. Não podia ser verdade. Não era verdade. Eles simplesmente não poriam todas as pessoas doentes e enfermeiras do Hospital em uma Lista. Isso seria... seria... perfeitamente normal em Birchwood. Ainda assim, eu não podia acreditar. *Esperança*. Esperança! Rose sempre disse para ter esperança.

Só que, ao olhar para baixo, vi que a própria Rose tinha desistido da esperança. Lá estava ela, encharcada de água e imundície. A fita vermelha caída.

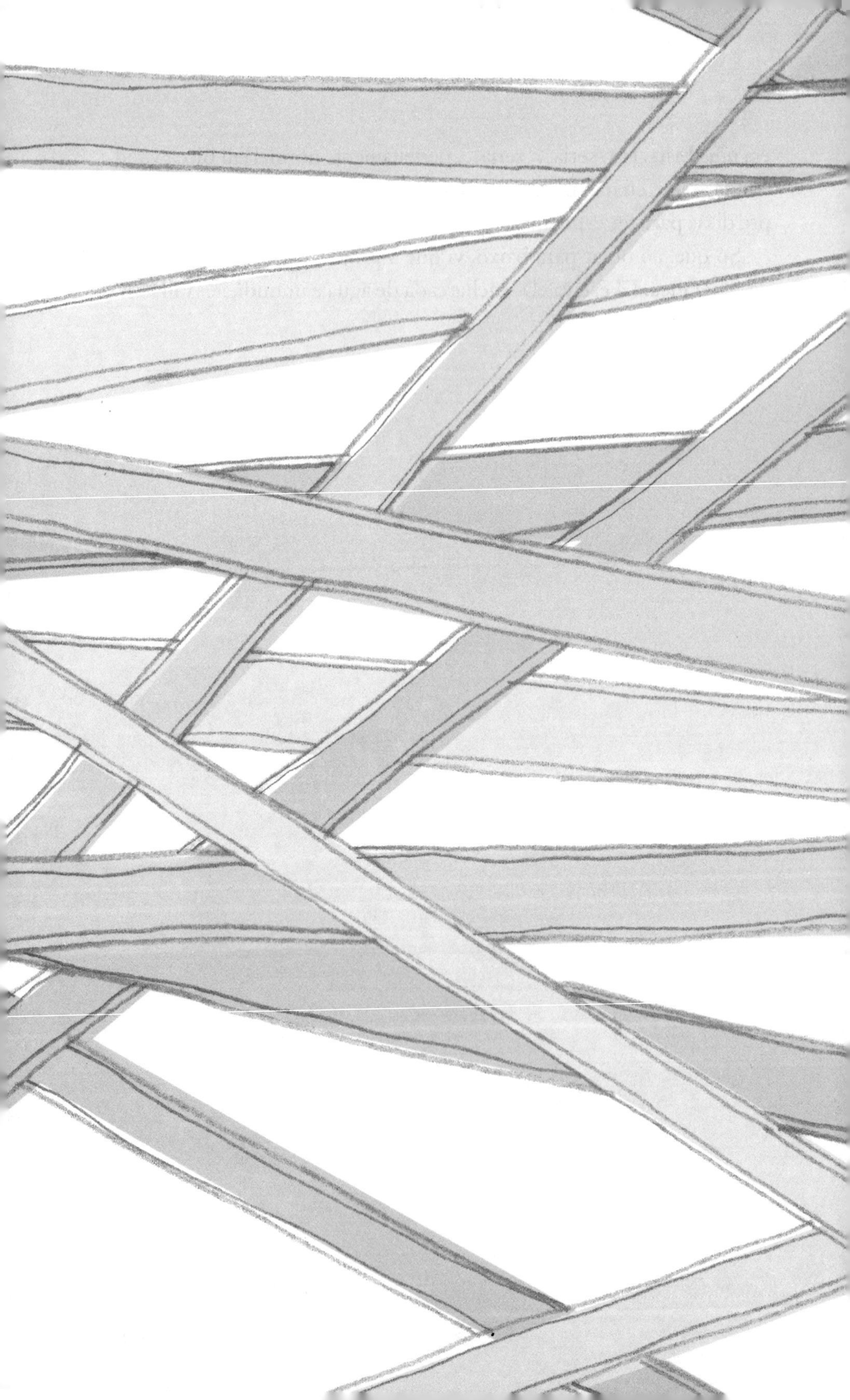

branco

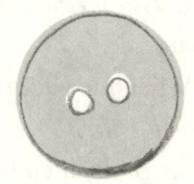

Vento, nuvens e terra permaneceram. Nenhum pássaro cantou. Todas as folhas caíram. As bétulas de Birchwood ficaram desnudas e frias, como eu sob o vestido listrado.

Na manhã seguinte, lutei para acordar de um sonho no qual Rose estava morta.

Uma voz chamava de bem longe.

— Acorde, acorde! Hora da Chamada!

Aquilo não parecia certo. Como poderia haver Chamada? Como o mundo ainda estava girando?

— Vá embora — resmunguei quando alguém me sacudiu.

— Viga vai te matar se você não levantar!

— Pois que mate.

— Ah, deixe ela — uma outra pessoa disse. — Ontem à noite estava com um péssimo humor.

Isso mesmo, me deixem em paz, pensei.

E deixaram. Permaneci encolhida como uma bola, como um ouriço. Devo ter cochilado de novo, porque dessa vez sonhei que Rose estava viva. Ela estava pegando minha mão. *Acorde, preguiçosa*, ela murmurou em meu ouvido.

— Me deixe dormir... — murmurei.

Durma depois. Levante agora. Vamos, eu te ajudo. Passe as pernas pela lateral da cama… isso mesmo. Pule para baixo. Não esqueça os sapatos.

— Ainda está escuro, Rose. Não podemos ficar na cama?

Mais tarde, boba. Corra. Isso mesmo, pegue na minha mão… Se apresse, os apitos estão soando.

— Rose, senti sua falta. Achei que você tinha ido embora…

Estou bem aqui. Sempre vou estar.

— Eu não deixei você. Não podia ir embora sem você.

Eu sei, querida, eu sei. Continue correndo.

Ela me puxou pelo ar frio da manhã. Parecia que havia bandos de zebras descuidadas por todo lado. Juntas, chegamos para a Chamada.

— Está saindo fumaça das chaminés — sussurrei.

Não olhe para elas, Rose sussurrou em resposta. *Pense apenas em você. Você está viva. Você respira. Você pensa. Você sente.*

Depois das primeiras três horas, eu já não sentia o frio. Só sentia a mão de Rose na minha. Virei para contar a ela sobre o sonho que havia tido, em que ela estava morta e eu estava sozinha. Ela não estava lá. Minha mão estava vazia. Não, vazia não. Dentro dos dedos congelados estava a fita vermelha.

Não vá não vá não vá, gritei por dentro.

Tarde demais. Rose já tinha ido. Em alguma parte do ar congelante estava seu último suspiro. Se o inspirasse, notaria seu perfume?

Um apito soou e me deixou ali parada, sozinha, sob um nascer do sol severo. Flocos de cinza caíam como neve macia. De todos os horrores de Birchwood, de todas as mortes e indignações, descobri que a solidão era a pior coisa.

Depois de um tempo, tive de contar às outras. Tive de colocar a morte de Rose em palavras para explicar por que ela não precisaria mais de um espaço na cama. Por que ela não estava aparecendo para trabalhar.

— Sorte dela, deve ter morrido rápido — Viga disse. — Diferente do restante de nós, ainda definhando aos poucos. Não pense em desistir — ela acrescentou em seguida. — Talvez só tenhamos de suportar mais um inverno.

Era fácil para ela dizer. Era tão forte que sobreviveria a outra era glacial.

No Lavadouro, a única resposta que recebi à notícia foi uma risada nervosa da Hiena.

Fechei os dedos para acertar um soco nela.

Não bata nela, disse Rose.

Nem um pouquinho?

Você sabe que violência não é a resposta.

Suspirei. A Hiena continuou com o nariz intacto.

Durante um tempo, apenas trabalhei. O que mais havia para fazer? A Ursa me mandou de volta para a área de secagem. Não me importei. A cada manhã gélida, eu levava a roupa para fora. Os varais estavam cobertos de orvalho congelado. Parecia uma enorme rede de teias de aranha. A cada noite, eu levava a roupa para dentro. Sacudia todas as peças para tirar a rigidez e as levava para a sala de passagem.

Rose às vezes tentava me fazer cócegas, mas eu não sentia nada. Será que eu ainda estava viva? Uma vez, podia jurar que seus lábios roçaram meu rosto, mas era apenas uma meia pendurada no varal.

Várias vezes, via Carla passando pelos varais de roupas geladas. Pippa gania e Carla puxava a guia. Ela me via. Sei que me via, mas não dizia nada. Não fazia nada.

À noite, eu me deitava na cama de olhos abertos. Sem lágrimas. Sem tristeza. Sem raiva. Estava entorpecida. Morta por dentro.

Então, uma manhã nevou. Havia gelo do lado de dentro de todas as janelas e todo o lado de fora estava branco. A única cor que se via era minha pequena fita vermelha. Acariciei a seda com cuidado. De repente, soube o que precisava ser feito. Meus ombros estavam bem retos quando saí do Lavadouro com um cesto de roupas sujas com rodinhas.

— Olhe para ela — disse a Hiena com uma risadinha. — Ela está com Aquela Cara.

— Acha que ela vai correr para a cerca? — perguntou a Camundongo com sua voz aguda.

— Ela vai fazer alguma coisa, isso é certo.

A cerca era eletrificada. Fatal. Listrados desesperados muitas vezes optavam por adotar a cerca como um modo abrasador e chocante de acabar com a própria vida.

Não baguncei a neve virgem próxima à cerca com minhas pegadas. Não estava pensando em acabar com minha vida. Estava ocupada fazendo planos para iniciá-la novamente.

— Preciso de tecido — anunciei no alojamento aquela noite. — Pelo menos dois metros. Vou fazer um vestido.

— Você já tem um vestido — disse Viga.

— Não uniforme de prisão. Esse vai ser diferente. Vou fazer um Vestido de Libertação.

Era impossível, é claro. Eu não conseguiria encontrar um pedaço de tecido do tamanho de um lenço, muito menos o suficiente para um vestido. Acrescente a isso outros itens raros e preciosos como agulha, linha, alfinetes, fechos, tesouras. Um herói de conto de fadas levaria *anos* para reunir tantos tesouros.

Meu tempo se resumia ao que levaria para Birchwood ser esvaziado. Sim, esvaziado. Agora que havia ecos de tiros no horizonte, Birchwood seria dissolvido. Não hoje, não amanhã, mas logo. Os sinais estavam por toda parte. Guardas atormentadas. Chaminés soltando fumaça dia e noite. Mais pacotes e embrulhos do que nunca deixando a Loja de Departamentos via trem.

Havia cargas de prisioneiros sendo tirados de Birchwood também. Os rumores diziam que estavam sendo levados para outros campos, mais distantes dos exércitos de libertação. Depois de tantos anos vangloriando-se de que podiam matar quem quisessem, Eles agora estavam em pânico. Parecia que estavam desesperados para ocultar provas de que lugares com Birchwood haviam existido. Conforme os libertadores chegavam mais perto, esqueletos com roupas listradas eram mandados embora. Aquilo me fez lembrar de um amigo de escola, do mundo real, que, depois de perder em um jogo de tabuleiro, derrubou todas as peças no chão e disse: "Pronto, agora ninguém sabe quem perdeu!".

Quando chegasse minha hora de deixar Birchwood – da maneira que fosse – eu estava determinada a ir vestida como um ser humano de verdade, com roupas de verdade. Daí veio a ideia do Vestido de Libertação. Não um vestido comprado, não um vestido roubado, um vestido costurado por mim mesma, em que cada ponto fosse *meu*.

Começando pelo começo. Tecido.

Eu ainda tinha as roupas medíocres que Henrik tinha arrumado para nossa tentativa de fuga. Era arriscado mantê-las escondidas sob meu vestido listrado. As Guardas eram brutais com qualquer um que mostrasse iniciativa em pequenas coisas – como usar mais camadas de roupa para sobreviver ao frio. Então troquei o suéter fino por meio maço de cigarros. Não estou brincando. *Meio maço inteiro* de cigarros. Uma fortuna! A saia e a blusa não renderam tanto. Mais cigarros e um pouco de pão, tudo muito bem-vindo. Com essas riquezas, poderia tentar ir à Loja de Departamentos.

Viga conhecia uma garota, que conhecia outra, que conhecia alguém que trabalhava na Loja de Departamentos. Cobrando sua parte de meu precioso estoque de cigarros como taxa de operação, Viga deu um jeito para que o material de que eu precisava chegasse até mim. Era um risco gigantesco, tanto para a garota que pegou o tecido quanto para as que o transportaram. Eu me senti mal por envolver outras pessoas. *Elas* não – afinal, pagamento era pagamento.

Foram vários dias tensos de espera até um pacote chegar para mim. Viga me deixou abri-lo em seu cubículo privado em um canto do alojamento. Eu estava tão empolgada! Mas meu coração logo afundou até as solas de meus sapatos de madeira idiotas.

Era o tecido mais feio do mundo.

Viga caiu na gargalhada.

— Alguém vomitou em cima disso! — ela gritou. — Veja, aqueles quadradinhos alaranjados podiam ser pedacinhos de cenoura!

Fui eu que senti vontade de vomitar. Talvez em uma mulher mais velha, com pouca luz, aquela estampa multicolorida funcionasse. Não em uma jovem varapau como eu.

— Não importa — afirmei corajosamente. — O tecido é de boa qualidade e a metragem é suficiente. Vai ficar bom.

— Mal posso esperar para te ver vestida com ele! — Viga riu.

A tesoura demandaria furtividade. Sabia de duas, em uso na Sala de Remendos da lavanderia. Elas nunca saíam de lá. Nunca estavam sem supervisão. Fiquei pensando em alternativas por um tempo, até que a ajuda chegou de maneira inesperada. A Ursa ficou doente. A Hiena assumiu temporariamente como Chefe do Lavadouro. Falei para ela que trocaria de turno com uma costureira da Sala de Remendos. Previsivelmente, a Hiena riu.

— Rá, rá, boa tentativa. De jeito nenhum! Sem chance! Isso não vai acontecer!

Não desisti.

— Me deixe explicar. Preciso pegar uma tesoura emprestada. Para fazer isso, preciso trabalhar na Sala de Remendos. Você precisa autorizar. Se não autorizar, vou dar um jeito de roubar a tesoura e fincá-la em seu coração enquanto estiver dormindo.

A Hiena abriu a boca para rir... depois pensou melhor.

Consegui meu turno na Sala de Remendos.

A Sala de Remendos não se comparava ao Estúdio Superior de Costura. Nem de longe. Durante o dia, havia cerca de trinta mulheres cerzindo e fazendo reparos, vigiadas por uma Guarda. À noite, outras trinta mulheres e nenhuma Guarda. Dei um jeito de fazer uma visita durante o último turno, quando a disciplina era mais relaxada. Eu tinha ouvido dizer que o pessoal dos remendos não era tão ruim. Elas desviavam lãs e linhas para si mesmas, ou para usar como moeda de troca, e então remendavam as roupas cinza dos Guardas com a cor errada. Simples atos de rebeldia... Aquilo era um bom sinal para os meus planos.

Encontrei um lugar para esticar meu tecido.

— O que você está fazendo? — perguntou uma mulher corpulenta que mais parecia uma lesma, meio escondida atrás de uma pilha de meias furadas. Ela devia ser extremamente gorda antes de chegar a Birchwood.

Agora, afundava-se em dobras de pele solta. De certo modo, era ainda mais triste do que as Listradas esqueléticas que eu via todos os dias.

— Só preciso de um pouco de espaço no chão — eu disse rapidamente. — Poderia afastar os pés, por favor.

Devagar, a Lesma recolheu os sapatos de madeira. Estiquei o tecido pelo chão e peguei a tesoura.

— O que está fazendo? — perguntou a Lesma.

— Um vestido.

— Hã?

— Não vai usar molde? — questionou uma mulher semelhante a uma rata que estava recurvada sobre uma mesa, remendando uma camisa rasgada.

— Não tenho papel — respondi, olhando para o tecido e me perguntando qual seria a melhor forma de fazer um vestido com ele. Abri a tesoura.

— Que tipo de vestido? — indagou a Rata.

— Um Vestido de Libertação. Para eu usar quando sair daqui, está bem?

— Você vai usar um vestido? Sério?

A Rata e a Lesma me encararam.

Larguei a tesoura.

— Vocês vão me dedurar?

A Rata olhou para a Lesma. A Lesma olhou para a Rata.

— Tome, você vai precisar de uma fita métrica — afirmou a Rata timidamente. Ela me entregou uma.

— Seja rápida — disse a Lesma, que parecia nunca ter feito algo com rapidez na vida. — Posso assumir sua cota de remendo de meias enquanto você faz isso...

Pisquei os olhos.

— Certo. Isso é ótimo. Obrigada. — *Quem diria que ainda restariam boas surpresas no mundo, afinal?* Voltei a pegar a tesoura.

Encontrar alfinetes não foi um problema – havia vários no chão da sala de remendos, como descobri quando espetei as mãos e os joelhos com eles. Mina teria tido um ataque. Em minha cabeça, eu a ouvia gritando: *alfinetes!* Foi fácil conseguir linha também. Apenas desfiei um pouco da parte cortada do tecido. Agora só precisava de uma agulha. A Lesma cutucou a Rata com o sapato de madeira. A Rata se contorceu.

— Dê uma agulha a ela — a Lesma disse.

A Rata me passou uma agulha, o tempo todo pasma comigo, como se eu estivesse iniciando uma grande revolução e ela quisesse fazer sua pequena parte.

— Vai *mesmo* costurar seu próprio vestido? — ela perguntou com timidez.

Fiz que sim com a cabeça.

— As Guardas vão atirar em você se ficarem sabendo — a Lesma anunciou.

Fiz que sim com a cabeça mais uma vez.

— Eu sei.

Os alfinetes, a linha e a agulha foram para a minha bolsinha secreta. Quanto às partes cortadas do vestido, coloquei-as esticadas debaixo do colchão, esperando que meu pouco peso servisse como uma espécie de ferro de passar. Eu pretendia costurar uma pequena parte do vestido por dia, antes que as luzes se apagassem.

Minha avó tinha um recorte de revista pregado sobre a mesa de costura em casa. Eram conselhos para ficar bonita ao costurar. Quando os leu pela primeira vez, quase morreu de rir. Pensei nos conselhos quando comecei a trabalhar em meu Vestido de Libertação:

Ao costurar, procure estar o mais atraente possível. Use um vestido limpo.

Vestido limpo? Seria uma maravilha. No Lavadouro, eu limpava com uma esponja o saco listrado que usava como vestido sempre que podia. Quanto a estar *atraente*, era algo completamente sem fundamento em Birchwood.

Ter a cabeça raspada também eliminava o conselho seguinte: *Tenha os cabelos bem cuidados, aplique pó facial e batom.* Se por *pó facial* estivessem se referindo à pele descamando por deficiência de vitamina, até podia ser. Quanto ao *batom*... Batons custavam alguns *maços* de cigarro em Birchwood. Pode-se pensar que listradas não gastariam tempo ou dinheiro com isso, mas fiquei sabendo de um batom que rodou por todo um bloco de alojamentos, onde todas as mulheres passaram um pouco nos lábios. Devem ter ficado ridículas, como esqueletos pintados. Aquilo não importava. Na hora da Chamada, espalhavam um pouco de batom no rosto para ficarem coradas e parecerem saudáveis o suficiente para trabalhar. Além disso, na cabeça delas, usar batom significava voltar a ser uma mulher normal.

Era por isso que eu precisava de um Vestido.

O último comentário do recorte de revista explicava os motivos para se embonecar tanto antes de costurar: aparentemente, todas nós ficávamos nervosas com a possibilidade de alguma visita aparecer, *ou o marido chegar em casa*, e nos pegar desarrumadas. Não era a chegada repentina de maridos que me preocupava, é claro, e sim visitantes mais sinistros.

— Pode pedir que alguém fique de olho e me avise se aparecerem Guardas? — supliquei a Viga na primeira noite em que comecei a costurar.

Ela fungou.

— Você não deveria estar preocupada *comigo*, já que *eu* sou a voz da lei por aqui?

Fiquei paralisada, de repente passei de raposa sagaz a rata tímida.

— Estou só brincando, rá, rá! — Viga deu um tapa em minhas costas, sacudindo meus ossos. — A cara que você fez... *Hilária*. Mas, ouça, costureirinha, não é só com essas Guardas imbecis que precisa se preocupar. Alguns tipos sorrateiros aqui são capazes de contar o que você está tramando, por despeito ou cigarros. Já vou avisando que, se você for pega, não vou fazer nada para te proteger. — Ela fez um movimento indicado o nó da forca.

Foi muito angustiante pegar uma agulha pela primeira vez desde que Carla havia esmagado minha mão, e não só pelo medo de que descobrissem. E se eu não conseguisse? Alonguei e movimentei bem os dedos primeiro. Cheguei perto de abandonar o projeto. Um ditado quase esquecido de minha avó veio ao meu resgate: *Um ponto dado é um ponto mais perto do final.* Seu conselho era muito melhor do que todos os disparates da revista sobre como se arrumar.

Eu estava tremendo um pouco ao passar a linha na agulha. Meus dedos doíam. Comecei por um dos lados da barra da saia. Enfiei a agulha. Puxei a linha. Ao primeiro ponto se seguiu o segundo, depois o terceiro, e inúmeros outros. Eu era capaz. O ritmo retornou. A sensação era quase de felicidade.

Eu estava escondida na cama de cima, com os ombros arqueados para aumentar a discrição, quando comecei a costurar a parte mais longa. Ainda assim, outras Listradas subiam para dar uma olhada. Elas se penduravam à minha volta como macacos famintos. Quando o vestido começou a tomar forma, cada vez mais Listradas queriam assistir. Era caloroso tê-las por perto, mas também intimidante. Acho que eram atraídas pela simples normalidade da cena – uma garota sentada, costurando.

Eu sabia que tinha de fazer alguma coisa para impedir que ficassem agitadas (e para distrair as tentativas de tocar no vestido). Então respirei fundo e, ao estilo de Rose, comecei...

— *Já contei sobre a vez em que uma pobre costureira fez um vestido mágico que poderia levá-la para a Cidade Luz...?*

Não era a melhor das histórias. Não era nem uma história boa. Rose teria contado uma muito melhor.

Tudo era melhor quando Rose estava viva. Eu sentia tanta saudade dela.

Muitas noites depois, Viga gritou para o alto:
— Já terminou?
— Ainda não.
Na noite seguinte:
— Já terminou?
— Quase.

E, finalmente:
— Quanto tempo vai demorar para terminar esse maldito vestido?
Respondi:
— Está pronto. Mas não espere nada sofisticado. Não é exatamente alta-costura.
— Com aquele tecido, não mesmo — Viga riu. — Então venha, desfile para nós!
Sacudi alguns pedacinhos de palha do colchão, tirei meu saco listrado, passei o vestido pela cabeça e carreguei lentamente meus ossos para fora da cama, até o chão. Fazendo barulho com aqueles sapatos idiotas, desfilei pela faixa de chão entre as camas e dei uma voltinha ao redor do aquecedor que ficava no centro do barracão. Listradas vibravam de leve. Viga assobiou. Depois gritou.
— Certo, *luzes apagadas!*
Tirei o vestido e o estiquei sob o colchão, tanto para alisar as partes amassadas quanto para mantê-lo escondido. Sucesso!

Na noite seguinte, voltei da Chamada e o Vestido de Libertação tinha desaparecido. Havia sido roubado.
Viga disse que arrancaria os intestinos da ladra e a enforcaria com eles. Ninguém confessou o crime. Fiquei olhando para o lugar onde o Vestido estava como se pudesse, de algum modo, fazê-lo reaparecer, mas eu não tinha poderes mágicos e não estava em um conto de fadas. Sem o Vestido, eu sentia que também não haveria Libertação. Sem Libertação, eu não voltaria para casa, não veria minha avó, meu avô, não teria esperança.
— Você pode fazer outro — Viga disse.
Fiz que não com a cabeça.
— Nem adianta. Estou dura. Não tenho mais cigarros, não tenho pão sobrando, não me resta nada para trocar. — Tinha mesmo sido uma ideia idiota tentar ser algo além de um número ou uma insígnia. Birchwood era Birchwood, e nada mudaria aquilo.

Alegre-se, sussurrou um eco de Rose aquela noite. *É sempre mais escuro antes do amanhecer.*

A Rose-da-minha-cabeça estava certa. *O céu* escuro às quatro e meia da manhã seguinte, assim como o início sombrio de todos os dias sombrios. Algumas lâmpadas grandes do campo estavam apagadas – corte de energia? – então trombamos umas nas outras ao correr para a fila da Chamada. O ar estava congelante – era como respirar vidro.

Minha avó tinha um armário especial na cozinha para sua coleção de peças de vidro. Havia taças de vinho, cálices de licor, uma travessa para pavê e até um baleiro com pombas brancas gravadas. *Apenas para ocasiões especiais*, ela me dizia. Se algum dia eu voltasse para casa e aquelas taças e travessas ainda existissem, eu usaria todas elas para arrumar a mesa para um banquete. Não importaria se tivesse apenas água nas taças de vinho e pão no baleiro. Seria uma ocasião especial, com certeza – estaríamos vivos e juntos.

Mas, é claro, eu não reclamaria nem um pouco se houvesse um banquete *de verdade*. A especialidade de minha avó para as festas era um bolo com glacê branco, polvilhado com açúcar de confeiteiro, assim como o açúcar sendo polvilhado sobre nós durante a Chamada. Abri a boca para experimentar um pouco. Era frio, mas não era doce: apenas neve.

Quando soou o apito e tentei me mexer, quase não consegui. Meus sapatos haviam congelado no chão. Arranhei o gelo até meus dedos ficarem esfolados e meus sapatos finalmente se soltaram. A essa altura, meus pés estavam gelados demais para sentir o frio. Seria ruim demais se eu simplesmente ficasse parada no lugar, como uma escultura de gelo?

Esfregue os pés, disse a Rose-da-minha-cabeça. *Não deixe que congelem.*

Já deve ser tarde demais, respondi.

Você precisa ter esperança de que não seja.

Esperança? Para você, é fácil dizer. Já sabe como tudo termina. Eu estou presa aqui, esperando.

Será que ela suspirou? Imaginei que sim. *Você não sabe o que vai acontecer na história, Ella. Sempre tem o capítulo seguinte.*

Ah, sim, e é sempre mais escuro antes do amanhecer, e...
— Ella?
Fui arrancada de meu devaneio. Uma pessoa de verdade estava falando comigo.
— O quê?
— Você é a Ella? A garota que costura?
— Sou...
— Isso é para você. — Um pacote foi empurrado para os meus braços. A mensageira desapareceu.

Não tive tempo de abrir. Nem mesmo de espiar. Por que o Lavadouro tinha de estar tão movimentado justo naquele dia? Havia *toneladas* de roupa suja para lavar. Por que os Guardas ainda se preocupavam com camisas passadas e meias limpas? Eles sabiam que o fim estava chegando. Eles sabiam que os tiros estavam se aproximando. Nós sabíamos que Eles estavam fazendo Listas: pessoas que sairiam de Birchwood e pessoas que teriam de ficar.

Os rumores se espalhavam mais que doença.

É melhor sair, alguns diziam. *Eles vão incendiar tudo e depois jogar as cinzas nos campos como fertilizante. É melhor ficar aqui e se esconder*, diziam outros. *Esperar os libertadores.*

Eles vão atirar em todos nós primeiro.

Eles vão atirar em todos nós de qualquer forma...

Finalmente, quando o último lençol estava dobrado e as últimas meias emparelhadas, pude ver o que havia dentro de meu misterioso embrulho.

Dois metros de um belo tecido cor-de-rosa
Uma tesoura para tecido prateada
Uma fita métrica, uma agulha e um carretel de linha de algodão rosa
Um pequeno pacote de papel cujo conteúdo fazia barulho, com um rótulo que dizia *ALFINETES!*

O que finalmente me fez chorar: cinco pequenos botões redondos forrados com tecido rosa. Cada botão tinha sido bordado com uma letra: *E R F S B*.

O bordado tinha sido feito com pontos correntinha minúsculos, quase tão perfeitos quanto os de Rose. A princípio, achei que as letras formariam uma palavra. Depois me dei conta de que era iniciais de nomes – os nomes das mulheres da oficina que tinham criado aquele presente mágico, além de um *R* de Rose e um *E* de Ella. *F* de Francine. *S* de Shona. *B* de... De quem era o B? Ah, sim, B de Brigid, a Ouriço, que nunca sorria por conta dos dentes. Não tinha nenhum M de Mina.

Era incrível saber que as garotas ainda estavam vivas. Aninhando aqueles botões pequeninos na palma da mão, senti uma satisfação selvagem: por mais sanguinário que fosse, Birchwood não podia aniquilar completamente o amor e a generosidade.

Eu te disse, Rose sussurrou em meu ouvido.

De algum modo, a história sobre meu Vestido de Libertação tinha se espalhado, chegando até a oficina de costura. Minhas amigas deviam ter ficado sabendo que minha primeira tentativa tinha sido roubada.

Abracei meus novos tesouros e torci para que desse tempo de fazer um segundo vestido antes da chegada do fim. Significava costurar mais rápido que antes. Birchwood estava agitado – um pouco mais caótico, portanto mais perigoso. Mudanças estavam por vir.

— É bem *rosa* — comentou Viga ao ver o novo tecido. — Não gosto de rosa. É uma cor para bonequinhas com babados.

Sacudi minha obra em andamento.

— Minha avó sempre diz: *Rosa para alegrar*. É uma cor feliz. Quando ela tem um dia ruim, jura que usar calcinha rosa a ajuda a se sentir mais animada.

— Calcinha rosa...? Isso já tem mais a ver comigo...

Debrucei-me sobre a costura para esconder o riso. Viga não ficaria tão entusiasmada se visse a calcinha enorme da minha avó pendurada no varal.

A melhor coisa sobre o rosa era que funcionava como um grande antídoto para a Guerra. Nunca se viam ditadores destilando ódio sobre um palanque rosa. Nenhuma bandeira rosa tremulava sobre cidades conquistadas. Não havia Polícia Secreta ou exércitos invasores ou Guardas cruéis de rosa. Eles preferiam a ameaça das cores mais escuras. Na verdade, praticamente as únicas pessoas que vestiam uniformes cor-de-rosa eram cabelereiras e esteticistas. Era difícil imaginá-las tramando a dominação do mundo ou um genocídio.

Na primeira manhã depois que terminei de fazer esse segundo, milagroso, Vestido de Libertação, passei por Viga durante a correria para a Chamada.

— Me mostre como ficou. Hoje à noite! — ordenou.

No Lavadouro, eu me lavei da melhor forma possível, até mesmo os cabelos curtos. Parada na fila da Chamada da noite, imaginei que usava um pouco de maquiagem e uma borrifada de perfume – algo fresco e leve, *não* o Noite Azul. Subia em saltos invisíveis e ajeitava um colar de pérolas invisível.

Depois me imaginei lavando o rosto e me desfazendo de todos os ornamentos. A ideia daquele vestido era eu ser *eu mesma*, não fingir ser uma estrela de cinema ou modelo. Então, quando cheguei ao alojamento, pensei em apenas experimentar o vestido rapidamente, talvez escondida no cubículo privado de Viga. Não tinha planejado nenhum público.

As camas estavam abarrotadas, como de costume. O que foi novidade, e chocante, foi o número de mulheres olhando para mim quando cheguei ao bloco. E as mulheres de outros alojamentos, acocoradas no chão diante das camas, amontoadas perto da porta e espremidas junto a todos os espaços de parede.

— É ela? — alguém perguntou quando eu entrei. — Achei que você tivesse dito que era um desfile de moda, requintado, como nos filmes.

Virei para me esconder do lado de fora.
Viga bloqueou meu caminho.
— Queremos ver o vestido. Agora.

Não havia nenhum lugar privado para eu me trocar. Tive de me despir bem ali, no meio do bloco. Estranhamente, não foi tão ruim. Não foi como aquele terrível primeiro dia em Birchwood, quando passamos diretamente de pessoas civilizadas para pessoas desnudas e trêmulas. Agora, nua, eu só me sentia completamente, obviamente, *humana*. Um corpo, com mente e coração.

Aquele corpo tinha um vestido para usar, no entanto.

— Ahh, que lindo! — Ouvi enquanto passava os braços e o deixava cair sobre meus ossos e formas.

Outros elogios vieram. *Belo caimento... Não é tão justo... Veja o movimento da saia... O cinto combinando é elegante... é tão ROSA...*

Não havia nenhum espelho, então não dava para ver como eu *realmente* estava. Mas sei como me sentia: *fabulosa*. Enquanto desfilava pelo bloco, com cuidado para não pisar em ninguém, eu me imaginei andando pela Cidade Luz, com flores caindo ao meu redor. Cheguei ao fim do bloco e voltei. Parei.

Silêncio.

Aquilo foi um pouco desconcertante. Será que elas não percebiam o trabalho que tinha dado fazer aquele vestido? Não conseguiam entender como era especial, com cinco botões bordados na frente, sobre meu coração?

Então vi os rostos mais próximos de mim. Estavam molhados com lágrimas.

Mais devagar dessa vez, comecei a caminhar de volta. Braços finos se esticavam e mãos magras puxavam o vestido, apenas para tocar o rosa.

Ouvi alguém murmurar: *Você se lembra de cores assim?*

Quando cheguei ao fim de minha passarela improvisada houve uma grande erupção de barulho, pois todas começaram a falar, rir, chorar e lembrar de vestidos de tempos idos. Ficou tão barulhento que quase não ouvimos a comoção na porta do alojamento. Havia alguém ali!

— Guardas! Rápido! Silêncio! — veio o alerta.

Eu estava encurralada. Meus dedos procuravam a fivela do cinto e os botões, tentando desesperadamente tirar o vestido antes que eu fosse vista. Listradas se amontoaram ao meu redor, escondendo-me dos predadores no centro da matilha.

No entanto, não era nenhum leão assassino que estava à espreita. Nenhuma Guarda com chicote e cassetete. Três rostos que eu reconhecia apareceram. Três amigas lutavam para se aproximar.

— Está aí, Ella? Chegamos tarde demais?

— Francine? Shona? São vocês?

— Em carne e osso, querida. Mais osso do que carne! — Francine riu.

Shona sorriu e acenou. Ela parecia fraca demais para se sustentar em pé. Vi que Francine a amparava.

Francine empurrou a terceira garota para mais perto.

— E você se lembra da...

— B de Brigid! — eu a interrompi, tocando no botão com a letra B no vestido. — É claro que lembro.

Brigid, a Ouriço, abriu um sorriso tímido, depois logo levou a mão à boca para escondê-lo. De repente, desejei ter de volta o tempo que passei na sala de costura. Para poder passá-lo sendo amiga de verdade daquelas mulheres maravilhosas, em vez de ficar debruçada sobre a máquina de costura, pensando em moda.

Mais do que tudo, desejei poder ter meu tempo com Rose de volta, mesmo que aquilo significasse reviver dias de fome, calor, frio e humilhações. Valeria a pena, por ela.

Eu devia ter dito *obrigada* de milhões de maneiras eloquentes. Devia ter feito mesuras e reverências e mencionado várias vezes como elas tinham sido gentis em arrumar tudo para que eu fizesse meu vestido. Mas, entorpecida por sua gentileza, não consegui dizer nada. Apenas chorei também.

— Chegaram até nós os rumores de que seu último vestido tinha sido roubado — Francine explicou. — Tínhamos de tentar te ajudar conseguindo todas as coisas de que você precisaria. Ainda bem que Mina nunca notou o que estávamos tramando.

Shona respirou fundo. Percebi que até mesmo falar era uma tarefa difícil para ela agora. Como podia estar tão magra, tão doente, e ainda manter o brilho nos olhos? Era terrível ver toda a sua elegância definhar.

— Você fez um vestido para *você*, não para Eles! — ela disse com um fio de voz.

Francine assentiu.

— Já era a hora de Eles não terem tudo como querem.

— É isso mesmo — afirmou Viga.

— É um vestido muito bonito — Francine disse com franqueza. — Rosa é uma cor alegre, não é? Hoje de manhã um passarinho mandou avisar que você tinha terminado...

— Eu não diria *passarinho* — disse Viga, flexionando os braços em pose de fisiculturista.

— Certo... Um pássaro grande e parrudo mandou avisar que você o vestiria, e tivemos de vir para ver. Como você o chamou, um Vestido de Libertação?

Sem dizer nada, confirmei.

Libertação. A palavra se espalhou como fogo pelo bloco.

— Acha mesmo que vamos sair daqui...? — Shona perguntou.

— Vamos ter esperança de que sim! — gritou Viga, rompendo o momento melancólico.

Ainda assim, a ideia estava presente. Sair de Birchwood – aquilo podia realmente acontecer?

— Fora! Fora! Todas para fora!

Uma Guarda abriu a porta do Lavadouro e gritou para as garotas que estavam lá dentro. Quando elas não saíram do lugar, chocadas, com água e sabão escorrendo das mãos, ela começou a bater em todas com o cabo do chicote. Então se moveram.

Eu observava tudo da área de secagem, escondida atrás dos varais de roupas de baixo. Tinha chegado a hora. Durante várias semanas, ficamos conjecturando: vamos sair daqui ou não vamos?

Bandos de prisioneiros já tinham sido mandados embora pelos portões de metal de Birchwood. Nós os vimos partir na direção contrária do estrondo cada vez mais próximo das armas pesadas. Agora, parecia que nossa hora tinha chegado. Se estavam esvaziando o Lavadouro, significava que os Guardas também iriam embora. Eles não iam querer ficar trabalhando sem meias limpas, coitadinhos.

— Todas as ratas para a fila da Chamada! — gritou a Guarda. — Agora mesmo! Corram!

Eu me esquivei entre os varais de roupas e consegui chamar a atenção de uma das garotas que estava mais para trás no grupo. Para o meu azar, era a Camundongo. Fiz sinal para ela: *venha aqui*.

Ela desviou de coletes e calças, seguida de perto pela Hiena e algumas outras.

— Temos de ir para a fila da Chamada — disse a Camundongo em tom agudo. — Ou acha que devemos nos esconder?

— A decisão é sua; para mim, tanto faz — afirmei. — Independentemente do que decidir, vai precisar de comida e roupas mais quentes que esses trapos.

— De onde vamos tirar roupas? — resmungou a Camundongo. — Por acaso você tem uma varinha mágica?

Casualmente, apontei para as roupas de lã cinza mescladas com branco penduradas no varal.

Não posso dizer que foi um prazer sentir as ceroulas usadas por Eles junto à pele. Mas era melhor do que congelar. Peguei meias também. Em silêncio, as outras garotas me observaram vestir as camadas de roupas quentes e logo se movimentaram para fazer o mesmo.

Eu não ia parar ali. Já estava com meu vestido rosa – não quis arriscar deixá-lo desprotegido no alojamento. Agora tinha planos de conseguir mais camadas.

— Quem quer fazer compras? — perguntei.

— Você está lou-louca? — perguntou a Hiena, rindo. — Ouviu o que disse a Guarda, fila da Chamada, agora!

A Camundongo fez cara feia.

— Não viu os Guardas passando em caminhões? Estão atirando em prisioneiros por diversão.

Eu sabia daquilo. Eles pareciam grandes caçadores cercando suas presas.

— Façam como quiserem — eu disse. — Estou indo para a Loja de Departamentos, com ou sem vocês. Eles roubaram todas as nossas coisas quando chegamos aqui. Por que não deveríamos tomar algumas de volta?

Durante meses – *anos* – trens saíam de Birchwood carregando objetos da Loja de Departamento. Agora, enquanto a ordem desmoronava, itens de valor *ainda* estavam sendo saqueados. Fomos quase atropeladas por dois caminhões totalmente carregados de caixas fechadas. Dinheiro, provavelmente, e ouro. Lembrei do anel de "diamante" que Carla tinha me dado e fiquei me perguntando em que dedo ele havia ido parar. No meu não estava, com certeza.

Eu trocaria diamantes por boas botas sem pestanejar.

Ainda havia gente na Loja Pequena. Pensei ter ouvido vidro se quebrando. Certamente havia cheiro de algo forte no ar... possivelmente perfume Noite Azul.

A Loja Grande parecia ter sido cenário de um jogo de rúgbi protagonizado por ogros furiosos. Roupas e sapatos estavam jogados por todo lado. Entrei em um barracão e comecei a puxar pilhas de roupas. Outros abutres disputavam as coisas comigo. Revidei. Um casaco de lã e um suéter foram meus primeiros achados. O casaco era bem elegante, com ombreiras volumosas. Não combinava com o gorro e o cachecol que peguei em seguida. Quem se importava? Conseguir duas luvas do mesmo par foi sorte, mas eu teria me contentado com modelos diferentes. O mais difícil de encontrar foram sapatos decentes. Parecia errado, de certa forma, usar os sapatos de outra pessoa, mas não havia o que fazer. Peguei um par de botas com forro de lã e mais um par de meias para preenchê-la.

Era a expedição de compras mais maluca de que eu já havia participado, como uma imitação daqueles saldões de fim de ano.

— Rápido, rápido — eu disse às outras garotas do Lavadouro. — Estou sentindo cheiro de fumaça!

Nós nos reunimos na porta do barracão. A Hiena apontou e riu de como estávamos volumosas, como bonecos de neve multicoloridos. Era idiota, mas todas rimos junto com ela. Meu traje não pareceu tão engraçado quando tive uma vontade repentina de fazer xixi e me dei conta de que agora usava um milhão de camadas.

Pouco depois de nos vestirmos e seguirmos cambaleando para a fila da Chamada, labaredas tomaram conta da Loja de Departamentos. Logo, um trio de barracões estava ardendo enquanto tecidos queimavam. Se Eles não podiam lucrar com os itens saqueados, garantiriam que ninguém mais pudesse. Parei para observar as chamas devorando o céu do amanhecer. Estava acontecendo. Eu realmente estava prestes a sair de Birchwood.

— Ei, você não está indo embora, está? — Um punho acertou meu braço. Eu me virei. Era Viga, não com uma, mas duas namoradas.

Fiquei paralisada. Viga podia ser amigável quando queria, mas era uma Chefe, afinal, e eu estava carregada de itens roubados.

— Nós… nós… arrumamos umas roupas.

— Sério? Estou indo fazer o mesmo antes que a loja toda pegue fogo. Vamos ficar aqui em Birchwood. Os guardas estão correndo feito loucos. Se conseguirmos evitar que atirem em nós ou nos explodam, é só uma questão de tempo até sermos libertadas. Quanto a elas… — Ela apontou com a cabeça na direção da fila da Chamada onde as listradas se reuniam. — Elas vão ser levadas para o mais longe da libertação possível. Não passa de uma marcha para a morte na neve: não querem que ninguém sobreviva para contar a história. Volte para o alojamento e se esconda com a gente. Esteja aqui quando sairmos por aqueles portões como pessoas livres.

Era tentador. Eu acreditava no que ela dizia sobre Eles não quererem que sobrevivêssemos. Além disso, parte de mim não queria partir e dizer adeus ao espírito de Rose.

Fiz que não com a cabeça.

— Eu vou. Só preciso ir para casa. Encontrar minha avó...

— Sei, sei, com seu Vestido de Libertação! Boa sorte, costureira. Vou ser a primeira cliente de sua loja de roupas. Preciso deixar minhas joaninhas bonitas, não é, minhas queridas?

Ela acariciou o rosto de uma das namoradas, depois as levou embora. Corri para a fila da Chamada.

Os flocos de neve caíam como estrelas geladas. Seria uma imagem linda se eu pudesse observá-la pela janela de uma casa confortável, aquecida por um roupão acolchoado e chinelos felpudos, na companhia de Rose, minha avó e meu avô. E uma tigela de arroz doce quentinha, se não fosse pedir demais, com uma colherada de geleia.

Estou indo embora, Rose. Estou mesmo indo embora.

A contagem demorou uma eternidade. Um sinal de quanto as Guardas estavam perturbadas foi não terem atirado em nós de imediato por não estarmos usando o uniforme da prisão. Ficamos gratas pelas camadas. No escuro, dava mais para sentir do que ver Listradas tremendo e sucumbindo – em sua maioria mulheres usando apenas um vestido fino, sem meias-calças ou casacos. Às vezes, elas conseguiam se levantar com ajuda. Muitas nunca mais voltavam a se mexer. Eu não suportava ver aquilo. Fiquei vesga tentando olhar apenas para os flocos de neve que caíam em meu nariz. À minha volta, cães rosnavam. Motocicletas rugiam. Guardas gritavam.

Cada Listrada recebeu um pedaço pequeno de pão. Um apito soou. Era isso! Devagar no início, depois correndo cada vez mais rápido – partimos!

Íamos em fileiras de cinco e grupos de quinhentos. Cambaleando, descíamos a via principal de Birchwood. Eu tinha a Camundongo de um lado e a Hiena do outro. Outras garotas do Lavadouro estavam na fileira de cinco atrás de mim. Logo chegamos ao portão principal, com arcos de metal que declaravam: *o trabalho liberta*. Passei sob eles, pensando: *Isso está mesmo acontecendo?* Por muito tempo não existiu nenhum outro lugar no mundo além de Birchwood.

Assim que eu partisse, nada mais me prenderia a Rose. Nada, exceto a fita vermelha. Eu a havia colocado dentro da luva, aninhada na curva da palma da mão.

Junto ao portão, do lado de fora, um homem com uniforme impecável nos observava sair. Caía neve sobre seu casaco e suas medalhas. Quase tropecei e caí ao vê-lo. Era o homem que eu tinha visto na fotografia na casa da Madame no verão. O marido da madame – o comandante em pessoa!

Será que ele enxergava pessoas passando ou apenas listras?

Continuamos correndo.

Continuamos correndo. Como fantasmas cinza em uma paisagem branca. Corremos por uma terra desconhecida, com cercas vivas e casas – casas de verdade. Janelas e cortinas estavam fechadas.

Continuamos correndo. Quem não conseguia correr sucumbia na lateral da rua ou caía sob os pés de quem estivesse atrás. A Camundongo continuou correndo.

— *Não consigo, simplesmente não consigo.*

Eu tinha meu próprio cântico silencioso: *eu consigo, eu vou conseguir*.

Continuamos correndo. O sol nasceu. O céu quase não clareou. Ainda nevava. O frio penetrou todas as camadas de roupa. Apenas a fita vermelha em minha mão me mantinha realmente aquecida.

Continuamos correndo. O primeiro indício de que a Hiena sucumbiria foi uma risadinha áspera.

— É hora de ir para a caminha...

Então ela caiu para a frente e me puxou junto. Levantei com dificuldade antes que o chicote de um guarda nos encontrasse.

— Vamos, levante, continue andando — eu disse.

— Só um minuto — a Hiena respondeu, ofegante. Seu rosto estava branco como gelo.

— Você não pode parar. Todas temos de continuar andando. — Praticamente a arrastei comigo, enganchando o braço sob o dela.

— Não seja tão mandona — disse a Camundongo. — Você sempre acha que sabe mais. *Eu* vou descansar também. Minhas pernas já não aguentam. Não consegue ver?

— Elas ainda vão ter de aguentar muito mais — rebati. — Pode me ajudar aqui?

Duas outras garotas do Lavadouro me alcançaram. Sem eu dizer nada, sustentaram o corpo da Hiena e foram andando a passos largos com ela. E continuamos correndo.

Quem estava sem sapatos sofreu mais. Pessoas que acham que roupas são coisas supérfluas nunca andaram quilômetros e quilômetros descalças na neve. Eu estava tão feliz com minhas novas botas. Quando tivesse minha loja, faria coisas quentinhas além de glamorosas. Muitas e muitas peças de inverno.

Era assim que eu me mantinha em movimento – dizendo a mim mesma que cada passo que eu dava me deixava mais perto da loja de roupas. Parecia que estávamos indo para o oeste, na direção da Cidade Luz. Só faltava mais uns mil e poucos quilômetros. Eu esperava não ter de correr o caminho todo.

Às vezes, quando carros grandes com faróis acesos passavam, tínhamos de correr para o acostamento ou para valas na lateral da estrada. Um carro não esperou sairmos para passar. Quando foi para cima da fileira de Listradas, saltei para um lado e as garotas do Lavadouro para outro. O carro passou pelo meio. No banco de trás, vi um oficial com chapéu, uma mulher enrolada em casacos de pele e várias crianças. Todos pareciam aterrorizados. Ótimo. Reconheci a mulher. Ninguém menos que Madame H. Dona de meu lindo vestido de girassol. Será que o estava levando? Será que o havia deixado para trás? Onde estava o bordado mágico de Rose agora?

Atrás do carro da madame seguiam caminhões cheios de caixas e malas. O comboio lançou neve semiderretida e gelada sobre nós. No meio da confusão, acabei perdendo de vista o grupo de mulheres do Lavadouro. Camundongo, Hiena – elas podiam estar em qualquer lugar nas fileiras de ombros arqueados e cabeças cobertas de neve branca.

Continuei correndo.

Quando ficou escuro demais para prosseguir, Eles nos levaram para um campo e nos disseram para dormir. Sobre terra congelada. O mesmo aconteceu depois de um segundo dia correndo, correndo, correndo, cambaleando, correndo. Ninguém mais tinha rosto, apenas respiração congelada e olhos nas costas da corredora à sua frente. Era tudo um borrão. Quando alguém parava ou caía, se não levantasse rápido o suficiente, as Guardas atiravam. Se alguém tentasse se separar do bando e correr pelos campos, ou para dentro de um prédio quando passávamos, as Guardas atiravam.

Em alguns vilarejos, as pessoas jogavam pão na estrada enquanto passávamos. Em outros, espalhavam cacos de vidro no chão.

Cada passo que eu dou me deixa mais perto da loja de roupas. Esse era o meu mantra.

Eu estava com a fita vermelha enrolada na mão. Eu tinha esperança. Eu poderia sobreviver àquilo. Eu conseguiria. Não adiantava chorar – as lágrimas congelavam. Continuei correndo e correndo e correndo e pensando em como seria minha loja. Quilômetro após quilômetro, eu planejava a decoração, mobiliava os provadores e as salas de exposição e os escritórios e as oficinas. Comprava tecido e adornos. Contratava especialistas em contas e plumas, bordadeiras e arrematadoras. Recebia clientes, desenhava modelos, vestia manequins e ganhava uma fortuna.

Depois de muitos quilômetros, fiquei cansada demais até para sonhar.

Na segunda noite, algumas Listradas simplesmente deitaram e se deixaram cobrir pela neve – montes de neve humanos. Meu grupo parou perto de um celeiro meio destruído. Fui direto para ele, empurrando as outras almas espertas que haviam tido a mesma ideia. Havia gelo no chão, e não muito mais que isso. Com pessoas suficientes amontoadas, poderíamos sobreviver àquela noite.

Tirei uma das luvas apenas pelo tempo necessário para enfiar a mão nas camadas de roupa e pegar um pedaço de pão. Um segundo depois, a luva tinha sumido. Parti para o ataque:

— É minha! Devolva!

A ladra reagiu como uma fera cruel. Um tubarão.

— Mina!

A ladra recuou com a respiração ofegante. Ainda estava com a minha luva.

— É você? *Ella?* Ainda está viva?

— Não graças a você.

A risada amarga de Mina se transformou em uma tosse seca.

— Eu disse que você era uma sobrevivente. Como eu.

— Onde estão as outras? Francine... Shona...?

— Como vou saber? Elas estavam me atrasando.

Aquilo me deixou furiosa.

— Elas eram boas amigas. Me mandaram um presente, tecido e coisas para eu fazer um vestido.

— Rá, sim, o famoso Vestido de Libertação — disse Mina. — Elas se acharam tão espertas, fazendo tudo pelas minhas costas. Eu sabia, é claro. Como está sendo a libertação para você?

— Me devolva a luva! — gritei.

— Me dê um pedaço de pão!

— Não era você que dizia: *Cuide de si mesma e apenas de si mesma. Eu, eu mesma e euzinha*? Você riu de Rose quando ela dividiu seu pão. Agora está *me* pedindo para dividir o *meu*?

Mina pareceu desabar. De repente, não era mais um tubarão. Nem mesmo uma costureira que havia se qualificado nos melhores lugares e gritava *Alfinetes!* o dia todo.

— Esqueça isso — ela disse. — Estou morrendo de fome, você tem pão. O que sua preciosa Rose faria?

O que Rose faria?

Rose teria contado uma história sobre ilhas desertas com areias brancas, ou saunas a vapor e piscinas aquecidas. Usando apenas palavras, ela evocaria cobertores e bebidas quentes. *Rose, sinto tanta saudade.*

Mina devorou o pedaço de pão que lhe dei. Mesmo no escuro, eu sabia que seus olhos estavam sobre mim, cobiçando mais. Ela não tinha devolvido minha luva. Fiquei com uma das mãos enfiada no casaco.

— Não pode ceder uma camada de roupa? — Mina choramingou. — Você tem tantas, e eu só tenho o que consegui pegar na oficina de costura.

Ela estava usando um delicado cardigã de crochê sobre o vestido, e um casaco sem mangas por cima – um projeto inacabado. Ainda sentindo os hematomas resultantes de minha briga pelas roupas quentes, não estava nem um pouco disposta em abrir mão delas. No decorrer da noite, a tosse de Mina piorou, como se seus pulmões estivessem sendo retalhados. Por fim, tirei o cachecol e atirei para ela.

Sob o fraco luar, vi como ela parecia arruinada. A ponta de seu nariz estava preto-azulada, assim com as bochechas. Queimaduras de frio. Estava de sapatos, mas eram sapatos de couro simples, amarrados com um pedaço de barbante. Estava sem meias. Suas pernas estavam frias como mármore e manchadas como seu rosto. Ela se virou, envergonhada.

Manhã.

Acordem! Saiam! Vamos andando!, gritaram as Guardas do lado de fora de nosso celeiro. Alguns dos montes de neve humanos se mexeram. Outro nunca mais se moveram.

Sozinha, Mina não tinha a mínima chance, ambas sabíamos.

O que Mina faria?
Salvaria a si mesma, mais ninguém.

O que Rose faria?
Nada. Ela estava morta.
E a única pergunta que contava: *O que Ella faria?*

— Vamos — eu disse com rispidez. — É melhor irmos andando.

— Espero que ninguém me veja com essa roupa horrível — Mina resmungou. Ela estava com meu gorro sobre seu lenço de cabeça, meu suéter sobre seu cardigã, e uma das minhas luvas para alternar entre as mãos.

Corremos.

No terceiro dia, era menos corrida e mais caminhada. Todas tinham os olhos vidrados. Todas arrastavam os pés. Até mesmo as Guardas estavam em péssimas condições. A neve se acumulava sobre nossos sapatos e botas, tornando os movimentos ainda mais difíceis. Era uma luta. Não adiantava fingir que não. Aquela loja de roupas parecia mais distante do que jamais havia estado, perdida em um nevoeiro de fome e exaustão. Os tiros eram mais frequentes. As Guardas não ficariam sem munição em breve?

A estrada era irregular. À frente, um buraco escondido pela neve. Listradas tropeçaram e caíam. Mina também tropeçou. Houve um estalo. Ela ficou pálida e caiu, arrastando-me junto.

— Está quebrada — ela disse, chorando. — Minha perna.

— Não foi a perna. Talvez um tendão — eu disse, erguendo-a. — Vamos, não podemos parar.

— Eu não consigo *me mexer*! — ela gritou.

— Não pode ficar aqui, vão *atirar* em você! — respondi no mesmo tom.

Uma Guarda se aproximava. Vi na neve uma capa preta tomada por formas brancas.

— Você *consegue* e você *vai* — sussurrei entre dentes cerrados. Segurei-a sob os braços.

Corri enquanto Mina pulava de um pé só, gritava e me xingava. Ela era pesada como um saco de concreto e muito mais difícil de carregar. Para que continuasse em frente, contei a ela sobre a loja de roupas, a confeitaria, a livraria e a Cidade Luz. Não era um sonho tão bonito agora que Rose não estaria fazendo os vestidos, comendo os bolos ou lendo os livros para mim. Agora Rose não passava de um fantasma, uma lembrança. Durante dias correndo pela neve branca com céu branco, parecia que o mundo todo tinha desaparecido, deixando apenas lembranças. Entrei em transe, perdida em uma vida de fragmentos de lembranças, como pedaços de uma colcha de retalhos...

... Meu avô me ensinando a andar de bicicleta. Eu caindo da bicicleta. Minha avó me obrigando a lavar a louça. Minha avó me deixando lamber a massa de bolo da tigela. Primeiro dia de aula. Último dia de aula...

Rios de Listradas passavam por nós na neve. Estávamos indo devagar demais... estávamos quase parando.

— Mina, *por favor*... continue andando. Você sabe o que vai acontecer se não andar.

Havia uma Guarda logo atrás.

— Vá você — Mina disse ofegante. — Pode ir... me deixe aqui.

— Você não tem ideia do quanto eu quero fazer isso! — respondi, emendando alguns palavrões emprestados de Viga. — Mas não quer dizer que é isso que vou fazer.

Consegui arrastá-la mais alguns passos, então ouvi Mina resfolegar. Ela arregalou os olhos. Tinha notado a presença de uma Guarda. Deu um grito e torceu o corpo, empurrando-me adiante. Quando a bala veio, pegou nela, não em mim.

Pegou nela, não em mim, fazendo-a tombar, prendendo-me por baixo. Cai de cara na neve. Consegui dar um jeito de me virar e encontrei Mina deitada de costas sobre mim.

— Não era... para isso... acontecer... comigo — ela disse com dificuldade. Seu sangue era terrivelmente vermelho e quente, espalhando-se pelo vestido. — Eu me qualifiquei nos melhores...

Um segundo tiro, ensurdecedor.

O corpo de Mina se contorceu, depois ficou imóvel. Os olhos permaneceram abertos, mostrando apenas a parte branca.

O som de Botas foi chegando mais perto. Empurrei várias vezes o corpo de Mina, mas mal consegui movê-lo. Ela era literalmente um peso morto. Uma sombra se agigantou sobre mim. Empurrei com mais força, tirando energia da fita vermelha em minha mão. Eu *não ia* morrer ali! Eu ia VIVER! Eu ainda queria fazer tanta coisa, ainda queria...

— Imaginei que fosse você — disse uma voz fria no alto. — Quem diria?

Não vi nada além das botas a princípio. Eram botas de caminhada grossas, forradas com pelo. Olhando mais para cima, vi calças escuras, um manto preto e dois olhos pequenos como botões.

— Carla!

— Ora... não é engraçado?

Com um grunhido, Carla se agachou ao meu lado. Seu hálito era uma nuvem. Ela cheirava a suor c Noite Azul.

— O que é isso que você está segurando...? Hum. Ainda está agarrada àquele resto de fita vermelha depois de todo esse tempo?

Carla puxou a fita vermelha. Eu a segurei com força. Por um instante, foi quase como se estivéssemos de mãos dadas bem ali, na neve. Ela puxou um pouco mais. Agarrei aquela fita como se fosse minha própria vida.

— É minha — eu disse.

Carla passou a língua sobre os lábios rachados e se aprumou.

— Não está usando meu anel...? Eu *sabia* que você ia vender. Ratinha ingrata. Sua Laia não sabe o que é amizade.

Lá estava ela, olhando para mim com algo que se assemelhava a pena nos olhos. A neve caía sobre seu manto preto.

— Não sabe que não adianta mais correr? Acabou, acabou tudo. A Guerra está perdida. Pippa está perdida também. Foi atropelada por um caminhão ontem. Tive de atirar nela. Acabar com seu sofrimento, pobrezinha. Como *você* ainda está viva?

Meus pulmões estavam esmagados, mas consegui dizer uma palavra.

— Esperança.

Carla riu.

— Não há esperança para você agora. Você vai morrer de fome, ou morrer congelada, o que acontecer primeiro. Atirar em você seria um ato de bondade.

Ela se afastou. Suas botas de couro rangeram. Ela levantou a arma preta e disparou. Meu corpo inteiro sacudiu.

Ah, que engraçado, pensei. *Eu me pergunto se...*

Está tudo bem, disse Rose. *Estou esperando por você.*

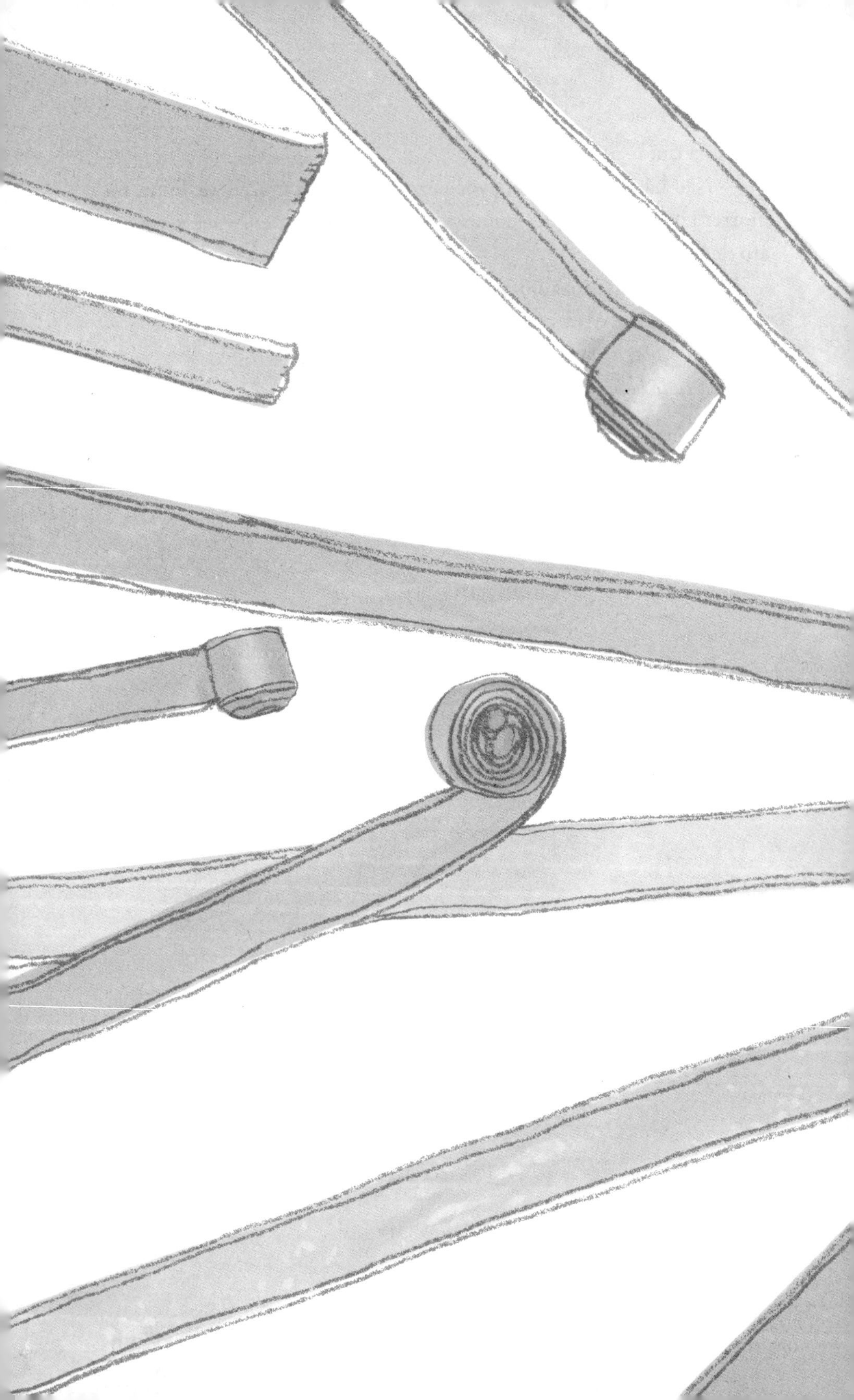

rosa

Suponho que deve ter havido sangue, muito sangue, o vermelho congelando-se ao redor do meu corpo frio. Não me lembro de nada daquilo. Acordei e me vi enterrada em uma colcha macia, estampada com flores cor-de-rosa. Um quadrado azul na parede revelou-se uma janela. Ouvi o tilintar da porcelana.

— Quer um pouco de chá? — perguntou uma voz calorosa.

Era estranho estar morta. Mais quente do que eu esperava.

— Não se mexa, eu trago para você — disse a voz.

Aquilo era ótimo, pois eu estava fraca como um gatinho. Uma xícara foi colocada diante de meus lábios. Sorvi o chá. Tinha leite e era surpreendentemente doce.

— É, parece que você precisava disso — disse a voz. Ela pertencia a uma mulher larga e roliça que usava um avental rosa. — Você precisa se alimentar também. Não tem quase carne em seus ossos, como minha bezerra que ficou doente. Dei comida em sua boca dia e noite. Ela logo se recuperou.

— Você é… fazendeira?

— Não é de se estranhar, já que estamos em uma fazenda. Encontrei você em uma vala perto da minha plantação de rabanetes. Você e uma outra. Ela já não podia mais ser ajudada. Achei que você também não pudesse, até que meu cachorro lambeu sua mão e ela se mexeu.

Em algum lugar de meu cérebro enevoado brilhou uma lembrança.

— Minha fita? Está com minha fita? Preciso encontrá-la!

Eu estava afastando a colcha, afastando a fazendeira, fazendo o possível para me levantar, mas os dois gravetos que se ligavam aos meus quadris não se moveram nem um centímetro.

— Calma — disse a fazendeira, mantendo-me no lugar. — Se está falando daquele fiapo de seda sujo, eu guardei. Está bem lavado, como aquele monte de roupa que você estava vestindo.

— Eu quero a fita... — afirmei, afundando novamente naquele conforto estranho.

Ela ajeitou a colcha.

— Eu já vou te dar, não fique nervosa. Agora, vamos começar pelas coisas simples. Como devo te chamar?

Por força do hábito, eu disse meu número de Birchwood. A fazendeira piscou.

— E o seu *nome*? — ela perguntou gentilmente. — Eu sou a Flora. Eu sei, é um nome absurdo para uma mulher do meu tamanho. Nasci na primavera, e minha mãe gostava de flores. Por sorte, ela não me deu o nome de Florzinha.

Meu nome. Ela queria mesmo saber o meu nome. Fazia tanto tempo que ninguém me perguntava aquilo como parte de uma simples conversa humana.

— Eu... Eu me chamo Ella. Eu costuro.

Eu não pretendia voltar a dormir imediatamente. Não fazia ideia de que era possível dormir tanto e tão profundamente. Em certo momento, acordei a vi os sapatos da fazendeira a poucos centímetros do meu rosto.

— O que está fazendo aí embaixo, moça? — ela perguntou, curvando-se para olhar para mim, encolhida embaixo da cama.

Fiquei constrangida. O chão parecia mais natural. A cama era macia demais, eu já estava desacostumada.

— Eu... eu não queria sujar seus belos lençóis.

— São só lençóis, remendados já nem sei mais quantas vezes. Acho que seria melhor você tomar um bom banho, não é? Não só o banho de esponja que te dei antes de fazer o curativo. O ferimento foi feio. A bala deve ter entrado e saído. Você teve sorte.

De repente, lembrei de um tiro. Da dor perfurando meu peito. Toquei um bloco de algodão perto das costelas.

— Ainda deve estar ferido, mas vai cicatrizar — disse Flora. — Nada de sair dançando, ou vai abrir de novo.

Dançando? Ah. Ela estava brincando.

— Por que...? — Tentei perguntar, mas fui impedida pelas lágrimas. — Por que está me ajudando? Não viu o uniforme listrado de prisioneira? A estrela costurada em meu vestido? Não viu o que eu sou?

— Ah, moça, não pense nisso. Eu vi um ser humano. Uma menina. Apenas uma menina. Agora, volte para a cama e coma o ensopado. Deve ser leve o bastante para cair bem e parar no seu estômago, que deve ter encolhido e ficado do tamanho de uma ervilha. Vamos, depressa, tenho de alimentar o gado.

Ela me perguntou uma vez sobre Birchwood.

— Ouvimos falar de um lugar... prisioneiros... chaminés... mas eu simplesmente não consegui acreditar que fosse real — ela disse em voz baixa.

— Nem eu... mas era — sussurrei em resposta.

Ela era uma rainha para mim, aquela pobre fazendeira. Uma rainha de avental remendado, que viva em uma casa velha. Toda manhã, eu acordava assustada às quatro e meia, esperando apitos, gritos e a Chamada, e Flora já estava andando com dificuldade pela neve, levando o desjejum para a única vaca leiteira viva que lhe restava. Depois, alimentava o gado e fazia outras centenas de tarefas. Eu passava muitas horas sozinha enquanto ela trabalhava na fazenda, ou na cozinha sob o meu quarto. Eu dormia a maior parte do tempo, encolhida no canto do colchão vazio para dar espaço para a garota que não estava lá. Quando acordada, eu contava os botões de rosa no papel de parede e observava as nuvens que passavam pela janela. Havia fotos na prateleira sobre a lareira.

— É a minha filha — Flora disse, acompanhando meu olhar até um porta-retratos com a fotografia de uma linda jovem. — Ela está fora cuidando dos soldados feridos. Espero que seja melhor enfermeira do que fazendeira. Eu sempre a pegava com a cara enfiada em um livro enquanto deveria estar cuidando de seus afazeres. Meu querido falecido marido era igualzinho, só queria ler, ler, ler. Você gosta de histórias?

Fiz que não com a cabeça. Nenhuma história poderia ser tão mágica ou pesarosa quanto sobreviver. *Ah, Rose, minha contadora de histórias, queria que você estivesse aqui para ver essa reviravolta no enredo.*

Não houve nenhum sussurro de resposta.

— Vamos, deixei um livro ao lado da cama — disse Flora. — Para não ficar remoendo as coisas. Acha que não te escuto chorando enquanto dorme, os pesadelos que tem? Não é para menos. Imagino que tenha passado por muita coisa ruim. Tome, experimente ler este aqui. Minha menina adorava, e meu marido também, que Deus o tenha.

Ela me passou um livro pequeno com a lombada rachada. Era parecido com... Parecido não, *era* um livro que eu já tinha visto antes. E sabia exatamente onde, na loja de Departamentos de Birchwood, quando Rose se aproximou de um Guarda e disse que sua mãe havia escrito o livro que ele estava lendo, fazendo-o jogar o livro no fogo.

A ingênua Rose e suas histórias. Dizendo que era uma condessa que vivia em um palácio, e que sua mãe era uma grande escritora. Quando a fazendeira saiu – *As vacas não se limpam sozinhas* – considerei dar uma olhada no livro.

Abri a capa. Não reconheci o título, nem o nome da autora. Foi a dedicatória que me fez sentar imediatamente na cama, com ou sem ferimento de bala.

Para minha querida filha Rose. Tenho esperança de que realize grandes feitos.

Esperança. Tudo sempre voltava à esperança.

Sozinha naquele quarto, acariciei minha fita vermelha. Atrás de mim estava Birchwood, um lugar tão terrível que eu já não conseguia acreditar que existira. À minha frente estava... o próximo capítulo.

Uma noite, decidi que já tinha passado muito tempo na cama. Já bastava de comida dada na boca. Já bastava de pesadelos. Saí de baixo da colcha e encontrei minhas roupas. Estavam lavadas, passadas e dobradas sobre uma cadeira.

Mal pude tocar no vestido listrado de Birchwood. Por mim, Flora podia rasgá-lo e usá-lo como pano de chão, e *queimar* a insígnia de estrela que eu tinha usado por tanto tempo. Eu tinha ceroulas e meias quentes, finalmente, e, é claro, o belo Vestido de Libertação. Além do buraco de bala, que poderia ser fechado com um cerzido cuidadoso, ele havia sobrevivido muito bem àquela terrível corrida na neve. Aquilo mostrava como o tecido era bom. Minha avó sempre dizia: *Compre coisas da melhor qualidade que puder pagar. Comprar barato demais é fazer economia porca.*

Minha avó iria gostar do vestido, eu tinha certeza. Vesti-o com cuidado e acariciei cada um dos botões bordados. Eu estava livre agora. Livre para... para descer as escadas. Vamos começar pelo começo. Segurei no corrimão para me equilibrar.

Um gato cinza e branco levantou os olhos junto à lareira quando me viu arrastando os pés para a cozinha. Flora estava perto da pia, lavando pequenas batatas murchas. Suas roupas eram malfeitas e não serviam bem, mas eu não a trocaria nem por todas as modelos da Cidade Luz.

— Olá?

Flora deu um salto ao ouvir minha voz.

— Nossa! Veja só você, toda embonecada. Esse vestido é muito bonito. Pensei nisso quando o lavei. Muito bem-feito. De ótima qualidade, como os de loja.

— Posso ajudar?

Ela fez uma pausa. Não estava acostumada com ninguém interferindo em seus afazeres.

— Você pode lavar essas batatas. Vou fazer um cozido.

Era uma tarefa simples. Movimentei-me devagar para não deixar o ferimento de bala sangrar.

Enquanto o cozido estava no forno, lavei e sequei a louça. Flora vestiu o casaco e pegou o cachecol para sair no pátio.

— Posso ajudar? — perguntei novamente.

— Lá fora? Uma rajada de vento e você sai voando! Não consigo imaginar *você* fazendo atividades da roça ou cortando madeira. O que mais sabe fazer?

Abri um enorme sorriso.

— Tem agulha e linha…?

A neve começou a derreter. Um velho de bicicleta nos trouxe notícias de que, embora a Guerra não tivesse terminado ainda, não passaria por ali e o fim estava próximo.

— Graças e Deus — disse Flora. — Eu não estava feliz com a ideia de ter marcas de tanques em meus campos.

Não chegamos a comemorar a notícia. Uma das vacas estava prenha e começou a dar à luz antes do jantar. Ajudei Flora a segurar uma corda, puxando aquela nova vida para o mundo, a começar pelos cascos. Quando o bezerro nasceu, fiquei olhando para seu corpo brilhoso. Ele era todo língua e pernas. A mãe vaca se aproximou para lambê-lo e lhe dar mais vida.

Flora limpou as mãos nas calças.

— Logo você vai embora, não é? — ela perguntou.

Como havia adivinhado?

— Vou ficar pelo tempo que precisar de mim.

— Vá — ela disse. — Mas lembre-se: é bem-vinda aqui sempre que quiser, com ou sem Guerra.

— Sou muito, muito grata por tudo. É só que… eu quero… Eu *preciso* ir… para casa.

— É claro que sim, menina. É claro que sim.

Como exatamente eu pagaria pela viagem de volta era outra história. Eu não tinha dinheiro, nem mesmo cigarros. Pelo Atlas desgastado da fazenda, soube que estava a centenas de quilômetros de casa. Flora me mostrou em que parte do mapa ficava o vilarejo mais próximo da fazenda, depois tracei uma linha até minha cidade. Mesmo supondo que todo o território tivesse sido liberado, como eu, sem um tostão e sozinha, viajaria até tão longe?

Um dos ditados de minha avó surgiu dançando em minha cabeça: *Deixe para resolver o problema quando ele aparecer.*

Naquela noite, sentei-me à mesa da cozinha e examinei o casaco que tinha usado para sair de Birchwood. Precisava ser reformado. Não havia comida tão farta na fazenda, mas ainda assim eu estava ganhando peso. Uma a uma, cortei as costuras do casaco para soltá-las um pouco. Uma ideia me ocorreu. Lembrei de minha primeira ida à Loja de Departamentos. O que aquela garota-toupeira tinha falado? Algo sobre as pessoas esconderem itens de valor nas roupas...

Encontrei o dinheiro, um grande maço de notas, nas ombreiras, escondidos entre tufos de crina de cavalo. Estremeci ao pensar no destino da mulher anônima que havia guardado suas economias ali. Sua perspicácia foi meu golpe de sorte.

Deixei uma parte do dinheiro debaixo do travesseiro para Flora encontrar depois que eu tivesse partido. Não conseguiria encarar seus agradecimentos, o que ela certamente faria se eu lhe entregasse as notas pessoalmente. Mesmo que fosse um baú de ouro e joias, como o tesouro de uma das histórias de Rose, ainda não seria suficiente para pagar pela coisa mais inestimável de todas: bondade humana.

Escrevi um bilhete. Dizia apenas: *Para Flora. De Ella. Você salvou a minha vida.*

No dia em que fui embora, Flora me emprestou uma escova de cabelo para pentear as pequenas ondas que agora cobriam minha cabeça. Vesti meu Vestido de Libertação, amarrei as botas e abotoei o casaco. Flora estava usando uma das novas camisas elegantes que eu tinha feito para ela e calças de trabalho, também costuradas por mim. Ela me entregou um pacote com sanduíches e biscoitos amanteigados.

— Pegou sua fita vermelha?
Confirmei com a cabeça. Não conseguia falar.
— Tudo certo, então. Boa sorte, Ella.
Fiquei ali parada, rígida e sem jeito. Virei-me para ir embora. Pensei: *o que Rose faria?* Virei-me e dei um longo, caloroso e agradecido abraço em minha nova amiga. E parti.

Despedi-me do gato, das vacas, das galinhas, do cachorro da fazenda e de Mina. Mina tinha sido posta para descansar sob um monte gramado coberto de margaridas. Uma lápide simples de madeira levava seu nome e a data de sua morte.

Caminhei pela pista sozinha, de cabeça erguida. Era hora de ir para casa. O mundo estava lá fora, esperando por mim.

Primeiro, caminhei até o vilarejo mais próximo. Depois, por não haver outro meio de transporte, caminhei dali até a cidadezinha mais próxima. Lá havia ônibus e um grande clamor de gente enlouquecida – andando, falando, pedalando, dirigindo, comprando... simplesmente como se tudo estivesse normal. E estava, para eles. Para mim, era como voltar a ser criança, vendo as coisas pela primeira vez. Olhe – uma mercearia. Ali – uma padaria. Naquela vitrine – um reflexo. Eu. Uma garota alta e séria usando um casaco justo e botas apropriadas. Um pouco do rosa aparecia quando eu andava.

Era difícil acreditar que tudo aquilo tinha existido ao mesmo tempo em que eu estava na lama, na poeira e nas cinzas de Birchwood.

Da cidade, peguei o ônibus até a cidade seguinte. Depois um trem. Outro trem. Outra cidade. Um bonde. Finalmente minhas botas me levaram a ruas familiares, à casa onde eu costumava viver.

É engraçado como o mesmo lugar não era o mesmo, mesmo não tendo mudado. Fazia um ano que eu tinha saído de casa pela última vez. Lá estava ela. Minha casa. Praticamente corri até a porta, pronta para gritar: *Sou eu! Ella! Estou em casa!*

A porta estava trancada. Toquei a campainha. Ninguém respondeu. Ninguém nas janelas. Quando espiei lá dentro, vi as banquetas da cozinha que faziam barulhos de pum quando nos sentávamos nelas, e a cristaleira, agora cheia de jornais velhos onde ficava a coleção de peças de vidro de minha avó.

Uma mulher que varria o pátio na casa vizinha me olhou com desconfiança.

— Pode tocar a campainha o quanto quiser, não tem ninguém em casa.

— Estou procurando meus avós...

— Naquela casa? Dois jovens médicos moram lá. Não tem nenhum velho.

— Não se lembra de mim? Sou a Ella. Eu morava aqui.

Ela me olhou com atenção.

— Não sei nada sobre isso.

— Mas e meus avós? Onde eles estão? Eles foram levados para... para Birchwood? — Detestava o gosto dessa palavra em minha boca.

A vizinha recuou para trás da vassoura.

— Você não deve acreditar em todas essas histórias de terror! Birchwood? Sério?

Na banca de jornal não foi diferente. Eu passava ali quase todos os dias de minha antiga vida para comprar uma coisa ou outra. Tabaco para meu avô, revistas para mim e para minha avó. As prateleiras não estavam tão cheias agora, devido à Guerra. A mesma mulher-hamster ansiosa estava no caixa com seus brincos de ouro tilintantes.

— Olá, querida, o que deseja?

— Sou eu, Ella! Eu voltei!

A Hamster me olhou de cima a baixo. Por um instante, pareceu que ela estava vendo uma Listrada de cabeça raspada e sapatos de madeira idiotas. Quase recitei meu número do campo.

— Ella? Não pode ser! Ela era só uma estudante. Você é *Ella*? Sério? Eu nunca teria reconhecido você! Está toda elegante e crescida. Está muito bonita. Não teve problemas durante a Guerra, então? Sua Laia sempre cai em pé, não é?

Aquilo me desconcertou. Resisti ao ímpeto de sair correndo no mesmo instante. Garotas usando Vestidos de Libertação não fogem do inimigo.

— Estou procurando meus avós. Sabe onde eles estão?

A Hamster balançou os braços. Seus braceletes tilintaram.

— Ah, eles foram embora. Foram para outro lugar. Para o leste, talvez. É impossível acompanhar tudo o que meus clientes fazem. Tinha uma Guerra acontecendo, sabia? Pensando bem, eles ficaram me devendo. Isso mesmo, tenho tudo anotado aqui em meu livro contábil. Tabaco e revistas. Foi bom você ter passado aqui. Pode acertar comigo, não pode?

— Ela me disse o valor.

Por alguns segundos, não consegui respirar, muito menos falar, de tão furiosa. Então, olhando bem nos olhos da Hamster o tempo todo, peguei meu precioso dinheiro. Contei a quantia exata que meus avós deviam até a última moeda e coloquei sobre o balcão. Fiquei encarando a Hamster por um longo e desdenhoso momento, depois me virei para sair.

Quando deixei a banca, ela ainda não tinha tocado no dinheiro.

Minhas botas de Birchwood me levaram pelas calçadas até minha antiga escola, passando pelo local onde eu havia sido arrancada da rua um ano antes. Passei um tempo ali, impressionada com tudo que tinha acontecido desde que aquele momento aterrorizante em que fui levada. Meu crime? O motivo por terem me sequestrado e me enfiado no inferno? De acordo com as regras odiosas Deles, eu não era Ella, não era uma menina, não era uma neta, não era um ser humano – era apenas judia.

Senti o fantasma da alça de uma bolsa de escola em meu ombro.

Mas eu não era mais uma estudante. Tinha de decidir para onde ir e o que fazer em seguida. Peguei outro trem.

A Cidade Luz era cheia de flores.

Havia uma banca de flores na estação quando eu cheguei, com baldes cheios de cor. Ramos com florezinhas nascendo em rachaduras e cantos dos prédios com marcas de balas. E havia flores em vestidos – gloriosas estampas florais que declaravam ao mundo: *é primavera de novo!* Primavera, e a cidade tinha sido libertada, e a Guerra estava quase no fim.

Uma torre de metal fabulosa estendia-se sobre os telhados da cidade até o céu, acima até dos prédios mais altos. Estava decorada com bandeiras. Lembrei-me de Henrik – destemido e triunfante.

Havia tanta energia no ar! Eu sabia que aquele era o lugar certo para estar, o lugar perfeito para alguém começar de novo. Rose havia dito que a Cidade Luz era o coração do mundo da moda. Senti aquela batida. A cidade estava toda espalhada ao meu redor, pronta para ser explorada. Não era uma história que Rose tinha inventado, por mais que parecesse fantasia demais quando estávamos em Birchwood. Aqui, no mundo real, a Cidade Luz era conhecida como Paris. Mas aquele nome simples não fazia jus à cidade, diferentemente da crueza dura de *Auschwitz*, a palavra que Eles usavam para Birchwood. Auschwitz. Duas sílabas que esfolavam qualquer boca que as dissesse.

Mesmo com tantas flores, bandeiras e moda, eu não conseguia deixar Birchwood para trás. Estava lá, roendo meu estômago, quando vi uma dona de casa generosa jogar pão velho para os pássaros e lembrei de ter passado tanta fome que teria rastejado no chão para pegá-lo.

Estava lá quando eu vi a placa em uma loja anunciando o perfume Noite Azul. Então meu nariz entupiu com o fedor de Carla. Estava lá quando eu via listras.

As pessoas me viam com o Vestido de Libertação rosa e sorriam. Eu não retribuía o sorriso. Não com frequência. Não conseguia parar de olhar para estranhos aleatórios e me perguntar: *como você teria sido em Birchwood?* Ah, mas era bom estar bonita de novo! Sentir que estava limpa e bem-vestida.

Eu tinha viajado mais de mil e seiscentos quilômetros para chegar a este lugar, neste dia do ano. Fazia um ano que eu tinha conhecido Rose. Corrido para a porta da oficina de costura de Birchwood e encontrado o olhar cortante de Mina. *Era* o dia certo, eu sabia disso. Rose não tinha me obrigado a memorizar a data antes de morrer?

Nesse mesmo dia, um ano antes, fiz um vestido verde para Carla. Carla, que atirou em mim. Retorci meu cérebro, dando mais voltas que novelo de lã embaraçado, tentando entender por que ela havia feito aquilo. Teria sido para acabar com meu sofrimento, ou para me dar uma chance, para me poupar de ser alvo de Guardas mais cruéis, que teriam atirado em minha cabeça? Eu nunca saberia. Agora que a Guerra estava terminando, Eles provavelmente estavam tirando os uniformes e escondendo os distintivos. Se Carla tivesse sobrevivido à marcha da morte que saiu de Birchwood, estaria em algum lugar que não chamasse a atenção, lembrando-se de seus dias gloriosos de roupas de alta-costura, bolo de chocolate e perfume Noite Azul.

Aquele era o dia em que Rose e eu tínhamos prometido nos encontrar se fôssemos separadas, em um parque, sob as flores de uma macieira. Agora, o que tínhamos planejado fazer juntas, eu teria de fazer sozinha.

Caminhei depressa. Tinha perguntado o endereço a um carregador na estação de trem. Ele coçou a cabeça e esfregou o queixo com pouca barba.

— Um parque com uma macieira? Em frente a uma confeitaria, uma livraria e um salão de cabelereiro, é isso?

— E uma loja de roupas. Em frente a uma loja de roupas também.

— Não sei se tem loja de roupas, mas acho que conheço o parque, a padaria...

— Ei, linda! Belo vestido! — alguém disse. Um jovem de uniforme passou em uma bicicleta com a cesta lotada. — Precisa de uma carona, belezinha?

Corei e recusei.

— Como quiser! — ele disse.

Sim, eu podia fazer como quisesse. Não tinha ninguém para me dar ordens, para me dizer quando dormir, quando acordar, quando me encolher, quando me humilhar. Agora eu comia quando tinha vontade, enquanto durasse meu dinheiro, e dormia onde estivesse ao anoitecer - em albergues para refugiados, sofás de estranhos solidários que sentiam pena de minha solidão, e até mesmo em bancos de estações. Algumas pessoas me evitavam quando ficavam sabendo que eu não tinha família ou imaginavam de onde eu tinha vindo. Outros – os humanos de verdade – dividiam o pouco que tinham. Eram eles que tornavam minha jornada suportável.

— Nós não sabíamos... — diziam. — Nunca imaginamos.

Eu conversava com pessoas – ou ficava em silêncio. Em minhas viagens da fazenda de Flora para casa e depois até aqui, encontrei outros sobreviventes pelo caminho. Nós nos reconhecíamos de imediato. Palavras não eram necessárias. Mostrar nossos números não era necessário. Quando nos encontrávamos, passávamos algum tempo juntos. Compartilhávamos os nomes das pessoas que havíamos conhecido em Birchwood e pessoas que gostaríamos de encontrar. Não havia notícias de meus avós.

Cheguei ao parque. Tinha de ser o lugar certo. Não havia cerca, apenas a base de metal de onde as grades tinham sido arrancadas para serem usadas em bombas ou tanque, ou o que quer que a máquina da Guerra tivesse necessitado. Imagine só – um espaço sem limites. Sem nem um pedaço de arame farpado à vista. Sem torres de vigilância. Sem sentinelas.

Do outro lado da rua havia uma fileira de lojas, exatamente como Rose havia descrito. Uma confeitaria (aberta), uma loja de chapéus, uma livraria, um salão de cabelereiro (fechado) e uma loja de roupas. Na verdade, era apenas uma loja de roupas vazia, sem placa e com um manequim sem cabeça na vitrine.

Meus batimentos cardíacos aceleraram. Rose tinha contado tantas histórias e estava dizendo a verdade. Fui burra, burra, burra de nunca ter acreditado nela. Era mais fácil achar que eu sabia das coisas e que ela estava apenas fantasiando.

Minhas botas atravessaram a rua, desviando de carros, furgões e bicicletas. Havia uma faxineira de joelhos na parte interna da entrada da loja de roupas vazia. Ela estava lustrando o chão calmamente com grandes luvas amarelas nas mãos. Aquilo me lembrou de quando me mandaram limpar o provador do Estúdio Superior de Costura. Por um momento de tolice, olhei para a faxineira e pensei: *é a Rose?* A mulher sentiu minha presença e se virou. Não era Rose. Como poderia ser Rose?

Era uma mulher na casa dos cinquenta ou sessenta anos, com cabelos brancos e rugas no rosto. Ela estava com um cigarro apagado atrás da orelha, um romance surrado enfiado no bolso do avental e um botão de rosa pregado na frente dele. Quando falou, sua voz era surpreendentemente suave e refinada.

— Posso ajudar?

Fiz que não com a cabeça e me voltei para atravessar a rua, na direção do parque.

Depois de uma noite de chuva, o gramado do parque estava bem verde. A grama estava cheia de botões-de-ouro. Pensei em Rose e em sua ideia maluca de que, segurando as flores sob o queixo de alguém, dava para saber se a pessoa gostava de manteiga. Peguei um botão-de-ouro. Eu não conseguia ver embaixo de meu próprio queixo. Mas não tinha problema. Eu já sabia que gostava de manteiga.

Havia margaridas também. Carla me disse que devia arrancar as pétalas da margarida uma por uma e dizer: Bem me quer, mal me quer...

Deixei as margaridas.

Andei por caminhos graciosos, passei por uma fonte, fui até o centro do parque, onde uma macieira estava com os galhos carregados de flores, exatamente onde Rose disse que estaria. Então outra de suas histórias era verdadeira. Queria ter ouvido com mais atenção quando ela ainda estava viva.

Eu estava com a fita a postos. Estava mais rosa que vermelha, depois de tantas lavagens. Pretendia amarrá-la em um galho da árvore, como Rose e eu tínhamos planejado fazer havia uma eternidade em Birchwood. Em vez de celebrar termos sobrevivido juntas, podia ser um pequeno ato em memória de uma garota que, por meio de milhares de gentilezas, tinha se transformado em uma heroína para mim, muito maior que qualquer general com estátuas espalhadas pela Cidade Luz.

Quando eu estava debaixo da árvore, uma flor caiu sobre meu vestido, branco sobre rosa. Acariciei a fita, com uma timidez repentina por fazer algo tão pessoal com outras pessoas em volta. Será que estavam observando? Será que ririam, ou, pior, fariam perguntas?

Havia um senhor passeando com um cachorro – um cachorro felpudo como um tapete, com uma bola na boca, e não a perna de um prisioneiro. Havia um homem alto com o braço ao redor de uma mulher baixa. Eles estavam rindo, e ela levantou o rosto para ser beijada. Havia uma jovem elegante sentada em um dos bancos do parque, com joelhos e cotovelos bem juntos, uma bolsa pequena no colo e um chapéu rosa ridículo preso aos cachos curtos. Ela certamente estava me observando.

Virei as costas para todos, encontrei um galho baixo e amarrei a fita vermelha para fazer um laço. Uma sombra surgiu no gramado.

A jovem elegante estava bem ao meu lado, com o chapéu inclinado de lado, como um esquilo avaliando uma noz. Ficamos nos encarando.

A jovem apertava tanto a bolsa que achei que ela fosse arrebentar as alças. Sua voz saiu como um sussurro.

— Ella? — E depois mais forte: — Ella-que-costura! *É* mesmo você! Ah, *querida* Ella! — Ela soltou a bolsa e pendurou os braços finos ao meu redor. — Você está aqui! Você veio!

Lentamente, eu a abracei. Lentamente, assimilei a noção assombrosa de que era realmente, inacreditavelmente, *ela*. Não era um sonho, nem só uma voz sussurrada. Nem mesmo o saco de ossos trêmulo que eu tinha deixado tossindo em uma maca suja em Birchwood. Era Rose no mundo real – viva!

Tremendo, peguei em suas mãos. Sim, eram reais. Toquei seu rosto, seus cabelos, seus lábios. Tudo real. Ainda assim, não consegui dizer nada.

— Ah, Ella — Rose disse. — Tem ideia de como estou feliz em te ver?

Apenas assenti. Ainda sem palavras.

Rose continuou falando, como a esquila que era.

— Eu *falei* para a minha mãe que você era uma sobrevivente. Eu disse: se alguém é capaz de sair inteira de Birchwood, é a Ella. Você está tão pálida... Está tudo bem? Quer se sentar? *Minhas* pernas estão parecendo gelatina! Sente aqui na grama – ah, não, vai sujar o vestido. Esse vestido é *incrível*. Você que fez? Eu *sabia* que devia ser você assim que te vi chegando no parque. Mal pude acreditar que era mesmo você, mas aí você pegou a fita.

Ela se agitava sobre nós, vermelho-rosada entre as flores brancas.

Alívio, admiração, alegria. Todos esses sentimentos caíram como lágrimas de meus olhos e escorreram pelo rosto, molhando meu vestido rosa.

— Está tudo bem? Fale comigo, Ella. Diga alguma coisa!

Respirei fundo, dei uma risadinha e fiz uma reverencia.

— Você...? Você me daria a honra desta dança?

Rose pareceu confusa, mas logo também se lembrou de nosso primeiro dia no provador, quando lustramos o chão com flanelas nos pés. Agora, em vez dos sapatos sem par de Birchwood, ela usava elegantes sapatos de amarrar. Aquele pequeno detalhe encheu meu coração de alegria.

— Bem — ela disse com um sorriso. — Já que pediu com tanta educação... Seria um prazer!

Dançamos juntas pelo gramado de primavera a valsa mais doce e feliz do mundo. Depois de um tempo, estávamos rindo tanto que fiquei com soluço, o que nos fez rir ainda mais.

— Você tem de conhecer minha mãe — Rose disse de repente, interrompendo nossa valsa.

Entre soluços, consegui perguntar:

— Su-sua mã-mãe está viva?

— Respire fundo e prenda a respiração — ela respondeu. — É a *segunda* melhor forma de curar soluços. Não, não fale ainda. Continue prendendo a respiração. A *melhor* forma de curar soluços é engolir um sapo vivo...

Soltei o ar dos pulmões.

— Não é! — eu ri. — Você está inventando isso.

— Passou o soluço? Minha mãe me ensinou esse truque. E, sim, ela está bem viva e mal pode esperar para te conhecer. Eu estava deixando ela louca de tanto falar sobre você, e que tínhamos combinado um encontro hoje, e que tinha certeza de que você apareceria. Ela disse que era melhor eu não criar muitas expectativas, e... aqui está você!

— Aqui estou!

Rose me deu um grande abraço.

— Você é uma sobrevivente, Ella. Eu tinha certeza disso. Minha mãe é durona também. Espere até ela contar as histórias do tempo que passou na prisão política. Você não vai acreditar em uma palavra, mas é tudo verdade! Quando foi libertada, ela me encontrou em um hospital para refugiados. Ah, mas não vamos falar disso agora.

Ela abaixou a cabeça como se eu não fosse me interessar por sua história.

— Eu achei que você estivesse *morta*! Que todos no Hospital tivessem virado fumaça e subido pela... você sabe.

Rose levou as mãos à boca.

— Você achou... morta? Ah, Ella, não! Sinto muito, muito mesmo, por não ter me despedido, ou dito que eu estava indo embora. Eles esvaziaram o Hospital e nos levaram para o oeste, não me pergunte o motivo. Algum esquema maluco para impedir nossa libertação, não sei. Foi tudo tão rápido que não deu tempo para mandar uma mensagem, nem nada do tipo. Deixei a fita para você, para que tivesse esperança.

Apertei a mão dela, com lágrimas escorrendo pelo rosto. Não consegui dizer que havia lamentado sua morte todos os dias desde que encontrara o Hospital vazio, desde que encontrara aquela fita vermelha.

— Rose? — Ao nos aproximarmos, a faxineira da loja de vestidos protegeu os olhos do sol com as luvas amarelas.

Rose e eu caímos na gargalhada.

— Não é assim que se lustra um chão! — nós duas dissemos ao mesmo tempo.

— Mãe, esta é a Ella! — Rose gritou. — De verdade e para sempre! Ella, esta é minha mãe.

A mãe de Rose tirou as luvas e desamarrou o avental.

— *Ella*, entre! Você é muito, muito bem-vinda. Talvez agora minha filha pare de repetir que você vai chegar hoje.

De repente, ocorreu-me que talvez Rose estivesse mesmo dizendo a verdade quando disse que era condessa. Aquilo significaria que sua mãe era uma aristocrata de verdade também. Eu me segurei para não fazer uma mesura.

A mãe de Rose disse:

— Eu diria que isso pede uma comemoração! Rose, sua distraída, cuide de Ella. Pegue uma cadeira antes que ela caia dura. Está com fome? É claro que está. Depois de tanta privação de alimento, sempre estamos, não é? Vou até a confeitaria comprar pães doces para todos. Quem liga para os gastos? E champanhe de pobre! É limonada — ela acrescentou, como se revelasse um segredo. Deu um beijo em Rose, deu um beijo em mim, jogou um beijo para o mundo em geral e saiu da loja dançando.

Fiquei com vontade de ter uma mãe também. Talvez Rose compartilhasse a dela comigo.

Mais tarde, depois de pães com glacê rosa e limonada, chegou a hora das explicações e perguntas. Era tudo tão confuso. Rose disse que tinha devorado os remédios que eu tinha conseguido para ela; que devido a eles tinha conseguido sobreviver à jornada após sair de Birchwood.

— Você ficaria orgulhosa de mim, dividi só a metade das vitaminas — ela se gabou.

Rose tinha sido transportada em vagões de carvão pela ferrovia até outro campo de prisioneiros... e depois para outro, e mais outro, cada um mais lotado e caótico que o anterior, até que o último campo finalmente foi libertado.

— Com tanque e bandeiras e tudo mais — Rose afirmou. — Tentei beijar o soldado que estava mais próximo como forma de agradecimento. Ele torceu o nariz, pobrezinho, eu estava imunda, mas me deixou beijá-lo mesmo assim. Pode imaginar como foi receber roupas *de verdade* depois daquelas listras horríveis? É claro que pode. Ainda não consegui me acostumar a usar sutiã novamente. As alças ficam caindo. Mas... chega das minhas aventuras! E quanto a você?

— Não beijei nenhum soldado! — respondi, fingido estar ofendida.

— Não, idiota. Como você saiu?

— Saímos a pé — foi tudo o que eu disse a ela. — Perdi todo mundo de vista, exceto Mina.

— Era de se imaginar que ela conseguiria!

— No final, não conseguiu. Ela... ela tentou me salvar de levar um tiro, acredite se quiser.

— Ainda bem que ela fez isso — Rose disse, horrorizada.

Não era hora de contar sobre Carla e a última bala, a quase fatal.

A mãe de Rose declarou que devia haver uma estátua da fazendeira que me salvou da morte na neve.

— Vou colocar Flora em meu próximo livro! — ela declarou, levantando o copo de limonada no ar como brinde. — O mundo precisa de mais histórias de heróis *de verdade*. Principalmente aqueles que conhecem a vida árdua no campo, o que não é o meu caso.

Eu ri.

— Nunca acreditei nas histórias que Rose contava, mas acontece que você é mesmo escritora, e Rose é mesmo condessa, e vocês vivem mesmo em um palácio?

A mãe de Rose pareceu um pouco ofendida.

— Mas é claro, minha querida. Por que alguém pensaria diferente?

Rose disse:

— Ella ainda não domina o mundo das histórias, mãe. Vamos ter trabalho com ela.

— Ah, não fale em *trabalho* — disse a mãe. — Viram o estado desse lugar? Estamos limpando e pintando há uma eternidade para ficar bonito assim. O que você acha?

— Sim — gritou Rose, levantando-se em pulo. — O que você acha, Ella? Essa parte da frente vai ser a sala de exposição, e os melhores vestidos vão ficar expostos na vitrine. Nesse meio-tempo, achei que seria bom colocarmos nossas mesas de costura aqui, para as pessoas nos verem trabalhando quando passarem. Minha mãe viu uma máquina de costura de segunda mão. Depois vamos juntas ao mercado para comprá-la.

Sorri.

— Outra Betty?

— Outra Betty.

Rose ficou séria.

— Soube alguma coisa sobre seus avós?

— Ainda não. Eles não estavam em casa. Estou perguntando em todo lugar que passo. Vou continuar procurando.

— E nós vamos ajudar — afirmou a mãe de Rose. — Vamos vasculhar o mundo em busca de notícias de sua família. Ainda tenho algumas conexões. Se eles puderem ser encontrados, vamos encontrá-los. Eu juro.

Rose olhou rapidamente para sua mãe e não disse nada. Imaginei, então, que seu pai não tinha sido encontrado, e provavelmente nunca seria. Havia tempo suficiente para ouvir aquele capítulo triste da história delas depois.

Foi quase avassalador estar sentada ali, naquela loja vazia, tecendo um futuro a partir de palavras bordadas com sonhos. Conversamos até começar a anoitecer e as luzes da rua se acenderem. Seu brilho era muito mais suave do que os holofotes das torres de vigília de Birchwood.

— Está vendo, a Cidade Luz, como eu disse — afirmou Rose. — Você vai amar a cidade... Eu espero.

Apertei a mão dela.

— Já estou amando. Simplesmente não consigo acreditar que você está aqui... e que a loja está aqui. Muitas maravilhas de uma vez! Vai ser incrível, não vai?

A mãe de Rose interrompeu.

— Sua primeira encomenda é fazer para mim uma cópia desse vestido rosa *divino* que está usando. Onde comprou?

— Eu... eu que fiz — respondi com orgulho, mesmo extremamente consciente de todas as falhas que ele tinha. De vez em quando, imaginava estar sendo pinicada pelo colchão de palha.

Rose sorriu.

— Eu falei que ela era boa, mãe. Ella, você se lembra do primeiro dia que desafiou Mina na oficina? Você disse: *sou modelista, cortadora e costureira profissional, e um dia vou ter minha própria loja de roupas!*

— Se conseguirmos o tecido, posso fazer uma coleção de roupas para a primavera. Assim todo mundo vai poder ter seu próprio Vestido de Libertação, foi o nome que dei para este.

Rose assentiu.

— Depois disso, vamos precisar de modelos para uma coleção de outono e para as exposições de meia-estação...

— ...mas você tem de pensar que vamos começar apenas fazendo reparos e reformas — eu disse, estourando um pouco a bolha.

— Eu sei, eu sei — disse Rose. — Mas posso fantasiar, não posso? Vamos começar pequeno e pensar grande. Você vai ver. As pessoas já estão cansadas da moda insípida do período da guerra. Vão querer sonhar e voltar a usar roupas extravagantes logo mais.

Aquilo me fez sorrir, imaginando-a cercada por livros e linhas de bordado, perdida em um mundo de seda e histórias.

Virei para a mãe de Rose.

— Se me permite perguntar, como podem pagar o aluguel deste lugar? A loja tem uma ótima localização, em uma parte excelente da cidade.

— Ah, nós não *alugamos* — ela respondeu, olhando para mim como se eu tivesse acabado de acusá-la de assassinato. — O imóvel é nosso. É claro que nem se compara com as propriedades que tínhamos antes da Guerra. Elas foram tomadas pelos militares quando meu marido e eu fomos presos. O palácio de verão se foi para sempre, e as casas e a cabana na praia. Por enquanto, esse foi o único imóvel comercial que consegui reaver. Mas quem se importa, minhas queridas? Estamos aqui! Estamos vivas! Vocês duas vão costurar e eu vou escrever o tempo todo, dia e noite. Meu nome e minha fama ainda valem alguma coisa. E se todas usarmos roupas criadas por você, Ella, todas as mulheres finas que nos virem logo vão estar loucas para encomendar para elas também. Quando se der conta, vamos estar tomando banho de champanhe.

Ela riu da própria extravagância.

— E não vamos nos esquecer do anel — Rose disse.

— Que anel? — perguntei.

— O que você deixou para mim no Hospital...

— *Aquele* anel? Eu tinha certeza de que a Enfermeira Pata venderia o anel e embolsaria o dinheiro. Ela realmente te entregou?

— É claro. Não dava tempo de trocar por nada antes de esvaziarem o hospital, então a Patinha me entregou o anel, caso acabássemos nos separando.

Ora, quem poderia imaginar? Eu tinha me acostumado com criminosos e anjos lado a lado na mesma prisão, mas ainda assim a Enfermeira Pata acabou sendo um anjo improvável.

— Mas não esperem conseguir muito dinheiro pelo anel — confessei. — A pedra é falsa.

— *Como é?* — a mãe de Rose me interrompeu. — Está dizendo que aquele diamante é falso?

— Uma bela imitação. Mas receio que seja apenas vidro.

A mãe de Rose levantou a mão.

— Minha querida, já usei mais diamantes do que você pode imaginar. *Acho* que sei avaliar o que é real.

Rose chegou mais perto de mim e sussurrou.

— Além disso, mandamos avaliar no joalheiro da esquina. É um diamante verdadeiro.

Tentei enxergar Carla como um anjo. Tentei... mas não consegui.

— E vocês não se importam de ficar com ele, mesmo sendo roubado?

— Eu ainda estava me sentindo um pouco culpada por usar o dinheiro encontrado no casaco da Loja de Departamentos.

A mãe de Rose franziu a testa.

— Nunca vamos saber a quem pertenceu, ou o que aconteceu com essa pessoa. Se o anel pode nos oferecer uma chance de viver, trabalhar e amar, que assim seja. E agora, minhas queridas, vou incomodar a vizinha e pedir uns cobertores a mais. O cômodo no andar de cima vai abrigar três hoje à noite!

Aquele quarto no andar de cima da loja, com chão de tábuas, uma lâmpada pendurada e janelas sem cortina, foi um verdadeiro palácio aquela noite. Rose e eu dividimos um dos dois colchões, como fazíamos em Birchwood. Era um milhão de vezes mais confortável. Ficamos ali deitadas, de mãos dadas, trocando sorrisos.

— Me diga um vestido que combine com este lugar — Rose pediu, como costumava fazer.

— Não posso. Seria um vestido de baile tão deslumbrante que te deixaria cega.

— Eu poderia usar óculos de sol.

Houve uma pausa. Aproveitei aquele instante para apreciar exatamente onde estava e com quem.

— Me desculpe — sussurrei de repente.

Rose tirou uma mecha de cabelo recém-nascido de meu rosto.

— Desculpar pelo quê?

— Por... por ter sido tão horrível muitas vezes. Mandona. Má.

— Não me lembro de nada disso! — ela disse com uma gargalhada. — Você foi *forte*. Você me ajudou a continuar.

Fiz que não com a cabeça.

— Não. Foi *você* que me ajudou a continuar. — Depois, ainda mais baixinho do que antes, perguntei: — Como sabia que eu viria? Como sabia que eu tinha sobrevivido?

Também em voz baixa, Rose respondeu:

— Porque pensar o contrário era insuportável.

Dois dias depois, subi em uma escada para começar a pintar a placa sobre a vitrine de nossa loja. Discutimos várias vezes sobre qual seria o nome. Eu queria que fosse *Rose e Ella*. Rose queria que fosse *Ella e Rose*. No fim, concordamos e pintamos com uma caligrafia espiralada o nome: *A fita vermelha*.

A Guerra terminou. Comemoramos com abundância de pães doces. O mundo não estava curado, é claro, e nunca se curaria de verdade. Eu ainda ouvia pessoas destilando ódios antigos e cultivando novos. Havia novas divisões entre Nós e Eles se formando assim que a paz se iniciou.

Nosso método de cura foi seguir os conselhos de Viga e *viver*. Costurávamos, ríamos, amávamos, com menos medo das Listas a cada dia que passava, Se, quando a porta da loja se abria, eu levantava os olhos com medo que pudesse ser uma Guarda com chicote e arma, também havia momentos em eu esperava que o visitante fosse um amigo. Um dia, Viga poderia até cumprir sua promessa de aparecer como cliente. Um dia, Francine, Shona e B de Brigid poderiam aparecer procurando trabalho.

Mas as listas ainda faziam parte de minha vida. Havia listas que eu olhava todos os dias em estações de trem, centros religiosos e de refugiados. Eu passava os olhos por elas, esperando um dia, mais cedo ou mais tarde, encontrar o nome de minha avó, e de meu avô também. Porque eram listas de sobreviventes, e era preciso ter esperança. Certo?

POSFÁCIO

A fita vermelha é uma história. Como as histórias de Rose, é uma mistura de verdade e ficção. A verdade é que Birchwood realmente existiu. Era o grande complexo de campos de trabalho e extermínio chamado Auschwitz-Birkenau, na Polônia.

Birkenau é uma palavra em alemão. Traduzida para o inglês, ficou "Birchwood" (floresta de bétulas). Durante a Segunda Guerra Mundial, sob a organização do regime nazista – e com a ajuda e apoio de dezenas de milhares pessoas comuns – milhões sofreram em Auschwitz-Birkenau, e em muitas centenas de outros campos e subcampos. Hoje se reconhece coletivamente essa sistemática de degradação, deslocamento e assassinato em massa como o Holocausto. As vítimas eram aqueles considerados "sub-humanos" pelos nazistas. O número de mortos por inanição, doença, execução e envenenamento por gás é terrivelmente alto, estimado em 11 milhões, incluindo 1,1 milhão de crianças. Apenas em Auschwitz-Birkenau, bem mais de um milhão de pessoas foram assassinadas.

No meio desse horror, a esposa do comandante, Hedwig Höss (minha Madame H.), realmente utilizou prisioneiras para trabalhar em seu guarda-roupa. Começou com costureiras em uma sala de sua casa (um casarão adorável construído perto do campo) e depois, em 1943, ela montou uma oficina no campo com vinte e três costureiras, para que as esposas dos oficiais e guardas do sexo feminino pudessem usar roupas da moda também. Essa oficina se chamava Estúdio Superior de Costura.

A Sra. Höss descreveu sua vida na casa ao lado de Auschwitz como um "paraíso". Ela de fato utilizava prisioneiros como empregados em sua casa. Um de seus filhos realmente a acompanhou a uma prova de vestido, e uma costureira o assustou enrolando uma fita métrica em seu pescoço como uma forca quando sua mãe não estava olhando.

Depois da guerra, Hedwig Höss foi capturada com os filhos. Seu marido, Rudolf, foi condenado por crimes de guerra e executado em Auschwitz. (Uma das filhas de Höss – que ainda nem era adolescente durante a guerra – mais tarde trabalhou em uma loja de roupas pertencente a judeus nos Estados Unidos, depois de trabalhar alguns anos com o estilista Balenciaga.)

Em prol do enredo, simplifiquei a geografia do complexo de Auschwitz. Tentei escrever claramente sobre as atrocidades, selecionando incidentes e cenários reais, mas minhas palavras não chegam nem perto de descrever o verdadeiro horror da violência, da degradação e do sofrimento.

A fita vermelha se passa mais ou menos por volta de 1944-1945. No verão de 1944, um número chocante de pessoas foi transportado de territórios ocupados pela Alemanha e seus aliados, atravessando a Europa de trem até Birkenau para serem executados nas câmaras de gás. Houve um levante em outubro de 1944, rapidamente contido. Em janeiro de 1945, prisioneiros remanescentes foram agrupados, tirados do complexo de campos a pé e dispersados para outras zonas de extermínio na Europa. Sua jornada foi literalmente uma marcha para a morte. Alguns milhares continuaram no campo, finalmente libertados em 27 de janeiro de 1945.

No livro, as descrições da Loja de Departamentos (na realidade conhecida como "Canadá", terra da abundância) não são um exagero. Montanhas de roupas, sapatos e outros bens ainda estão em exposição no museu de Auschwitz. São apenas uma fração da pilhagem acumulada. Foi tudo roubado de vítimas que chegavam ao complexo de Auschwitz. Os itens sobreviveram aos incêndios causados propositalmente no fim da existência do campo. Até mesmo nos últimos dias, diante de uma derrota inevitável, os nazistas queriam ocultar provas de seus crimes.

Ella, Rose, Mina e Carla podem muito bem ter existido em Auschwitz-Birkenau, mas são todas invenções minhas: são totalmente ficcionais. Desde que comecei a escrever *A fita vermelha,* descobri muitas coisas sobre a vida e o destino das *verdadeiras* costureiras de Auschwitz, um grupo extraordinário de amigas leais, com uma líder compassiva e corajosa (bem diferente de Mina!). Mas essa é uma história para outro livro...

Cada personagem em *A fita vermelha* enfatiza possíveis escolhas morais sobre sobreviver e prosperar. São escolhas que todos fazemos em algum nível na trivialidade da vida cotidiana, assim como em circunstâncias extremas. Em Auschwitz, cada pessoa reagiu da melhor maneira que pôde. Às vezes, seu melhor era impressionante. Às vezes, era pavoroso. Pode ser perigoso julgar o comportamento das pessoas sem saber *por que* fizeram o que fizeram e sob que tipo de pressão se encontravam. Dito isso, acredito que todos devemos assumir a responsabilidade por nossas ações, boas e ruins.

Escolho deliberadamente não ressaltar países, regimes ou religiões específicos na história. De forma alguma, isso diminui a realidade de que alguns povos em particular foram alvo de humilhação e genocídio. Os campos foram criados para punir e aniquilar grupos específicos de pessoas. Entre elas: inimigos da ideologia nazista, todos os povos judeus (independentemente de nacionalidade ou religião), homossexuais, comunidades romani, Testemunhas de Jeová, pessoas com deficiências físicas ou mentais e outros.

A maioria das pessoas assassinadas em Auschwitz era composta de judeus. Isso nunca deve ser esquecido. Longe de querer negar essa verdade histórica do Holocausto, passei mais de vinte anos coletando pesquisas de uma ampla variedade de fontes da época da guerra, incluindo o testemunho de muitos sobreviventes. Tive até a sorte de conversar com Eva Schloss, que trabalhava nas lojas de roupas do "Canadá" e depois tornou-se enteada de Otto Frank, pai de Anne Frank. Fiquei surpresa e desolada ao olhar nos olhos de Eva e saber que ali estava alguém que havia experimentado como *vida* o que todos nós chamamos de *história*.

Em *A fita vermelha*, meu sincero objetivo foi revisitar uma época em que nosso passado havia nítida e categoricamente acontecido, mas também reunir especificidades históricas para mostrar experiências universais. Crimes de ódio, infelizmente, não são coisas do passado. São pregados como política, e também praticados de pequenas formas todos os dias por pessoas que já deveriam ter aprendido. Você, eu, qualquer um – quando dividimos o mundo entre NÓS e ELES, plantamos as sementes do ódio. O ódio floresce e vira violência. A violência mata todos nós, de uma forma ou de outra.

Se pudermos ver atos de bondade como atos de heroísmo, podemos reagir tanto ao ódio quanto à violência.

É o que eu espero.

SOBRE A AUTORA

Lucy Adlington é escritora e historiadora de vestuário. Seus livros para adolescentes, incluindo *Summerland*, *The Diary of Pelly D*, *Burning Mountain* e *A fita vermelha*, foram indicados e selecionados para o CILIP Carnegie Medal, o Manchester Book Prize, o Leeds Book Prize e o Rotherham Book Award. Ela viaja pelo Reino Unido com apresentações sobre história do vestuário e escreve livros de história para adultos, entre eles: *Women's Lives and Clothes in WW2: Ready for Action* e *Stitches in Time: The Story of the Clothes We Wear*.

Saiba mais em www.historywardrobe.com
ou no X: @historywardrobe

ELOGIOS AO LIVRO
A FITA VERMELHA

"Cativa, inspira e, essencialmente, enriquece."
Heather Morris, autora de *O tatuador de Auschwitz*

"De fazer chorar. Os devoradores de livros estão dizendo que é um mix de *O diário de Anne Frank* com *O menino do pijama listrado* e que é uma leitura essencial."
Maximum Pop

"O melhor romance YA sobre o Holocausto que já li. A história que ele tece é cativante, emocionante e importante... apresenta uma pesquisa profunda, mas passa o conhecimento de uma maneira tão leve que os fatos históricos são costurados com suavidade no tecido colorido da história."
Robert Eaglestone, professor de Literatura e Pensamento Contemporâneos do Instituto de Pesquisa sobre o Holocausto da Universidade de Londres

"Em Auschwitz, as adolescentes Ella e Rose sobrevivem porque criam roupas para a esposa do comandante. Apesar da situação sombria, a compaixão, amizade e humanidade das amigas prospera."
Revista Candis

"Este potente romance para jovens adultos sobre o Holocausto é uma leitura incrivelmente comovente e importante que ecoa sua mensagem de esperança e compaixão."
Culture Fly

"Um olhar sensível e brilhantemente escrito sobre o Holocausto."
Book Murmuration

"Cativante, esclarecedor... e feminino."
Notes on Paper

"Uma história impressionante de esperança, sacrifício e amizade. Amei!"
Pretty Little Memoirs

"Uma leitura comovente e esclarecedora."
Black Plume

"A escrita de Adlington é linda e muitas vezes comovente. Mantenha os lencinhos à mão."
The Lady

"Moda e Auschwitz podem parecer uma combinação improvável... mas essa história provoca a reflexão sobre os horrores do Holocausto e o significado mais profundo das roupas e da maneira como as pessoas se apresentam ao mundo... *A fita vermelha* é uma história comovente de amizade, bondade e heroísmo sob circunstâncias impossíveis."
Booktrust

"Ficção histórica corajosa com um símbolo de esperança."
Times Educational Supplement

PARA SABER MAIS SOBRE
ESSA INCRÍVEL HISTÓRIA
DE RESISTÊNCIA E FORÇA,
LEIA TAMBÉM:

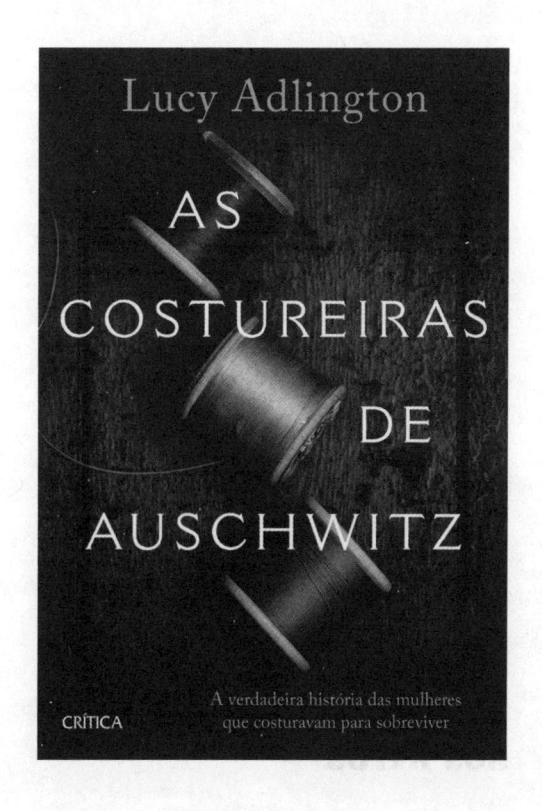

**Acreditamos
nos livros**

Este livro foi composto em Bulmer MT Std
e impresso pela Gráfica Santa Marta para a
Editora Planeta do Brasil em agosto de 2024.